学而书系·皖籍评论家辑

何向阳 刘 琼 ◎ 主编

郜元宝 ◎ 著

中国当代
女性文学散论

时代出版传媒股份有限公司
安徽文艺出版社

郜元宝,安徽铜陵人,复旦大学中文系教授,教育部长江学者特聘教授,中国鲁迅研究会、中国现代文学学会、中国当代文学学会副会长。先后获冯牧文学奖(2002)、唐弢青年文学研究奖(2003)、王瑶学术奖(2016/2021)、鲁迅文学奖(2022)。著有《拯救大地》《遗珠偶拾》《时文琐谈》《小说说小》《汉语别史》《鲁迅六讲》《不如忘破绽》等。

学而书系·皖籍评论家辑

何向阳 刘 琼 ◎ 主编

中国当代
女性文学散论

Xue Er Shuxi · Wanji Pinglunjia Ji
Zhongguo Dangdai Nüxing Wenxue Sanlun

郜元宝 ◎ 著

时代出版传媒股份有限公司
安徽文艺出版社

图书在版编目（CIP）数据

中国当代女性文学散论 / 郜元宝著. -- 合肥：安徽文艺出版社，2024.9
（学而书系. 皖籍评论家辑）
ISBN 978-7-5396-7937-2

Ⅰ．①中… Ⅱ．①郜… Ⅲ．①妇女文学－文学评论－中国－当代 Ⅳ．①I206.7

中国国家版本馆CIP数据核字(2024)第026432号

"十四五"安徽省重点出版规划项目

出 版 人：姚 巍
策　 划：朱寒冬　姚 巍　　统　筹：张妍妍　柯　谐
责任编辑：柯　谐　段　婧　　装帧设计：张诚鑫

....

出版发行：安徽文艺出版社　www.awpub.com
地　　址：合肥市翡翠路1118号　邮政编码：230071
营 销 部：(0551)63533889
印　　制：安徽新华印刷股份有限公司 (0551)65859551

....

开本：880×1230　1/32　印张：11　字数：210千字
版次：2024年9月第1版
印次：2024年9月第1次印刷
定价：68.00元(精装)

....

（如发现印装质量问题，影响阅读，请与出版社联系调换）

版权所有，侵权必究

总　　序

又到收获之际,"学而书系·皖籍评论家辑"散发着油墨书香,要与读者见面了。

这套书目前一共八部,由八位在当今文艺评论实践活动中相对活跃的皖籍评论家的著作组成。

每部著作均以理论、评论及学术随笔为主体,力图充分显现八位皖籍评论家视野的开阔性与学术的自由度。

"学而书系"是开放的书系,此前,对评论家的分野多在代际,而以地理方位来分类,"皖籍评论家"只是一种尝试。"皖籍评论家"这个概念是否成立?它的队伍与组成的大致根基在哪里?证明有待时日。而这八部著作组成的书系,可以说是一种自证的开始。

这套书是当今理想的评论文本吗?这一点,留待读者评判。但可以负责任地说,从评论家自选到主编遴选,整个编选过程严格有序,原因只有一个:这套书呈现的是安徽悠久厚重的文化脉络的一个重要部分。身处这样的一个历史链条,我们始终保有虔敬之心。

一方水土养一方人。历史文化源远流长的安徽,自古就显现出它深邃的传统魂魄之美,而近代以来的兼收并蓄与现当代的开放包容,更使生活于其中和保有故乡记忆的人获得了特别的思想馈赠。文化土壤深厚之地,向来文章之风盛行。历代名家先辈已为我们留下震古烁今的作品,而这一代人的奋笔疾书,也旨在为后人提供难得的精神养分。这种书写的传承,是文化薪火得以世代燃烧的深层原因。

当今文坛,皖籍评论家实力可观,他们大多学养丰厚、视野开阔、思想深远而又行文恣肆,队伍的日渐壮大、作品的声名鹊起,都使他们的存在日益得到多方关注。"学而书系·皖籍评论家辑"八部著作,所收录的只是众多评论家思想的局部,作者前面的两个定语,一是"皖籍",一是"评论家",作为先决条件决定了这套书的样貌。八位皖籍评论家,既有来自高校、科研院所的教授、专家,也有来自文学界、出版界、媒体的研究员、学者,客观反映了当今文学评论家分布的大致结构。

出版社再三考量,确定两位皖籍女性评论家担纲主编,以何向阳、刘琼、潘凯雄、郜元宝、王彬彬、洪治纲、刘大先、杨庆祥的八本专著作为书系"开篇"。作为主编,一方面我们深感荣幸,一方面我们也心有不安。在与各位作者多次交流,向他们征询意见,大致确定书系以及各书的走向、形态与结构并收齐全部书稿之后,2023年夏初,编辑、作者在安徽黟县专门召开改稿会。大家充分交流,逐部审订内容,最终确立了这套书的书名、体例与出版日程。

这套书是一个开放的书系,还会有更多的皖籍评论家加入,也可向上延伸,呈现皖籍评论家文艺评论丰厚的历史遗产,或者更可以打破地域之限,以引出当代"中国评论家"书系的出版。当然,若以文学评论为开篇,此后艺术评论更加丰富的面向能够予以呈现,则这套书会有一个更为恢宏的未来。

从动议策划到付梓印刷,历时两年。在传统出版竞争激烈、出版市场压力巨大的大背景下,花费时间、精力与资金出版这套书,安徽出版集团的支持体现了时代的担当,而这担当后面的支撑则是对文化建设的深度尊重与共建热忱。在此，感谢安徽出版集团的眼光与魄力；感谢给予本书系出版以具体支持的朱寒冬先生，他的督阵与推动为我们提供了动力；感谢安徽文艺出版社姚巍社长与各位编辑的踏实、严谨，他们为这套书付出了巨大心力。

目前八部理论评论著作《景观与人物》《偏见与趣味》《不辍集》《中国当代女性文学散论》《成为好作家的条件》《余华小说论》《蔷薇星火》《在大历史中建构文学史》已经放在了各位读者面前，同时，它们也进入了文化与故乡的时空序列中，它们必须接受来自故乡与评论界的双重检验。我们乐于接受这种检验，同时也相信它们经受得起这种检验。

2024 年 6 月 26 日　北京

目　录

总序　何向阳　刘琼 / 1

人有病，天知否？
　　——王安忆的"存在之烦" / 1
感觉穿上了思想的外衣
　　——王安忆近作一瞥 / 21
一种"上海文学"的诞生
　　——读陈丹燕《慢船去中国》想到的 / 29
都是辩解
　　——《色·戒》和《我在霞村的时候》的道德谱系 / 42
张爱玲的被"腰斩"与鲁迅传统之失落 / 69
让不可能变成可能的新生命
　　——重读《孕妇和牛》/ 84

捏住"众数"的咽喉

　　——残雪略论 / 94

向坚持"严肃文学"的朋友介绍安妮宝贝

　　——关于《莲花》的几个问题 / 98

从"寓言"到"传奇"

　　——致乔叶 / 110

回乡者·亲情·暧昧年代

　　——评魏微小说集《姊妹们》/ 136

不止舔痛

　　——评夏儿长篇新著《望鹤兰》/ 159

尘海一"簕"

　　——林白新著《北流》印象 / 165

凝视那些稍纵即逝的决断与逆转

　　——读朱文颖短篇小说集《生命伴侣》/ 172

为她们"真想哭一鼻子"

　　——《平凡的世界》中几个不平凡的女性 / 182

羿光庄之蝶,海若陆菊人?

　　——贾平凹《暂坐》《废都》《山本》对读记 / 193

李子云老师二三事 / 213

王蒙小说女性人物群像概览 / 220

上海令高邮疯狂

——汪曾祺故里小说别解 / 242

赵素芳与田小娥

——柳青、陈忠实笔下两位人格扭曲的女性形象 / 288

千古一哭有素芳

——读《创业史》札记 / 296

后记 / 340

人有病，天知否？

——王安忆的"存在之烦"

一

王安忆的创作极富跳跃性，这是大家都知道的。但是，创作的多变也许只不过是思考能力上幼稚老成之别，写法上疏淡密致之分，至于作者对基本生存问题的关注，以及对这个基本问题一般的处置方式，则没有根本上的变化。这是王安忆的"本性"使然。"本性"一词在我们这个日新月异的时代也许显得过于陈旧了。不过照我看来，至少对王安忆来说，用"本性"形容她那"变中的不变"，形容她对熟悉的某种生活所展开的基本生存状态的持久关注，还是颇为恰当的。

有人说，哲学家以其"问题"为人所知，小说家又何尝不是！做一个小说家却没有与其"本性"相投合的生存问题，就像做一个人却没有一副富有特征的面孔一样，不会给读者留下多么深刻的印象的。

王安忆在小说中提出的最高问题（不仅是生存方面的，同时也是小说写作方面的最高问题），或者说，王安忆作为一个小说家的"本性"，一言以蔽之，就是：领会着、关注着人物对其生存欠缺面的领会和关注。王安忆特别感兴趣的，是处在某种生存状态中的人对这种生存状态朦胧模糊的自我体验和自我意识，尤其是从这种体验和意识中生长起来的烦躁不宁又无可奈何的所谓王安忆式的情绪骚动。把这种情绪提取出来予以淋漓酣畅的表现，是王安忆的能事。当然，人物的外在形容、他所处的环境、相应的故事，作者也不可谓不用心；但是，当情绪培养到一定程度时，所有那些形容、环境和故事都给遮掩了。

刻画一个人的形容果能传达他的精神吗？布置一定的环境，叙述一定的故事，果能揭明生存的基本问题或把这问题予以形式化、普遍化的表现吗？王安忆对此似乎更多地抱怀疑态度。她的小说更喜欢专写情绪，用的是"直指本心"的法子。这也解释了王安忆何以那么珍惜她的感觉力,那么注重心理分析,那么偏爱主观叙述。她甚至为此放弃了客观描写上的许多可能性。

冷静客观带点"鉴赏"意味的白描,不是王安忆的本色当行。如果说王安忆的小说有什么挑战性,有什么别具一格的地方,那就是:她不像亚里士多德那样推崇眼视的重要性,而更信赖眼睛后面的"心灵之光";或者说,她更偏爱艾布拉姆斯所谓的"灯",亦即心灵透视法,而不是"镜",亦即眼视的观察法。用哲学一点的语言说,就是,王安忆的小说更少一点"镜式的视觉隐喻",更多一些"心灵之光的照耀"。

这当然不是说王安忆没有白描能力,没有成为女性的林斤澜或汪曾祺的潜势,而是说,王安忆对生存的基本关注方式,不允许也不需要她在这一传统描写手段上有多高的造诣。白描在王安忆大多数成功之作中的运用都是相当有节制的。一旦失了节制,就会使她的小说不伦不类。博得一片彩声的《小鲍庄》在王安忆的小说中是孤独的,本身也说不上多么好。当时鼓吹"寻根"的批评家给予这部中篇的多重解释,今天看来,实在太一厢情愿了。我不知道这是不是作者灵机一动的应时之作。王安忆特有的问题和处理问题的方式,王安忆笔端那股抑制不住的情绪都不见了,而本来相当有节制的白描手段获得了超负荷的运用,明显露出造作和虚弱。当然,批评家视这种造作和虚弱为蕴藉厚重,那是接受美学的事,谁也管不着。不过有一种事实不可不提:王安忆并不像许多评论家说的那样,自《小鲍庄》而风格陡转,一下子改变了她作为小说家的形象。其实,写完《小鲍庄》之后的王安忆立即抛开了《小鲍庄》,折回原来的路子上来。

这样认识《小鲍庄》,并非故作惊人之语,也不是否认王安忆的"寻根"意向。不过,"寻根"对于王安忆有特别的含义。她不是寻什么"文化之根",而是要寻生命之源、存在之根。人可以无文化之根而不可无存在之根。道理也颇简单:不存在,即无文化。对人来说,文化并非绝对内在而悠久的历史性规定。相反,作为存在者状态上的文化倒是处处对人显出它的外在性和陌生感,不然,何以那么多人一致大谈"文化荒芜"呢?文化而可"寻"(注意这个词在眼视上的隐喻机制),不正说明作为存在之结果的文化有时候也可能丢失,"离我远去",而且通过搜寻,有时候又能"寻回"吗?我之所以说《小鲍庄》是模仿和应景之作,就是因为王安忆煞有介事地对不知道在哪里的所谓文化之根大寻而特寻。"寻"的"逼视"在文化论上可以仿佛是一种"深察",而在存在论上不过是一种"远眺"。遗忘(越过)人的存在而寻其文化之"根",不是"远眺"又是什么呢？王安忆小说的可贵之处也在于一种强烈的"寻根意识",但不是在《小鲍庄》,而是在其他作品中。为人的存在而寻其"根",这样的"根"不可能扎在随时都可能离人远去的"文化"中,而必须由人在其存在的展开式——它的现身的情绪,它的"烦"——中,通过先行的与生俱来的领悟来自己把握。这样的"根"无须外求,也不是靠睁大眼睛"寻视"所能寻得。"根"不在与你脱离的世界(文化)的某处,"根"在自身,在自身必然要展开的存在样子中,在你的现身"情绪"中。

二

《一个少女的烦恼》差不多是王安忆的"少作",《我的来历》写于1985年(比《小鲍庄》晚)。这两篇时间上相距迢迢,一个稚拙而单纯,一个老练但相当空洞。我之所以看重这两篇小说,更多不在其内容,而在其形式,特别是那两个极富概括力和提醒意味的标题。王安忆以感觉追踪、心理分析和主观叙述见胜的小说,大多写一个少女(当然不限于少女,也不限于女性)的"烦恼"(情绪!)。这种烦恼的实质性内容,往往是对自己"来历"(根!)不明的生存之"被抛"状况的焦虑不安。这里的"来历"显然远远超出了祖宗血缘的范围,而联系着面对生命、社会、自然、时代、历史、文化与整个存在时,人油然而生的那种对终极价值的关怀和到根基处栖身的企愿。顺便说一下,《我的来历》无疑含有这层主体构想,不过,至少在效果上,这层构想没有很好地体现出来。

因"来历"尚未明确导致的"烦恼",属于一种积极的生存领悟和关注,不可作一般世俗的"苦恼"解,正是这种积极的生存领悟和关注,形成了王安忆小说的意义焦点。

三

《雨,沙沙沙》中的雯雯,固然能够时时将她对生命的疑问纳入流俗的"社会问题"或"人生哲学",但是,那种独处时的怅然若失,那种对爱情幻想式的占有,经常陷入的百无聊赖,总之,一个涉世未深的少女所遭遇的种种问题,是她在习俗中获取的理性分析能力远远无法解释的。

若说"来历不明的烦恼"在《雨,沙沙沙》中还不甚分明因而极易被人忽略的话,《69届初中生》中的雯雯,则已经把这份烦恼化为性格的基质,不允许批评家再次失察了。这个雯雯绝非我们通常想象的那类少女。王安忆在她这第一部长篇中描写的,是一个特殊的,可以说带点"病态"的女孩子。当然,这里不是在弗洛伊德医生规定的意义上使用"病态"一词,我指的是生存论存在论上某种异于"常人"(Das Man)的"个性"。通俗点说,不是那种没心没肺整天乐陶陶的所谓"幸福的女孩"。雯雯的"病态",雯雯的"个性",就是她"病态"(个性)的生存领悟和生存关注。在这个小姑娘身上,迟钝慵懒与敏感爱幻想这两种表面上似乎相反的性格,十分奇妙地糅合在一起。她的迟钝固然可以用那个时代可悲的教育解释,但是,缺乏教育机会并不必然迟钝。小学五年级的学历,知识分子家庭,加上天生好学,为何不能把雯雯造就成一个伶俐乖觉的女孩?小说写雯雯是那么不谙人情,那么无力应付世事的新变,经常"落后于群众""落后于时代"。比起同学和同事,比起男友后来成了她丈夫的任一,雯雯显得那么无知、无能、懒惰并且麻木。然而,在别的方面,她又比周围谁都要敏感,还要富于想象力。她不愿意无视生命成长过程中必然要向每个人提出来的种种先验的存在之谜,比如,一个人为什么注定要长大?长大又意味着什么?一个人为什么非要恋爱、结婚?为什么非要有个好的工作环境和好的前程?恋爱、结婚、工作都意味着什么?前程是什么意思?我从过去来,我现在又准备着走向将来,我在这种时光的飞逝中凭什么保持一个统一的我呢?我是整体吗,抑或是碎片?如果我是整体,为什么昨天之我与今天之我、此地之我与彼地之我那么不协调?我是一时一地的碎片吗?我的我不存在吗?既然根本上就没有我的"我性",人生的奔忙又是为着"谁"?经此一问,雯雯的生活就生了问题,漏洞百出了,从而,日常生活中所牵挂的具体生活事项本身变得无足轻重,变得可以得过且过甚至随人摆布了。无论如何绕不过的,倒是这些生活事项(所关心的"什么")背后看起来十分傻气的"为什么"。"为什么"的问题不能解决,这一个个具体的"什么"又有什么值得起劲对待呢?雯雯把这些别人根本丢在脑后的问题存在心底,一天天暗自思忖,这不能不使她的想法、言行、性情渐渐逸出常轨。她不能理解别人,别人也不能理解她。更糟糕的是,她连自己也不能理解。别人在实际功利的人生中奔波辛劳,她却在生存论价值论上凭一个少女的真诚守护着这份真诚所带来的烦恼。雯雯有时做得也颇知趣,也能够给别人更多一些合作。但同时,她也就更深地陷入了她的问题、她的幻想、她对往日的伤悼和缅怀……陷入那超出当下生活的东西里面。她把自己交给了那个超越者而不自知。

小说家对人物生存领悟的领悟、对人物生存关注的关注,使从《雨,沙沙沙》就开始的感觉追踪、心理分析与主观叙述手法在这部长篇中再显身手。另外值得注意的,是主人公雯雯在叙述中的焦点位置。作者事事都从雯雯心中写出,希望以一个少女有限的感受认知能力,澄清时代巨变和生命成长启示的种种存在的困惑。这种感受认识能力的限制当然不能归于作者的吝啬,其实从王安忆主观方面来说,她倒是希望能够给雯雯更多一些敏感、悟性和沉思的兴趣,因为这样一来,那种虽是少女的生存把握也能超越现实中一般少女的谫陋,凝聚成有力的揭示,而不致沦为对不断冒出来的一个个具体生活事项表层的关心与"烦"。

《69届初中生》的可贵之处不能仅仅理解为"真诚的观察",因为观察的真诚有时候也不免导致写实上的"流水账",而王安忆的长篇最招訾议处也就在此。后来的《黄河故道人》《流水三十章》的情况大致也是这样。王安忆的多产，大概也能从这里找到解释。人物在叙述中的焦点位置当然可以是视觉意义上对人的生活历史的观察和记叙，但是切不可止于这种叙述机制，否则就很难通过人物具体的"历事"折射出他们心灵的真实。所以，王安忆的真诚的可贵不应该是视觉意义上观察和记叙的忠实可信，而应该是对这种视觉真实的超越，亦即上文提及的"直指本心"，直接展现人物内在体验的写法。

四

王安忆真正走向成熟，始于小说集《流逝》的出版。这部集子里，感觉追踪、心理分析和主观叙述已能运用自如，特别是"王安忆式的情绪"渲染得更加鲜明突出。人物总是徒劳地力图挣脱当下生活状态，在持久的迷失、烦闷和躁动不宁中顿悟某种生存的真相，或者干脆就再次躲进这份情绪中——虽然走不出这份情绪，却不愿让别的什么心境来代替它——人物对与生俱来的这份情绪有一种古怪的亲熟：它被这份情绪搅得神魂不安，但又不想骤然失之，总希望什么时候可以从中觑得什么、获取什么，总对它存着模糊不清的念想。就这一点来说,我倾向于把王安忆后来的许多作品,像《庸常之辈》《海上繁华梦》《妙妙》,包括"三恋"、《岗上的世纪》和《米妮》,看作《流逝》的继续。不过,这些后来的作品毕竟以王安忆思想和描写手段的成熟而使《流逝》显示的生存领悟和生存关注以及具体的文学演示显得更加纯粹化了。

《流逝》中几乎每个重要人物无不日常性地苦恼着、焦躁着、消沉着、兴奋着。人物和人物彼此冲突,或自我折腾。而这一切,根本上源于一种强烈的存在欠缺感和同样强烈的弥补这种欠缺的情绪愿望。

《窗外搭起脚手架》中的边微整天都是懒懒的,对朋友如此,对自己也是如此。一种模糊而深邃的不足感涣散着她的精神,弄得她懒得搭理所有实际生活问题。这促使她百无聊赖中对建筑工人"小林师傅"展开了一场聊胜于无的爱情游戏。这场游戏最后被"小林师傅"的粗鄙浅陋击破了,遗憾、窘迫加上自我嘲讽,重新把她送回那种若有所思、若有所感、若有所失、若有所望的懒懒状态。倒是"小林师傅"拾人牙慧的那句人生喟叹,"人,总是力图挣脱命定的存在",意外地奏响了这窗里窗外两组不同阶层的青年合作的多声部乐章中的最强音。这部小说多年前读过,至今记忆犹新。推其原因,大概是当时被王安忆借边微这个女大学生所渲染的那股情绪击中了。这股情绪不是世俗意义上的"有情绪"或"闹情绪",而是人作为一个存在者(此在)特有的情绪性现身情态。只要此在(人)存在,它就原始地落入了这种存在的展开样子。生存论上的情绪不是因为环境和事故偶尔"撞着"了这个或那个"此在"所造成的心理现象;情绪作为此在的现身情态,从本质上标划了此在存之"烦"。此在不能"有情绪",也不能"摆脱情绪"。"有"与"摆脱"显示了常人对情绪的世俗之知,似乎情绪是此在面前或身后或旁边的一种具体存在者,似乎此在可以凭主观意愿,也可以因为意外之故而"有"情绪或"摆脱"情绪。此在就是情绪本身。但常人——平均日常状态的此在——总是希望以这种"有"或"摆脱"的世俗形式合己之愿地"处置"这种情绪。这是情绪在现象上的实情。而要如此"处置"情绪,则首先必须把情绪"对象化"即"对抛出去",成为可观察、可研究的客观的生活现象。常人正是以这种对象化其情绪的方式达到对本己生存实况的"视"。不幸的是,许多触及情绪现象的小说恰恰充当了"自视其情绪"的一面镜子。这类所谓"情绪小说"所写的情绪乃是镜中的映像,谈不上镜子前面那个此在(人)本己的存在领悟,本己的现身情态。王安忆不是让边微以她的"眼"去看她的情绪,即审视、探视、寻视情绪的非此在式的环境、故事或主体的成因,以及同样来自这些方面的解决的可能性,而是叫她把放出的眼光收回,直接在情绪之中体验着并且守护着本己的情绪。

或许是出于女性作者特有的温情体贴,《流逝》里大多数人物的"存在之烦"都得到了"解决",不像边微那样,最终还是归于迷惘。青梅竹马的小夫妻桑桑和真真(《归去来兮》),到底因为什么而彼此疏远相互冷淡呢?表面上看,似乎由于两人不同的家庭环境发生对抗。真真倾向于桑桑家的自食其力和诚朴上进,桑桑则迷上真真家养尊处优和奢侈浮华的生活情调。小说结尾写真真上夜大补习,桑桑独自招呼真真一家为真真举办生日宴会,在反复对比了自己父母的美德和宴会上有产阶级的庸俗无聊,对比了和真真产生隔阂后的所得所失之后,"阿桑终于学会了用一种新的、更准确的标准进行人和人的比较、幸福和幸福的比较了"。这种标准是什么呢?是桑桑终于要认同和回归的他自己父母那种"实在"的价值观念和生活准则吗？显然不全是，至少这还不能够彻底解决真真的不足感以及桑桑那种怎么也猜不透的忧郁。当然，也不是他们小时候的生活情调，那种两小无猜时期的天地。桑桑也许还可以替自己找到一个归属，他本来就是情感观念上都很"实在"的一个人，和真真家那种气氛融为一体是由于他的"实在"，不满意真真家的气氛而欲"归去来兮"，也是出于他的"实在"，出于他对往事、对曾经有过的美好时光实实在在的眷恋。桑桑在生活中总有某个具体的实实在在的生活目标可以追求，所以他有地方安置自己的灵魂；真真追求的东西则不具备这种具体实在的性质，因此她归无所归。比如，在感情上，真真也一样留恋和桑桑一同有过的美好的过去。实际上，一开始正是桑桑拿这个"过去"来提醒真真不要沉溺于"当前"。桑桑还经常发现真真背着他跑到他父母那里重温"过去"。但是，一旦桑桑真的被真真感化，离开真真家的"当前"而跑回自家原样保存的"过去"，"过去"对于真真，又变得那么单薄脆弱，不足凭恃，因为这样获得的"过去"，不过是新的"当前"。桑桑总是忙碌着使一切"当前化"，他总可以在这种"当前化"活动中为自己找到安慰和寄托;真真最不满足、最感狐疑的正是这种表面上看来似乎一切皆备于我的"当前化的期备",她心之所寄,是生活中不可避免的"当前化"活动之外的"尚未期备"。人总是生活在当前,不是过去,也不是将来,这是每个人都逃不过的生存实况。因此,幸福就理所当然是"当前的富足圆满"。但是,在人的存在中,最不可信赖的不是过去的追忆,不是未来的幻想,倒恰恰是这种对当前的沉迷。

请注意王安忆小说中习惯出现的夫妻之间那种"王安忆式的温和的冲突"。冲突之所以是温和的,之所以不能痛痛快快爆发,彻彻底底消除,恐怕并不能首先归于女作家的体贴和温情。即如桑桑和真真之间的这种不和谐,就不是作者的温情或作者赋予人物本身的温情所能祛除的。同样,《B角》中的郁诚不会因为一朝登台成为A角就心满意足了。《大哉赵子谦》中的赵子谦果能死而复活,得知他多年的"理想"终于实现,他也不会就此忘怀那更深的缺憾。当然,王安忆的小说并不一味展示这种"温和的冲突",比如《荒山之恋》中那对冲破伦理禁忌者解决冲突的方式就惊世骇俗,毫无妥协余地。但是,"死"对于他们来讲,并不是冲突的解决,恰恰表明冲突的不可解决。"去死"并不是对死之前的困境的解脱,而是从一种经验逃到另一种经验(死)。经验领域的冲突——不限于夫妻之间——不能靠经验的方式解决。在理想的解决之道得到澄明之前,让这种冲突、这种情绪保持在"温和"状态,比较起来,更加妥当些。

"生活是平行的循环,还是螺旋的上升?"欧阳端丽(《流逝》)在小叔子文光的诘问下,终于无辞以对。这种诘问方式超出了她关于人生"两难境界"的理解:"人生轻松过了头反会沉重起来,生活容易过了头又会艰难起来。"端丽理解的轻松与沉重、容易与艰难,完全是经验范围内市民社会的人生观察。她果然就只求在不轻不重不难不易"之间"徘徊、消损,同时自我怀疑、自我宽解。你得承认,在习俗标准衡量下,欧阳端丽的为人是无可挑剔的。你还得承认,端丽的这种经验之谈,确实道出了某种"人生哲理"。但是,"做人"方面的无可挑剔,并不能消除端丽自身存在的困惑,她所揣摩的"人生哲理"也不就是存在的真相。人的存在的确表现为在一系列"之间"无尽地徘徊,但这个"之间",绝不限于轻重难易。轻重难易"之间"仅仅是人生的局部实情。这以外,人的存在还有许多更本质的"之间",那就是:静止和发展、短暂和永恒、有限和无限、现实与理想、经验和超越、庸常和浪漫、散文和诗,还有可能性与不可能性、真实与虚构、天与地、生与死……"作为烦,此在就是'之间'。"①欧阳端丽的全部魅力所在,就是她真实地感悟到自身存在的这个"之间",同时又不能深究它,而只是以习俗的浅见将它遮盖起来。因此,她自然不可能对她的生存进行本真的筹划,而只是以自己的"做人的美德"使自己在"之间"徘徊而不至于遭受过多的难堪和挫折。于是我们看到,在欧阳端丽身上,生命的激情用得不是地方,完全蜕变成对庸俗无趣的人生令人无法相信的忍受。更糟糕的是,她还以为自己的忍耐就是对那冥冥中的存在欠缺的超越,她还以为这样的人生才是正常、充实和无愧的。当她意识到那种由于领会着生存欠缺而来的躁动不宁的情绪最终不可消除时,她还以为这是实际生活的安排不够妥当,"做人"做得不到家呢!超验的困惑,存在和生命之"烦",竟然希望在经验领域获得解决。对人物生存局限这种充分的暴露本身就是一种揭示。《流逝》也因此可以算作王安忆全部小说中的经典。

---

① 海德格尔《存在与时间》中文版第441页。

五

　　王安忆对人物"存在之烦"的出色描写,给她的小说带来了一种独特的理性、一贯的体贴和稳固的现实感。同时,她又有女作家中少见的那种超脱人生琐碎项目而着眼人类存在困惑的灵气与勇气。也许更应该补充一点:王安忆还是一个希望可以现实地解决人类的存在困惑的小说家。不过,说她希望现实地解决那种使人陷入永恒骚动和焦虑的根由,是想表明,她对这种解决并不抱太大的信心。所以,更多情况下,她宁可把对这种根由的探察以及解决的努力暂时悬搁起来;或者,在小说欲罢不能而又不得不有个交代性结尾的地方,勉强含糊过去。她更关心的还是对现实中人的骚动不安情绪的描写本身。从一个少女的烦恼,到青年女性的困惑,再到成年女性的焦躁、沉沦乃至堕落(这是王安忆晚近小说的兴趣中心,如《荒山之恋》《锦绣谷之恋》《米妮》),从生命成长的忧思,到情感的迷失,再到性的迷乱,中间还有过一阵子对"根"的寻访……凡此种种,都可以概括为王安忆小说特有的"存在之烦"。人物总得有个烦的事项,不然,那冥冥中存在的欠缺导致的骚动不宁就找不到宣泄的渠道。而烦之所烦,莫过于不同年龄的人物(主要是女性)当前最吃紧的人生事项。从现象上对这种"烦"的把握,确实把我们屡屡带到人的存在之谜的近处,然而又立即把我们从这个近处带回,重新落在烦的对象和烦本身。人的存在的先验之谜的揭露,一再被这种烦之所烦的不断翻新所延搁。批评家习惯于从王安忆对人的存在之烦的描写出发,条分缕析这个烦的社会、心理、文化、个性和生命(生理)方面的根源,似乎这个"烦"向来就是对具体生活事项的关心,向来就是确凿触目、有案可稽的。比如,在解释王安忆小说中的性描写时,人们往往认为人物或者由于市民社会的无聊(《荒山之恋》《小城之恋》《妙妙》),或者由于知识阶层的空虚腻味(《锦绣谷之恋》),或者干脆由于生命本能的冲撞与渴求(《岗上的世纪》),希望在所谓的"性高潮体验"中获得解脱,得到弥补。

对性描写的阐释以及由此出发对市民和知识分子社会的批评,无论如何都不为过,都是必要的。但是,这种阐释和批判如果离开了人对某存在的先行领会,离开了人的存在之烦,就不仅显得不够,也从根本上贬低了人的存在的意义。什么东西可以一扫市民社会的庸俗无聊?什么东西可以消除知识阶层的空虚腻味？是"高潮体验"吗？"高潮体验"真的能够弥补人的存在欠缺,给无趣的人生带来盎然诗意吗？不可能。否则,清河县西门大官人和古往今来所有登徒子,可都要刮目相看了。

在最近发表的长篇小说《纪实与虚构》中,一方面,王安忆继续描写《我的来历》中人物对"根"的烦忧,另一方面,她还把自己放到小说当中,深入细腻地展示了一个写作者在当下的写作活动中的那种存在之烦。把写作当成一种生存样式,其中当然就有我们所说的存在之烦。关注写作中的存在之烦,使王安忆这篇小说的不少章节成为作家"关于写作的写作"。这种写法的效果究竟如何,我有一篇专门谈《纪实与虚构》的文章。至于这篇文章,已经写得太长了,就此打住吧。

感觉穿上了思想的外衣

——王安忆近作一瞥

王安忆是知青作家中一个耐力惊人的长跑者,尽管她似乎有无穷的变化法术,但我们总还能从其基本的处世态度和写作方法上看到知青一代知识分子的某种共性,比如,对生活热情而近于热衷的投入,对个人在社会中的声名与成就的过分顾惜,对某种公认的道德姿态、理想准则乃至立身方法的认可,包括由此而来的骨子里的谨慎与平庸。

她和同辈人的不同,仅仅在于她是一个勤苦而有灵性的小说艺术家。《小鲍庄》、"三恋"、《米尼》等,是王安忆昔日的辉煌。这以后较重要的是《叔叔的故事》。《叔叔的故事》敏锐地抓住了三代知识分子在80年代至90年代的典型心态,像这个时代的内心档案。她借鉴了索尔·贝娄的阐述体叙述,以高度理性化的语言突入事件和心理深处,显示出男性作家也少见的凝练泼辣。

她不满新时期偏于情感表达而疏于理智概括的浪漫主义,开始对此有所调整。中篇只是尝试,反映她近年创作路向的还是两部颇有争议的长篇,即《纪实和虚构》和《长恨歌》。

她说长篇不仅是对中国作家个体能力的考验,更是对群体文化极限与生命极限的挑战。《纪实和虚构》和《长恨歌》对她自己来说,就是一种极限性写作。这两部作品差不多使她倾尽全力。《纪实和虚构》的"纪实"未脱尽过去的影子,只加入了日益精熟的阐述体叙述。她对"雯雯"的情绪天地不再作情感的缅怀与体贴,而是进行理性的追问和剥离,是用思想来感觉,让感觉穿上思想的外衣。这势必要滑向理智层面的机械推演。

所谓"虚构",就是凭着蛛丝马迹,不知疲倦地追溯家族历史的沿革。她的兴趣当然不在考据,只是借考据的形式,利用考据考出来的大段空白,发挥小说家想象与推测的权利,也就是精神"虚构"的权利。"虚构"与故事无关,而是用理性刻刀雕世界真形。落实在语言上,就是对人物、事件、场景作纯粹理性化的分析、推测、想象、阐述、归纳、演绎、概括。由此开始,王安忆渐渐失去了直接介入当下生活并迅速做出反应的兴趣和能力,她将自己逐渐定位成安坐于书斋里的一个耐心十足的剖析生活素材的精神现象学分析家。

从情感返回理性,从现象返回精神,就是从客观世界的逻辑返回语言本身的构造。不是让语言跟着世界跑,而是让立体世界平面化、静态化,归顺于语言,一切在语言中予以解决。这是赤裸裸的退缩、逃避,又是赤裸裸的进取和扩展。用她的话说,是"创造世界的另一种方式"。

《长恨歌》讲述一位"上海小姐"40年代至80年代的简单经历,她希望由一个人写到一座城。新旧上海的风情韵致徐徐展出,半个世纪的沧桑,满纸低回的凭吊。读者似乎又碰到了一代才女张爱玲的文字魔性,《倾城之恋》《十八春》的意境。但张写上海,身在其中,故能体现出上海的"动";王写上海,置身局外,只是抓住了上海的"静",并细心平静地分析和品味这静止的图画。上海之于她,并无张氏锥心刺骨的牵扯。她和上海的关系基础是智不是情。张氏小说智的发现无非情的自然延伸,惊世骇俗的意境比况,浸透了奇突怪异的情感。《长恨歌》的智是情感的归宿和停泊地,一切尽在语言的巧智中展开。

很简单,她不是依靠亲身经历,而是凭借语言的构造力。你会指责这种情感的虚拟化,但你或者又会佩服她由此开掘的理性世界之深邃细腻。

《长恨歌》是一个接一个比喻堆积起来的。世界静静地展开,作者用无穷的比喻来"强逼力索",满纸"什么什么是什么什么",朴素而富有蕴藏。这不是张爱玲乾坤颠倒杂色错综的语式,倒更像"《围城》体"的极端变化。《围城》的巧喻点缀在故事情景的动态褶皱里,《长恨歌》则一点不躲闪,直接堆积着。这是王安忆的朴素率真。很少有人敢如此毁坏故事的动态绵延,如此片面地倚重智力和语言,如此从容地面对故事退隐后整个一副不可收拾的局面。她的极端在此,实力也在此。

这是语言对世界无条件的统治,是退居书斋的写作,深锁心底的绮思。它的魅力在语言一点一点地扩展,比喻一个一个地追加。它诉诸沉静爱智的心,像深秋雨线,丝丝打在寂寞无人的湖面;又像暮春江南晨雾,人在雾中行,浑然忘却原来的清明世界,只感到无边无际的雾气迷蒙。

走出语言之雾,王安忆还会写出怎样的作品呢?

似乎并不十分美妙。有一些读者对她也有很多不满：写了这么多，变化也很多，但那种特别淋漓尽致的东西少，冲击力很大的东西毕竟太少。她现在的一些小说确实撒得太开了，似乎无所不写，无所不能写，不管什么人，一旦落入她的视野，就总可以写出个子丑寅卯来。她喜欢向读者展示她的笔墨的强大的适应能力，特别是喜欢展示她的理解力和体贴入微的对人物的同情。她似乎在扮演孙悟空，不管什么人，她都能够钻进去，然后以人物的语言和心理来说话，代替人物来发表一般来说总是很长很长的一些个思绪。由此，她既可以写解放初期的上海小保姆（《富萍》），也可以写90年代的香港小姐（《香港的情与爱》）和上海的新生代女性（《我爱比尔》），甚至民工与发廊妹（《民工陈建华》《发廊情话》）。

她的问题不在于缺乏理解力，缺乏想象力，而恰恰在于自以为太有想象力和理解力了。她过高地估计了人与人之间的可沟通性，过高地估计了自己对别人的理解的可能性，而忽略了乃至可怕地无视了人与人之间巨大的隔膜和不可沟通性，用存在论或现象学的术语来说，叫作"主体间性"吧？在这个方面，王安忆的思想基本属于古典人道主义，似乎还没有大胆地突入现代。但这些主要还是针对她近来那些有几分炫耀性的无所不写和无所不能写的撒得太开的作品，而不能包括《米尼》《妙妙》《叔叔的故事》之类。

王安忆的"才能的本质"还是在于对自我的大胆逼视，特别是对自我深处难以理解也难以驾驭的那些幻想、冲动、渴望、羞耻和畏惧等的大胆挖掘。由于对文化时尚过于敏感和笔头过于活泼，她往往会离开自己的根据地而进行一些并不成功其实也并不必要的所谓探索。

目前中国文坛的正宗仍然承继 20 世纪 30 年代的"左翼"而来，它在美学上的特点，是以不管怎样的"关心现实"为标准，但因为难度太大，这个标准早已不伦不类，甚至仅仅成为有名无实的幌子，但它也有另一种功能，就是始终容忍乃至鼓励艺术上的粗糙，而将精致和高雅视为额外的追求。倘有人将这额外的追求当作主要的努力方向，就要受到指责，至少那追求精致和高雅的创作是不会被普遍关注的，因此相当长的时间里，精致和高雅的艺术一直是文坛的潜流与支脉。

但精致和高雅是一把金交椅，以前坐在别人（比如"自由主义作家"）屁股下面，横竖不顺眼，必欲毁之而后快，一旦自己坐上去了,马上就会变成宝贝的。

这是当今中国文坛呼唤大师杰作并提倡精致、高雅的一般心理。

王安忆的创作,从《小鲍庄》、"三恋"开始,一直遭到非议。不过正如大家已经注意到的,这种非议的力度在逐渐减弱,等到《长恨歌》出来获得茅盾文学奖,一直追求文学的精致和高雅的王安忆,就终于被慢慢学会附庸风雅的中国读者全面接受了。

在中国文坛的正宗看来,王安忆的作品大概就相当于曾经属于别人而今天终于为自家所拥有的一件宝贝吧。对王安忆本人来说,她当然可以把公众一厢情愿的认可撇在一边,继续走自己的路,然而其中的难度也可想而知,至少她近来的一些作品,已经越来越符合凡事远远看去无不赏心悦目的所谓审美(也就是精致与高雅)的标准,而30年代"左翼"文学十分强调的突入事物内部并与之一道燃烧一道搏斗的粗暴而执着的力,却很少很少。

和王安忆遭调类似的还有已故作家张爱玲。以前怎么痛恨高雅和精致,现在就怎么喜爱高雅和精致;以前怎么否定张爱玲,现在就怎么捧——而且是仅仅捧高雅和精致的——张爱玲,再捎上一个王安忆。

"现当代文学"这条隐秘的线索还可以表述为:从反对高雅和精致到欢迎高雅和精致,从跟在"海外学人"后面"重新发现"张爱玲,到全面肯定王安忆并带动新一辈"海外学人"以王安忆小说为经典来研究上海的热潮,从"破落户"子弟的"精致的聪明",到暴发户的浓艳的门面装潢。

这也许是任何一个现代国家的文坛在趣味提高的过程中必定要走的一步吧。

一种"上海文学"的诞生

——读陈丹燕《慢船去中国》想到的

陈丹燕是近年来以写上海而闻名的上海女作家,但她的几部畅销书——《上海的风花雪月》《上海的金枝玉叶》《上海的红颜遗事》——都属于纪实作品,即在采访和调查材料基础上加上一些文学性描写,以满足同时也塑造着追逐时尚的一班年轻读者对于或新或旧的上海的幻想。在她的上述作品中,文学性描写只是辅助手段,主体则是纪实的人与事。这当然并不是说我们可以轻视作者文学描写的功底,或者低估文学性描写在这些纪实作品被读者接受时所起的催化剂作用,而是说,作者很不错的文学描写功底在她的上海故事中只是一种辅助工具,而不是一种整体性的理解世界和理解自我的方式(我们也许可以说这就是属于每一个作家自己的具体的哲学)。衡量一部叙事作品的文学性因素的标准,并不在于它是纪实还是虚构,关键要看在这部无论纪实还是虚构的作品中有没有作者自己的自主而统一的理解世界和理解自我的方式。这个标准,显然不适合用来衡量陈丹燕的上述以上海为题的系列作品,它们更应该在比较成功的时尚写作中确立自己合适的位置。

最近云南人民出版社又推出陈丹燕新书《慢船去中国》(以下简称《慢》),作为该社与《收获》杂志共同策划的"金收获丛书"的一种。《慢》据说是纯虚构作品,全书以一个具有悠久的买办家族史的当代上海家庭数代人的命运为主线结构成首尾一贯的故事情节,主要人物不下十个,场景涉及我国的新疆、上海及美国,时间跨度更大,从20世纪20年代初一直写到90年代末。作者试图以此突破其以往描写上海的几部作品的纪实界限,实现其强烈的文学性追求。

我的直觉判断是《慢》的底子仍属于纪实,只是加上了更多的自以为具有文学性的描写,而弄得非常尴尬,既不像文学,也不像纪实。作者努力对采访、调查得来的素材进行提升,可惜没有成功。如果我们将作者一笔一画耐心渲染的某种淡淡的忧愁和沉醉(这是典型的属于作者个人的情调)撇开,剩下来的,就只是一个相当呆板而缺乏想象力的纪实性故事框架了:小说按部就班地从上海一家人如何送大女儿去美国,依次写到大女儿如何失败,该家庭如何利用大女儿的失败将二女儿送到美国,一直写到二女儿如何处处胜过姐姐而学成归国另创一片天地。这中间除了作者的一些小情调和小摆设之外,叙事本身并没有什么使人眼睛为之一亮的开掘,故事在叙事的表面匀速滑行,各个段落的长短好像用尺量过一样整齐。

作者为写这一篇故事,也许做了许多调查,但她自己并没有什么切身的体验要表达,只为了讲一个具有普遍意义的上海故事而已。她要为读者提供一个精确的关于上海的公共想象,而不是个体对上海、对时代和世界的体验。这个长篇仍然是一种时尚写作,与直达个体心灵并渴望与当代读者进行对话的文学写作,尚有一段较长的距离。

某显赫一时的上海买办家庭的后代不甘家族的没落,在80年代末出国热中,成功地将大女儿送到美国。这位从小在上海长大、和远在新疆的父母感情疏远的大女儿很不争气,一到美国便"就地取材",仅仅因为虚幻的美国梦和拥有一个金发碧眼的西方男子做情人的虚荣心,而和室友——一个美国大学生同居,并迅速怀孕。男友不仅不想与她结婚,也不愿承担责任,她只好回国堕胎,结果被父母强迫着返回美国,最终为了在男友面前维持自尊而在美国堕胎。失望、苦闷和委屈使她身心交瘁,神经错乱。这时候,在早年留学美国、见多识广的爷爷的安排下,父亲以照顾生病的女儿为名到了美国。他不想就此带着发疯的女儿回国,就自己撞车,骗取保险,终于让二女儿来到美国求学。这是小说的上半部。下半部写妹妹如何争气,虽然和姐姐一样,一下飞机就有可爱的美籍华裔男室友等着,但她不为所动,一切以在美国出人头地为目的,终于取得了优秀的学习成绩。而为了获得工作经验,继续攻读美国的 MBA(工商管理硕士),她争取到美国公司驻中国分公司的秘书职位,暂时回到讨厌的上海,埋头工作,连家人也不愿相见。而她的家人正希望她如此绝情,认为只有这样才可以避免重蹈姐姐的覆辙。可惜她一心为美国老板做事,得罪了思想糟糕的同胞,美国老板非但不支持她,反而认为她没有当好中美合作的桥梁,将她解雇。小说结尾说她在上海又找到了一份工作,但距离当初的理想已十分遥远。

应该承认,这是一个不错的故事框架,每个人物也都值得大书特书,但全书写到最后,仅仅勉强把这个故事框架撑起来而已，读者只要弄清楚情节主干，就一览无余，没有多少值得回味的实质性内容。原因很简单，作者虽有不错的故事原型和框架，但没有写好人物，几乎所有的人物，出场之后就定格了，再没有什么发展；更重要的是，作者与人物之间并没有什么深刻的交流，因此也无法将自己或有的体验通过人物传达出来。

《慢》中的人物缺乏起码的性格逻辑，比如作为主角的姐妹俩，有时很聪明，很有自制力，有时又显得很糊涂、很弱智；她们的生活品位，一会儿高雅、精致得像公主，一会儿又粗糙、恶俗得像瘪三。其他人物，如爷爷、叔公、两个叔叔、父母以及两姐妹各自的美国男友，大多概念化、类型化和脸谱化，似曾相识——作者缺乏独特的发现。只是那个维尼叔叔的潦倒与超脱，做父母的一切为子女着想的苦心，还算刻画得比较成功，但这并非作者主要用力之点，显然不能弥补全书整体的苍白与空洞。

背景描写也停留在一般纪实作品的水平。论历史背景，只是一些关于王家辉煌往事的不断重复——这是该书最大的特点和主要的叙述内容。作者的态度也于此显得相当暧昧，我们分辨不出她是在讽刺王家后代"祖宗曾经阔过"的阿Q心理,还是跟着王家后代一道来追怀和炫耀。从小说叙述的直接效果来看,恐怕还是以后者居多。

再看现实背景的描写。80年代上海的"出国热"、在美国的中国留学生的生活、90年代上海合资企业的人员关系,也都没有很好地挖掘,没有特别出彩之处,至少在众多同类题材作品中,未见多少新意。占全书大部分篇幅的两姐妹在美国的生活,更加表面化、雷同化。虽然两人生活态度不同,但生活内容如出一辙:不是偶尔去拜望孤身隐居在纽约的退休教授婶婆,以及婶婆的好友、专门研究他们家族史的美国学者,和他们聊一些家族的往事,就是与男友逛咖啡店,做饭,或者在大学听课,此外再无他事。

如果读者要问,就这些内容怎么会写出偌大的篇幅,答案也很简单:作者非常善于不看具体情境而信心十足地渲染某种气氛与情调。比如,本来沟通很困难的中西方男女之间的交往,在作者笔下却显得极具抒情和浪漫气味,而其实不过是小资情调的贩卖;本来同样沟通困难的姐妹俩和那个神秘的婶婆之间,到了作者笔下,似乎就有谈不尽的话题,而其实只是关于王家往事的一再重复;本来是人物并未融入其中的纽约曼哈顿街区,包括那个走马观花的美术博物馆,却被作者描写得流光溢彩,似乎充分投射着中国女性的丰富情感,其实也不过是对一张旅游图的美声咏叹而已。作者很像一个认真而勤奋的描红高手,先打好基本的故事框架,再一笔笔把颜料描上去,直到所有的空格都被散发着她的气氛和情调的文字填满为止。

作者为赋新词强说愁,为时尚而时尚,在这里表现得最明显:她的写作冲动,不是个体积累甚深的人生经验一吐为快,而是要借用一个留学故事演绎一种制度性的时尚想象而已。这个留学故事和以往的留学故事的区别在于,以往的留学故事涉及某个梦想中的陌生的他者文化和急欲离去的绝望的现实,而《慢》的留学故事,既不曾触及多少此地的现实,也不曾触及多少彼地的文化,而只是将此地的现实和彼地的文化统统笼罩在作者所接受、所演绎的某种关于上海、关于美国、关于当代生活的制度性想象之中。这也是作者那么依赖其善于渲染的文字功夫的原因。《慢》的灵魂,其实既不在于作者对美国有什么切实的了解,也不在于作者对中国有什么深刻的把握,而只在于她的那一副特别能够制造情调和渲染气氛的笔墨。换句话说,作者的兴趣,并不在于写上海,写美国,或者写生活在上海和美国的一些人物,而是为了把自己的某种生活情调渲染出来。

说到"文字功夫",作者的看家本领,就是无论什么都能写得深情款款、情调十足,而考其方法,也很简单,就是反复使用可操作性极强的同样制度化的拟人手法。

试看她对某种上海情调的渲染:"上海一九九六年暮春的黄昏,熏风阵阵,那是沉重的暖风,又软又重地打在身上,夹着上海那种躁动不宁又暗自感怀的气味,梧桐树上的悬铃子在随风飞舞。"之所以要引这段其实在《慢》中比比皆是的文字,就是想让读者看看现在流行的是怎样的"汉语写作"。写上海,本来是一个困难的工作,到现在为止,也不知道有多少作者的文字搁浅在上海滩了,《慢》的作者却以拟人手法,轻巧地化困难为平易,化复杂为简单,化生疏为娴熟,任何事物,一旦落到高度拟人化的文字中,就好像已经被她揣摩烂熟的一个老朋友,尽在掌握,任她横写竖写,都无不合适了。比如,本来已是"黄昏",可巧又赶上"暮春",唐诗宋词或新文学学生腔小说诗歌里的风味摇笔即至,而且似乎非此不足以显出文学性。你在"熏风阵阵"中还没回过神,她又吹来了"沉重的暖风",还"又软又重地打在身上"。想象不出?那就只怪你自己无能且无趣了!

写上海,竟然闻到了一种"气味",可见作者对上海的把握是如何精微,然而,是怎样的"气味"呢?叫作"躁动不宁",叫作"暗自感怀"!如果你仍感觉情调不够,还有背后标准上海式的布景:"梧桐树上的悬铃子在随风飞舞"。多么漂亮的文字!什么意思?其实经不起细想,反正这样写出来,显得漂亮就够了。

在当下流行的"穷奢极欲"的所谓"汉语写作"中,陈丹燕的笔墨算得比较懂节制,也比较可以见出根底了,但即使这样,也无法遮掩其骨子里的轻飘、含混、油腻、媚俗和自我膨胀。另外,生造、不通,也所在尽有,比如形容一个人的表情,是"由衷稚气",描写一家人走进红房子西餐馆,是"各自鱼贯而入"——但这也许并非作者之错,而是编辑之误。至于我这篇文章如此关心这些细枝末节,而非直达那些更加具有文学性和挑战性的问题,大概也算不上什么真正的文学批评了。

是上海的文学只配这样的批评呢,还是上海的批评也只配咀嚼这样的文学?我不知道。但有一点可以肯定,无论上海的文学,还是上海的批评,一旦乘上这样的"慢船",恐怕就很难抵达文学的彼岸了。

聪明的作家应该知道,如此沾沾自喜地围绕一个虚构的上海旋转,或围绕一个实有的上海旋转,都不是文学,因为你旋转着,忙碌着,推衍着,渲染着,演绎着,就很容易迷失你自己。抓住了上海,或抓住了别的比上海更加光鲜时尚的所在(比如曼哈顿),却失去了自己,其实是很不合算的。没有你自己,没有你自己的眼光,没有你自己对这个时代和世界的真切感受,却健笔如飞地写出一大堆时髦的东西来,这除了能够满足时尚追逐者的幻想之外,怎能和更多的人的实际感受对话,使他们产生共鸣?

自从上海成为 90 年代以来中国发展的神话之后,以上海为主题的文章应运而生,层出不穷,这是一点都不奇怪的。至于文学在这种时尚写作中显得异常兴奋,也很正常,因为我们的文学本来就有一个善于闻风而动的传统,即总能紧跟时代的主旋律,一步不落。90 年代以来,文学本应该经受严峻的考验,在考验中或壮大,或衰微,但一场以上海为中心的新的文学造山运动,使众多一度迷惘的作家不仅免去了考验,还侥幸在另一个意外降临的有利可图的主题下面找到了安全舒适的逃避所,和似乎可以无限开发的市场资源。好在读者已经被彻底驯化了,分辨不出什么是文学,什么不是文学,他们已经成为时尚的俘虏,一旦碰到时尚的参与者、消费者和制造者——以书写上海为时尚的某种上海文学——当然要大声叫好了。在这种读与写的良性循环中,我们的文学依然十分陈旧乃至陈腐,它尽可以在一夜之间占领脆弱而盲从的图书市场,但最终还是不能打动读者的心。即使那些追逐时尚的读者,在占有和消费时尚之后,最终获得的也只能是新的虚空,和对自己一度喝彩的时尚作品的遗忘。只不过,对这一种时尚的遗忘,并不意味着对另一种新的时尚的警惕,相反,时尚正是借人们喜新厌旧的心理而使其简单的重复性把戏总能够轻而易举地大获全胜。

关于陈丹燕的新作就说到这里,还有一点余兴,不妨再说一说某种方兴未艾的"上海文学"的生产机制。

过去我们总认为先有了上海这个地方一定的经济发展,才产生了海派文化与海派文学,这当然是对的,上海文化与文学的空间当然只能在上海,不会在外地;但与此同时,人们也不断对上海附加和追加了很多未必跟经济对等的观念,特别是对于近年来的上海文学,如果仅仅从经济、政治甚至上海本地的习俗、方言等角度单向度地来研究,就很可能会忽略那些真正催生着一种新的上海文学的制度性因素。

当一个作家的写作涉及上海时,他对上海的历史和现状很可能并没有达到历史研究或现实调查所追求的那种熟悉程度,但他完全有理由从某种制度性想象直接楔入,而构筑他们关于上海的想象性叙事。比如,现在流行的一些概念,像"三四十年代的摩登上海""国际大都市""日常生活""欲望""时尚""消费文化""白领""小资""中西文化交往""高速发展"等等,在叙述上海的不同性别和年龄的作家的作品中,显然就一直先验地发挥着举足轻重的作用。首先是这些制度性想象而非上海经济政治的实际变化,使上海文学在20世纪90年代后半期发生了质变。这以前的上海文学虽然具有不容忽略的"上海特色",但这种"上海特色"并不能在根本上改变上海文学对于整个中国文学的绝对从属关系,某种整体性的中国文学和与之相对应的关于中国的想象推动着上海文学的发展,也把上海文学牢牢编织进这个整体的中国文学的概念里。90年代中期以后,上述关于上海的制度性想象的介入,不仅改变了上海文学的素材与色彩,也改变了它的地位和性质,使得一种相对独立于整体的中国文学而又在某种程度上引领着整体的中国文学随它一起发生变革的新的上海文学成为可能。

现在预言这种颠倒的文学景观的终结还为时过早,因为支持这种颠倒的文学景观的关于上海、关于中国的制度性想象已经蔓延全国,在这过程中,并没有遇到足够有力的抵抗。事实上,许多作者已经搭上了这条通往他们心目中的上海和中国的"慢船",开始了他们自己的同样颠倒的文学旅程。

2003 年 12 月 1 日定稿

都是辩解

——《色·戒》和《我在霞村的时候》的道德谱系

竟有那么多自以为是的家伙把《色·戒》这部极戆的片子捧得天花乱坠，我真觉得奇怪。有什么好？无非让一个名叫梁朝伟的香港酷星又扮了一把酷，顺便带红了一个名叫汤唯的内地青涩妹。非要说大有深意，也不过是以华丽媚俗的电影画面迎合了日益骨头轻的新世纪文化而已。具体地说就是为女性盲目献身提供合法性依据，让已经失贞的感到值得并引以为自豪，同时为跃跃欲试的后继者提供"我傻所以我可爱"的哲学。

电影似乎对小说亦步亦趋，甚至把张爱玲欲说还休之处"发扬光大"，其实它的可恶恰恰就是偏离了原著精神，大量塞进导演并不高明的私货——当然是偷偷摸摸的。所以我们最好还是先回到小说，看看这件事起头怎样，接着又怎么被李安搅乱了。

但我要请出和张爱玲风格迥异的作家丁玲，帮助晕头转向的观众从电影的骗局中挣脱出来，稍微清醒一下。要讲就讲点严肃的，至于这部戆片子催生的某些新"学问"——有人专攻开场那条大狼狗，有人专攻老易的司机，有人专攻张秘书，还有人已经就老易家的保姆做了长篇大论，诸如此类的题目，就让能做的人去做吧。

一、《色·戒》与张爱玲的私情了断

且说1945年8月，抗战胜利，国民党还都南京，很快公布"惩办汉奸条例"，其中包括对"文化汉奸"的制裁措施，"京派"领袖周作人即因此入狱。上海沦陷时期，张爱玲在有日伪背景的《杂志》《古今》和汪伪政府宣传次长胡兰成主办的《苦竹》上发表作品，参与这些刊物举办的文艺活动，还与胡兰成结婚，在沦陷区文化界大出风头，自然最遭物议。

但张爱玲不像当时另一位当红女作家苏青那样拼命为自己辩解。她采取的是周作人式的"不辩解"，只在1946年底趁《传奇》出增订本时写了篇《有几句话同读者说》，简单陈述曾辞去"大东亚文学者大会"代表的事实,并申明没有向公众说明私生活的义务,一派超然的姿态。

但深谙中国文化的张爱玲对当时已经弥漫全国的伐恶之心不可能无动于衷。她的散文《中国的日夜》再三强调她对中国的无限眷恋。"中国"这等"大字眼"是"五四"以来新文学常见的核心词,艾青、穆旦那样用语含啬的诗人也不例外。国家观念本来不强的张爱玲在逛小菜场之后写出这样的文字,就特别惹人遐思。40年代末和50年代初,度过抗战胜利后最初几年困难时期而重现文坛的张爱玲喜欢在作品(如长篇《小艾》)中为她笔下一贯灰色悲凉的主人公命运安上"光明的尾巴",大概也算是高压之下的一种解数吧。

《色·戒》1978年在台湾发表,据说1953年即已执笔,一改再改,如果不是其时胡兰成在台湾出丑而牵连到她,使她不得不以一种适当的方式予以撇清,也许还不会这么早就拿出来吧?中间多少机关算尽,外人无从知晓,但她想借此对过去做一个总辩解的心,读者还是不难感受到。

张爱玲写《色·戒》的困难在于,既要有所"化妆"(否则就不是小说,也太显得急于辩解了),又要将她和胡兰成的事摆进去(否则失去发表的目的),但更重要的,还是要在这中间形成必要的反讽,自己取得一个进退自如的地位。

"化妆"的地方大致有:1.王佳芝是"岭南大学"而非"香港大学"的学生,这就和张爱玲40年代初在香港大学就读的经历撇清;2.王佳芝是广东人而并非上海人,小说特别指出她和邝裕民通电话时用的是"乡音"(粤语),这就和张爱玲自己的上海籍划清界限;3.易先生的原型是丁默邨,标准的特务,胡兰成是搞宣传的,王、易的关系在外壳上脱胎于1939年郑苹如诱杀丁默邨的"本事",这就又与张胡恋撇清了;4.张英文极好,而小说中王佳芝和讲英语的珠宝店老板之间竟然"言语不太通"。在上海话、广东话之外,作者再次借用语言的识别标志将自己与王佳芝区别开来。

但直陈事实处更多。1.易先生家里挂着"土黄厚呢窗帘……周佛海家里有,所以他们也有",张爱玲结识胡兰成之前,曾陪苏青一道拜访过周佛海,为当时不满受冷遇而倡言"弭兵"因此被汪伪政府羁押的胡兰成说项——或许她真的在周家见过那种窗帘;2.小说中周佛海和易先生芥蒂颇深,胡兰成属于追随汪精卫的"公馆派",也与周佛海不甚相得;3.易先在香港发迹,胡也是先在香港写政论而为汪精卫所欣赏,加意栽培,并引入南京伪政府的,张爱玲在香港读书的时间不与胡重叠,但他们1944—1945年热恋时必然谈过这一层空间的因缘;4. 胡、易都频繁往来于南京、上海之间;5. 易是武夫,却"绅士派",这只有理解为胡的影子才合理;6. 胡、易都有本事在危急颓败之际攻取芳心;7. 王佳芝在珠宝店放跑易,仍不放心,直到确认"地下工作者"没有开枪才"定了神",这种牵挂,符合张在胡潜伏浙闽两地而又几乎恩断情绝时仍然多方接济的事实;8. 易和胡一样都风流自赏,可一旦女人没有利用价值或有所妨碍,也都能毫不留情,或弃或杀。

直陈事实固然是尊重历史,巧妙的"化妆"则属于此地无银三百两的故意露出马脚的小说修辞法——理解为从反面进行更强烈的暗示或更坦然的招认,亦未尝不可。

至于读《色·戒》的困难,并不在于如何辨认小说人物王、易与张爱玲、胡兰成在虚构与事实之间的关联,而在于理解张爱玲怎样通过这种危险的关联"了断"她的私生活遇到民族大义时所产生的道德混乱,当然也包括理解她怎样借此"了断"和胡兰成的情缘。

这里有两个关键。

首先,张爱玲对笔下人物易先生的态度如何?张爱玲不等于王佳芝,她本人对易的态度并不局限于王佳芝对易的态度。也就是说,张爱玲对易的态度除了通过王佳芝表达出来之外,还必须越过局中人王佳芝,由"隐含作者"直接指出。这两种态度重叠起来,才是作家张爱玲对于小说人物易先生的完整的态度。

王佳芝的态度容后再说。小说中有没有"隐含作者"直接表达对易的态度的地方?

有,至少在两个地方,"隐含作者"越过王佳芝,将易的心理直剖明示出来,从而向读者表明她对易的态度。

第一场戏就在珠宝店王觉得自己爱上了易时,"他的侧影迎着台灯,目光下视,歇落在瘦瘦的面颊上,在她看来是一种温柔怜惜的神气",正是这种"在她看来"的"神气"使她认为"这个人是真爱我的"。问题就出在"在她看来"这四个字!"在她看来"如此,在"隐含作者"看来呢?那就不一样了。在易摆出一副令王神魂颠倒的姿态之前,"隐含作者"已经告诉读者实际并非如王佳芝所想象,因此她不得不抛开王佳芝,直接在读者面前,用易的心理独白,将他的内心和盘托出:

本来以为想不到中年以后还有这样的奇遇。当然也是权势的魔力。那倒犹可,他的权力与他本人多少是分不开的。对女人,礼也是非送不可的,不过送早了就像是看不起她。明知是这回事,也不让他自己陶醉一下,不免怃然。

易并不爱王,他只是想借她证明自己的魔力;即使这魔力来自权势也不妨,因为权势和他已经分不开了。他所具有的不是对她的爱,而是"自我陶醉",目的落空,便"不免怃然"。小说将易的真心和王的错会交替写出,目的不是很明确了吗?

第二场戏是易恩将仇报,痛下杀手,将王及其同伙一网打尽之后的内心独白。"隐含作者"明确告诉读者,在易心目中,"他们那伙人里只有一个重庆特务,给他逃走了,是此役唯一的缺憾",言下之意,捕杀王佳芝并非易的"缺憾"——当然易对王佳芝的死也并非毫无"缺憾",不过这个"缺憾"并非爱人的香消玉殒,而是不能将计就计,继续榨取王佳芝的灵与肉:

不然他可以把她留在身边。"特务不分家",不是有这句话?况且她不过是个学生。

除了没把那个"重庆特务"抓住之外,要说易还另有"缺憾",也就是这个了。而这种"缺憾",丝毫都不妨碍他因为王佳芝"捉放曹"而终于兑现了的"陶醉":

她还是爱他的,是他生平第一个红粉知己。想不到中年以后还有这番遇合。

这就和他在珠宝店时因为觉得王佳芝只是敲竹杠而令他无法"陶醉""不免怃然"接得天衣无缝。

"绅士派"的老易一旦不再"怃然",一旦理由充足地"陶醉"起来,就不会草草收场,必然要乘胜追击,扩大战果,坚决榨干死人的剩余价值:

她临终一定恨他。不过"无毒不丈夫"。不是这样的男子汉,她也不会爱他。

他对战局并不乐观。知道他将来怎样？得一知己,死而无憾。他觉得她的影子会永远依傍他,安慰他。虽然她恨他,她最后对他的感情强烈到是什么感情都不相干了,只是有感情。他们是原始的猎人与猎物的关系,虎与伥的关系,最终极的占有。她这才生是他的人,死是他的鬼。

临死也要找个垫背的。

这种自以为是的自私与荒谬,略知一点胡兰成其人的读者,不都很熟悉吗？张爱玲躲在易后面让他现身说法的这一段文字,已经足以清楚"了断"她和胡之间的那段孽缘了。

现在再回到王佳芝的问题:她是怎样"因为没有恋爱过,不知道怎么样就算是爱上了"易的？其实,易一出场就定型了(李安的电影把易塑造成因为救之不能而伤心欲碎,简直是白痴),王佳芝的形象却有发展。小说《色·戒》的主体故事就是描写王佳芝怎样从纯洁的女大学生一步步发展到"地下工作者",最后因为爱上诱杀对象而赔了自己的性命。

第一步,为诱杀易,她主动失身于瞧不起的同伙梁闰生,没想到老易突然离港,计划落空,她觉得不值,责备自己"反正就是傻",同时又怀疑"大家起哄捧她出马的时候,就已经有人别有用心了",何况事后"总觉得他们用好奇的异样的眼光看她"。因此她跟他们都"疏远"了,甚至"恨"他们(包括那个一度以为爱上了的邝裕民)。

第二步,当他们追到上海重新启动计划时,她又"义不容辞"接受了任务,并迅速接近了易,而且"每次跟老易在一起都像洗了个热水澡,把积郁都冲掉了,因为一切都有了个目的"。1978年《色·戒》刚发表,化名"域外人"的台湾小说家张系国就抓住"热水澡"大做文章,指责张爱玲"歌颂汉奸",还怪她把王佳芝写成在易那里得到满足的色情狂,但就是不看紧接着的一句"因为一切都有了个目的"。其实整个这一句的意思是说,王佳芝以前间接地为之献身的老易终于被逮着了,她可以完成未竟之业,不至于枉费了大好青春。

第三步,也许和第一步、第二步重叠着,是披露王佳芝的"虚荣心",因为这种"虚荣心"而不免一时忘记身份,入戏太深,甚至在有些方面假戏真做。但是,在王佳芝走进珠宝店之前,她的假戏真做,一直被作者严格限制在"虚荣心"范围之内,与性无关。张爱玲生怕读者误会,还故意提到王佳芝和老易只有"两次",而且都没感觉(电影拼命用所谓"床戏"为王佳芝的"爱"和最后的"捉放曹"做铺垫,也是一种白痴式的改编):

> 跟老易在一起那两次总是那么提心吊胆,要处处留神,哪还去问自己觉得怎样。回到他家里,又是风声鹤唳,一夕数惊。他们睡得晚,好容易回到自己房间里,就只够忙着吃颗安眠药,好好地睡一觉了。……
> 只有现在,紧张得拉长到永恒的这一刹那间,这室内小阳台上一灯荧然,映衬着楼下门窗上一片白色的天空……但是就连此刻她也再也不会想到她爱不爱他,而是——

破折号后面的情节,就是上面提到的王佳芝对易摆出来的表情的"错会"。她的"爱"他,仅此而已,可以说是在暧昧氤氲之间的一念之差。不过既然"爱"了,就索性"爱"到底,以至于非要等到确定没有开枪之后才离开珠宝店。

但是,王佳芝在被所"爱"的男人捉拿归案之后,是否仍然执迷不悟呢?

小说没有交代,但我觉得从这里开始,王佳芝心理的"下文"完全可以和"隐含作者"的态度对接上了。李安不明此理,仅仅因为张爱玲没有让王佳芝在这以后出场说话,就越俎代庖,认为王仍然爱着易。小说中王佳芝离开珠宝店,明明要坐三轮车去"愚园路"一个亲戚家,"看看风色再说",电影却说她是要回"福开森路"她和易的爱巢。讨奖赏吗?这种改编即或没有恶意,也是不可原谅的。

如前所述,张爱玲的态度应该是王佳芝和"隐含作者"的叠加(从技巧上讲是"对接")。张爱玲通过王佳芝招认她确实(不管因为什么)"爱过"胡(但这种爱是值得追悔的"错会"),又通过"隐含作者"进入易的心里,明确宣告她后来已经洞悉肝肺,只有鄙视了。如此"了断",充分显出张爱玲的"恩怨分明"。

真实地展示王佳芝一念之差的全过程,重点在于追悔她对作为一个男人的老易的"错会",因此并没有抹杀她作为一个经验欠缺的"地下工作者"的爱国心。至于对易,揭示他的龌龊心理,重点在于鞭笞一个男人对一个女人的自私和虚伪,却并没有特地对这个男人的汉奸身份发表意见——也许作者觉得民族大义,公理昭然,无须辞费吧?

写出"文学者大会"的事实,并申明没有向公众说明私生活的义务,当时的举措是只在乎公理,不涉私情,那么,贯穿20世纪50年代至70年代的漫长的《色·戒》创作过程已经使她的重心发生了转移:《色·戒》要辩解的只是私情,而非公理。她要为自己做一个"了断",自己跟自己辩解,没有观众,自然也就谈不上"文化汉奸"的身份焦虑。

二、《我在霞村的时候》与丁玲的二重怨绪的发泄

《色·戒》写于1953年至1978年,故事背景是1939年上海的汪伪政府要员公馆、偷情的小公寓、咖啡馆、珠宝店以及上海的繁华街景;《我在霞村的时候》(以下简称《霞村》)写于1940年,故事背景则是与写作时间相同的曾经被日本军队洗劫过而后又由共产党控制的陕北农村的一个普通村落。《色·戒》作者躲在人物背后细针密线地编织故事,明暗相间,用心深刻;《霞村》作者以第一人称站出来说话,故事也通过"我"的观察进行粗线条勾勒,但也明暗相间,用心深刻。

《色·戒》主人公是为国"献身"的女大学生王佳芝，《霞村》主人公是为国"献身"的没有读过书的乡村姑娘贞贞。王佳芝的"献身"招来精心策划要她"献身"的同志们的歧视，贞贞的"献身"也招来她为之"献身"的亲人们的歧视；王佳芝怨恨她的同志，贞贞也怨恨她的亲人；王佳芝在一念之间"爱"上了本来要诱杀的敌人（汉奸），贞贞对敌人（日本人）也有某种程度的理解、欣赏甚至羡慕（贞贞告诉"我"，许多日本鬼子都藏着"会念很多很多书"的日本女人"写得漂亮的信"）；王佳芝放跑了敌人，铸成大错，贞贞虽然怨恨亲人却一直坚持原则，我方（八路军）多次利用她忍着身体剧痛送来的情报给敌人以重创；最后王佳芝被一度以为"爱"上了的敌人所捕杀，贞贞则在我方安排下满怀信心地去延安治病。

两篇小说既有相同的因素，也有不同的地方。如果说，促使张爱玲写《色·戒》的是一段需要了断的孽缘，与曾经困扰过她的外在的身份焦虑已经没有直接关系，那么促使丁玲创作《我在霞村的时候》的则是正在严重困扰她的外在的身份焦虑以及由此引发的怨恨情绪。《霞村》要讨的是公理，《色·戒》所要了断并大胆直面的则是私情——后者在《霞村》里面不得不加以回避和密藏。

丁玲晚年在《忆任弼时同志》一文中说：

> 1940年有人告诉我，康生在党校说：丁玲如果到党校来，我不要她，她在南京的那段历史有问题。这话是康生1938年说的，我1940年才知道。我就给中央组织部陈云同志写信，让康生拿出证据来，怎么能随便说呢？我要求组织给过结论。因为我来延安并没有审查过，组织上便委托任弼时同志做这项事。弼时同志找我谈话，我一点也没感觉到他是在审查我。

中共中央组织部1940年10月4日做了《审查丁玲同志被捕被禁经过的结论》：

> 丁玲同志在南京被禁三年并未坐牢，也未审判……
> 最后一年半，丁玲同志形式上是国民党每月出钱一百元而自己租房居住……租房居住以后，行动比前期自由，可以上街行走寄邮件……而丁玲同志未早离

开南京……

党内有些同志曾经传说过丁玲同志在被禁于南京的三年中曾经自首……但中央组织部直到今天未听到任何同志提出丁玲同志曾经自首的具体证明,也未见过丁玲同志发表过自首文字和屈服于国民党的文字,因此认为这种传说无从凭信……但丁玲同志没有利用……(虽然也有顾虑)及早离开南京(应该估计到住在南京对外影响是不好的),这种处置是不适当的。

结论是:

因此丁玲同志自首传说并无根据,这种传说即不能成立,因此应该认为丁玲同志仍然是一个对党对革命忠实的共产党员。

签名的有中央组织部部长陈云和副部长李富春。

但问题并未结束。在随后的"审干"期间,丁玲又被迫自己供出了任弼时找她谈话时没敢供出的一个字条,大意是:

因误会被捕,生活蒙受优待,未经过什么审刑,以后出去后,不活动,愿家居读书养母。

丁玲的解释是:

我相信了一个奸细的话,以为能够求得即速出去为妙,以为只要不写脱离共产党字样算不得自首,以为这是对国民党的一时欺骗不要紧。

这张条子加剧了丁玲的问题,她完全垮了,不但被认定曾经自首,甚至被认为是国民党派来的特务。为了"过关",她违心地招认了。但"审干"中的支部书记还进一步问她"国民党使用我的方法,和我的工作方法,因为他说我是很高明的"。因此在"审干"后期她基本属于一个历史问题没有弄清楚的人,虽然1944年毛泽东借表扬小说《田保霖》为她正名,但从此以后,历史污点和疑点一直是悬在丁玲头上的一把利剑,直到她晚年(1984年)才彻底解除。

不管中央组织部的结论是在《霞村》酝酿与执笔之前

还是之后,《霞村》的创作动机显然都与此有关,基本上是发泄一种不被同志理解、忠而被谤、洁而反污的痛苦心境。

但《霞村》影射的不只是丁玲1933年至1936年和她的第二任丈夫"叛徒冯达"羁押南京的屈辱生活,也就是她到了延安之后需要反复"审查"的"历史问题",还包括1931年至1933年她在担任"左联"党团书记以及"左联"机关刊物《北斗》杂志主编期间同样屈辱的一段生活的记忆。

1931年2月7日,国民党在龙华秘密枪杀了包括"左联"五烈士在内的二十多名即将赴江西苏区参加全国苏维埃代表大会的代表,丁玲的丈夫——诗人胡也频也在其中。当红作家丁玲一下子成了烈士遗孀,前此一直是独立作家的她,在情绪激动中迅速左倾,甚至要求即刻去江西参加革命。但在上海领导白区文艺工作的张闻天、冯雪峰认为她应该留在上海,为"左联"工作,因为"左联"成立之后创办的一系列刊物如《萌芽月刊》《拓荒者》《世界文化》《文化斗争》《巴尔底山》都很快暴露左翼倾向而被国民党政府查禁,包括为纪念烈士秘密创刊的《前哨》。"左联"领导决定利用当时未满27岁、鲁迅认为还是"孩子"的丁玲的不太暴露的身份,让她出任新的机关刊物《北斗》的主编。丁玲自己后来说得很清楚：

"为什么要我来编呢？因为我在左联没有公开活动过，而且看起来我带一点小资产阶级的味道，虽说我对旧社会很不满，要求革命，但我的生活、思想感情还有较浓厚的小资产阶级的味道。叫我来编《北斗》决不是因为我能干，而是因为左联里的有些人太红了，就叫我这样还不算太红的人来编《北斗》。"①

对此丁玲是很不舒服的，她拼命证明自己是"红"的，也因此最终导致了《北斗》被查封。在"左联"工作期间，丁玲一直很郁闷。她晚年回忆当时批评家钱杏邨说她是无政府主义时是怎样痛苦。周扬一直不喜欢她这个同乡，据王蒙说周扬甚至攻击丁玲"她有一切坏女人的毛病：表现欲、风头欲、领袖欲、嫉妒"，这虽然是后话，但类似的歧视的氛围在1931年至1933年就已经包围着丁玲了。1931年至1932年丁玲给冯雪峰的两封信，就是有力的证据。这本来是丁玲写给冯的情书，丁玲被捕后，为了制造舆论，便于开展营救，冯策略性地将它们发表，并特地题作《不算情书》，其中就有这样的抱怨：

---

① 《丁玲文集》第6卷，河北人民出版社。

好些人都说我,我知道有许多人背地里把我作谈话的资料的时候是这样批评,他们不会有好的批评的,他们一定总以为丁玲是一个浪漫(这完全是骂人的意思)的人,以为是好用感情(与热情不同)的人,是一个把男女关系当作有趣随便(是撒烂污的意思)的人。

但这种处境正是她所深爱着的终生的偶像——批评家、上海左翼文学领导者之一冯雪峰亲手安排的。而且丁玲后来之所以没有及时离开南京,除了家庭因素之外(她和冯达在羁押期间育有一女),冯雪峰的再次安排也是重要因素之一。丁玲后来找机会回到上海,要求马上去延安,但冯主张她仍然回南京,理由是既然国民党这样放松,何不争取"公开工作"呢?这个思路和当时要她主编《北斗》如出一辙!而《霞村》里的贞贞,不也是在日本人那里为了自己人的"情报"而几进几出吗?

人家总以为我做了鬼子官太太,享富贵荣华,实际我跑回来两次,连现在这回是第三次了。后来我是被派去的,也是没办法,我在那里熟悉,工作重要,一时又找不到别的人。现在他们不派我去了,要替我治病。谁都偷偷地瞧我,没有人把我当原来的贞贞看了。我变了么,想来想去,我一点也没有变,要说,也就心变硬一点罢了。人在那种地方住过,不硬一点心肠还行么,也是因为没有办法,逼得那么做的哪!

所以《霞村》实际上写了 1931 年至 1933 年"左联"时期的郁闷,以及 1940 年面对 1933—1936 年南京时期所谓不清白的历史问题的二重焦虑,是这二重焦虑和怨恨的一次大发泄。贞贞这个人物,不过是丁玲自己略微改变身份的"化妆演出",所以两人互为表里,不可分拆:

我们的关系就更密切了,谁都不能缺少谁似的,一忽儿不见就彼此挂念。我喜欢那种有热情的,有血肉的,有快乐、有忧愁,又有明朗的性格的人;而她就正是这样。

"我"所欣赏的贞贞的这种性格,也正是从写《莎菲女士的日记》到写《霞村》的丁玲的性格的最主要的一面。但这只是小说中"我"和贞贞取得认同的一面而已。正如张爱玲不完全等于王佳芝，丁玲也不完全等于贞贞。丁玲和贞贞的不同，主要表现在"我"和贞贞最后不同的出路，因着这不同的出路，"我"最后的心情就和贞贞大不相同。如果说张爱玲的真实心境是"隐含作者"和王佳芝的叠加，那么丁玲的真实态度也是贞贞和小说中那个特地来到霞村养病的作家"我"的叠加。

"我"和贞贞最后出路的不同在于，贞贞得到了组织上的充分的爱和信任，怀着对未来的无限信心，离开了不利于她的充满敌意和误会的"霞村"，奔赴展开热情的双臂欢迎她、保护她的延安了。而小说一开始说"因为政治部太嘈杂，莫俞同志决定把我送到邻村去暂住"，接着又强调"我"在去霞村的一路上"很寂寞"，"精神又不大好"——尽管"我的身体已经复原了"。"政治部"在什么地方，小说没有交代，即使不在延安，也肯定在一个类似贞贞将要去的欢迎贞贞并保护贞贞的地方，而"我"恰恰就是刚刚离开了那个使"我""寂寞"甚至"精神又不大好"的地方，跑到对患病的贞贞很不友善的"霞村"来养病（心病）。"我"和贞贞的这种交叉跑动,形成一种设计精巧的叙述结构,说明"我"的政治待遇还不如贞贞,尽管"我"的身体比贞贞好,但"我"的心比贞贞更苦。"我"离开了本来应该医治"我"的"政治部"而来到处处是陷阱的"霞村",贞贞却可以离开"霞村"而奔赴可以医治她的"光明的前途"。

如果说,小说通过"我"对贞贞的欣赏,让"我"分享了贞贞的屈辱经历,以及由此产生的从最初的痛苦、怨恨到后来的理解、释然直至欣慰的心境的转变,那么小说后来给"我"和贞贞安排不同的出路,则表达了"我"对即将离开霞村的贞贞的新的命运的羡慕,同时也表达了"我"因为尚未获得贞贞那样的待遇而陷入焦虑不安。

三、都是辩解,各不相同

丁玲(1904—1986)和张爱玲(1920—1995)都生于没落望族之家。丁玲1927年开始在《小说月报》连续发表小说,名满全国。张爱玲1943年才登上上海沦陷区文坛,也仅在1943—1944年这两年闻名上海滩,1952年去国后即沉寂下去,直到80年代晚期,大陆才掀起"张热"。一度流行的"丁玲的30年代和张爱玲的40年代"的说法并不成立。丁玲不仅比张爱玲早成名十六年,在中国现代文学史上的地位也并非张爱玲可比。说丁玲是中国现代最重要的女作家并不过分。当然现在知道张爱玲的人远比知道丁玲的人为多,此一时彼一时也,以后怎样还难说。不过丁玲才气虽大,文辞却粗,没有张爱玲精粹细腻,也是显然的。

丁玲生性直率、活泼、倔强,成年后走南闯北,始终在政治旋涡和社会关注的中心。1933年,左倾以后的丁玲被捕引起社会各界的同情和声援,蔡元培、鲁迅、宋庆龄、柳亚子都曾为她奔走呼喊。1936年丁玲抵达延安后,毛泽东亲自为她接风洗尘,随后(1937—1938)她担任主任的"西北战地服务团"也引起全国军民的关注。张爱玲则生性高傲、孤僻,除40年代初短期赴香港求学外,从童年直到1952年去国,整个30年代和40年代一直在上海租界生活。她所谓的"到底是上海人",应该准确理解为"到底是上海租界长大的小市民气十足的上海女人"。

一个是"五四"培养的叛逆女性,名重全国、叱咤风云的"昨日文小姐,今日武将军"(毛泽东语),红得发紫的左翼女作家班头;一个是名门之后,上海租界小姐,自以为左右均不沾染的独立作家,沦陷区上海文坛的奇葩。两人似乎绝不能扯到一块。丁玲的曾祖父娶过一位上海小姐做妾,丁玲少女时代曾在上海求学,1930年到上海之后直至1933年被捕押往南京,26岁至29岁的丁玲曾经和10岁至13岁的张爱玲同居一城,如果说这也是两人之间的"联系",那也委实太微弱了。事实上她们两位终生未曾谋面,也互不关心。不过,丁玲囚居南京期间,她的常德同乡、叛徒丁默邨曾在国民党办的一本刊物《社会新闻》上写过一篇长文,自称认识丁玲母亲,对丁玲极尽诬陷造谣之能事,丁玲在狱中读到,气愤难当(事见丁玲80年代的回忆录《魍魉世界——南京囚居回忆》,《丁玲全集》第10卷,河北人民出版社),而该丁正是张爱玲小说《色·戒》中的易先生的原型;20年代末丁玲的照片曾挂在《良友》杂志上,和许多沪上名媛一起被奉为时尚女性的代表,而1937年《色·戒》主人公王佳芝的原型郑苹如也曾以"郑女士"的名义上过《良友》封面——这两点也许可算是丁玲、张爱玲因缘中最值得一提的神秘的"巧合"吧?

但最大的"巧合",还是这两个似乎绝难扯到一块的女性作家,在不同时代、不同政治文化环境中经历了惊人相似的命运,而且都把这种经历写成各自特殊的自我辩解的作品(如果不是各自最好的作品的话)。

鲁迅说,人一旦站在为自己辩解的位置,是很可怜的。丁玲和张爱玲,性格、环境和文学风格迥然不同,却都把自己最隐秘的心事,在极不方便的场合竭力融入了相似的自我辩解的小说中。丁、张二人的小说,都是辩解,又各不相同。张爱玲是"无待",丁玲是"有待"。张爱玲把话都说尽了,但并不指望有谁来主持公道;丁玲说得远没有张爱玲那么淋漓尽致,而且自始至终唯一希望的总是自上而下的依靠与拯救。

这是因为,张爱玲所直面的是自己的私情,她要自己了断,自己向自己辩解,自己给自己一个说法,丁玲所直面的则是别人的目光,不是私情,她需要别人来替自己了断,是向着别人辩解,要别人给一个说法——这后一点,小说交代得很清楚:

> 可是日子一天天过去,贞贞对我并不完全坦白的事,竟被我发觉了;但我绝不会对她有一丝怨恨,而且我将永远不去触她这秘密,每个人一定有着某些最不

愿告诉人的东西深埋在心中,这是指属于私人感情的事,既与旁人毫无关系,也不会关系于她个人的道德。

别人说我年轻,见识短,脾气别扭,我也不辩,有些事哪能让人人都知道呢?

第一段话是"我"说的,明确宣布"私人感情"不在辩解之列;第二段话是"贞贞"说的,也明确宣布她不属于围绕私情私事来辩解。显然,丁玲关心的是公理大义,被公理大义认可才是她的自我辩解的目的,能否达到这个目的,并不取决于她自己。相反,张爱玲关心的是私情私事,在私情私事上求得安心乃是她的自我辩解的目的,能否达到这个目的,取决于她自己。

张爱玲的被"腰斩"与鲁迅传统之失落[①]

张爱玲是80至90年代中国文学界的热点,她不仅改变了人们对现代文学史一个重要环节的认识,还影响到当代文学创作,一大批青年作家不约而同对地对张爱玲产生了浓厚兴趣,并在各自创作中留下清楚的痕迹。1995年9月,张爱玲在海外逝世,"张爱玲热"再度掀起,许多研究专著和传记陆续出版,张爱玲的书也由零星印刷渐次发展到比较成系列。目前内地还没有出全集,但香港皇冠版全集并不难觅得。随着时间的推移,张氏全集内地版应该不会遥遥无期的吧。

然而一个极大的问题至今没有引起读书界的重视:张爱玲一直被一分为二,一是40年代昙花一现的张爱玲,一

---

① 本文与袁凌合作,原载《书屋》1999年第3期。

是50年代后漂泊海外自甘寂寞的张爱玲。内地谈论较多的是前一个张爱玲有限的中短篇小说和散文随笔,对50年代后的张爱玲则注意得很不够。虽然张氏根据她1950年在上海《亦报》连载的长篇《十八春》改写的《半生缘》最近被搬上了银幕,她1952年由沪迁港、定居美国直至客死异乡的踪迹在一些传记中也屡有披露,但所有这些,与完整呈现张氏50年代以后的创作活动,还有相当一段距离。

这主要是张氏1954年在香港完成的两部长篇《秧歌》与《赤地之恋》从中作梗。在海外,胡适和夏志清最早对这两部书私下或公开做出评介,他们褒多于贬,不乏真知灼见,但也尽显了各自的偏见。如果说海外学者带着偏见及时关注了这两部长篇,大陆学者则因为自己的偏见,至今还不愿正视它们。1984年《收获》重登张氏旧作《金锁记》,柯灵先生作《遥寄张爱玲》,似乎是一种配合,对40年代的张爱玲不胜追怀之至,谈到《秧歌》与《赤地之恋》,则不假思索予以全盘否定,理由是"政治偏见""虚假""不真实",连"作者没有农村生活经验"也成了抹杀其创作的依据。柯灵先生的观点隐隐已成定论,十多年过去了,张氏50年代以后的文学创作始终难以得到客观而公正的对待。

1995年冬,张爱玲逝世的消息传到国内,陈子善先生特地将新发现的张爱玲学生时代的一篇习作揭载于《文学报》,作为对这位旷代才女的纪念。这给我印象很深,它至少从一个侧面说明人们想完整地了解张爱玲其人其书,爱而欲其全的愿望有多么强烈。既如此,又有什么理由避而不谈她在50年代创作的直接关系到后期文学活动的两部长篇呢?

至今我们对张爱玲的认识,依据的基本上是她20世纪40年代的作品,但张的创作并不止于40年代。20世纪50年代以后,她除了电影剧本和英文作品,光是用中文写作或起初用英文后又翻成中文的,举其大者就有《小艾》、《十八春》(后改为《半生缘》)、《色·戒》、《五四遗事》、《怨女》、《秧歌》和《赤地之恋》,长篇就有四部(40年代两部长篇《连环套》和《创世纪》只开了个头,也并不出色)。仅仅根据40年代的作品对她做出定论,实在轻率得很。

复旦历史系廖梅博士1995年写过一篇短文《警惕张爱玲》(《探索与争鸣》),强调张爱玲的贵族出身和高雅气质,批评当下一些作家把自己的"中产阶级理想"投射到张爱玲身上,把张爱玲按当代生活趣味制成偶像而争相仿效。

她呼吁警惕这样被曲解了的张爱玲,很有见地。张爱玲所以被"中产阶级化",首先因为现在正弥漫着一种多半有点不切实际的中产阶级生活理想,这种理想在历史上"追认前驱",就找到了张爱玲(还有苏青)。张爱玲从20世纪80年代初与钱钟书、沈从文、周作人、林语堂等一起先后被"再发现"以至于今,始终就被指认为具有强烈现代意识、善于探索个人内心隐秘、体察女性生命感受、书写私人生活空间的那一路作家,被这样指认的张爱玲确实很容易和"新市民文学"乃至"小女人文学"有着鲜明的"家族相似"。

但《秧歌》《赤地之恋》之所以不被重视,张爱玲之所以被"腰斩",被定位在20世纪40年代中短篇小说和散文随笔上,被想当然地追认为当代中产阶级生活理想的文学前驱,根源不在作家,也不在重新发现张爱玲的始作俑者如夏志清辈(夏氏《中国现代小说史》盛赞张爱玲前期中短篇小说,对后期长篇特别是《秧歌》也给予很高的评价,他不会预见到张爱玲竟被"中产阶级化"吧),而是当代某种文学史框架和文学观念在起作用(作家们只是由此受到暗示与鼓励)。这里面隐藏着某种文学史框架和文学观念本身有待分析的问题,具体说来,就是文学史反思过程中的矫枉过正。文学史反思最初的兴奋点,是重新评价被政治标准排斥在权威叙述之外的作家作品,这些作家作品的意义有非意识形态或反意识形态的方面,但如果仅仅着眼于此,无视其他方面,那就只是用新的单一标准(非或反意识形态)取代旧的单一标准(迎合意识形态)。从意识形态的角度看去,自然各个不同,但对作品整体艺术内涵的片面选择如出一辙。因为反拨旧的政治决定论而滑入了新的政治决定论,把凡和政治疏远的作品都划进纯艺术领地,凡和政治接壤的作品都归入非艺术领地,比如,张氏40年代小说与政治无关,就给予较高乃至极高的评价,而50年代以后像《秧歌》《赤地之恋》之类带有明显政治倾向的作品,则统统视为拙劣的宣传。这就是矫枉过正。

长期以来,文学之于政治,一直被理解为要么是现行政治导向的传声筒,要么反对现行政治导向——做另一种政治的传声筒。不管哪种情况,文学都排他性地从属于政治。对这种从属关系,无论极力维护还是极力想打破它的人,都习惯于认定文学与政治一旦沾上了,就必须要么宣传要么反对现行政治导向,没有别的可能。鲁迅当年在纠正极左的文学观念时,曾对美国作家辛克莱的名言"一切文艺都是宣传"提出进一步解释:"不错,一切文艺都是宣传,但并非一切宣传都是文艺。"我觉得沿着他的思路还可以推衍下去:一切宣传并不必然就是非文艺,而一切逃避政治的创作也并不必然就是真文艺。

在张爱玲的再评价中,还夹杂着对现代文学史的另一种误解。80至90年代流行过一个术语,叫"主流意识形态话语",类似后现代理论家在描述现代主义时使用的中心概念"宏大叙事",它不仅指20年代中期以来逐渐取得文坛支配地位的左翼文学,还包括"五四"知识分子的"启蒙话语"。普遍认为,这二者虽有区别,但均属"主流意识形态话语",共同左右着现代文学的进程,文学家的反抗精神和独创性,则表现为他们对这种主流意识形态话语的偏离和挣脱。张爱玲走红于上海"孤岛"时期,像柯灵先生说的,往前几年或往后几年都容不下她,因此她的才能,她出现的"奇迹"和影响,就自然被理解为对主流意识形态话语的疏离。实际上张氏并没有疏离"五四"以来的启蒙话语,也没有疏离政治意识形态,其坚定的个性主义、人道主义、"为人生"的政治参与意识和社会批判精神,在四五十年代的创作旺盛期始终一贯。张爱玲有篇小说叫《五四遗事》,

标题就是极好的象征。她的文学活动是"五四"文学传统的回响,而非偏离这个传统的什么"奇迹"。她从来没有偏离主流意识形态话语,倒恰恰是在40年代集体主义强制规范下以诡异的方式张扬了"五四"个性主义文学精神,在50年代一片颂歌中继承了"五四"冷静批评现实的传统。

30至40年代,为"五四"文学传统辩护的作家有两类。一是鲁迅及其继承者(如胡风),他们在现实战斗精神的基点上坚持文学与社会生活的血肉联系,但也格外看重文学的个体心灵本位、独创性和审美(唯美)品格。张爱玲属于另一类型。针对"海派"的标语口号和"京派"的苍白玄虚,她更多用沉默或讥诮为失落了的"五四"辩护,或指责这一传统的失落。辩护和指责也许都很无力,但并不妨碍她对为之辩护的东西的执守。为人行事,张爱玲和"五四"一代也有许多相似处。有人劝她不要急于发表,当心给异族占领者充当点缀升平的工具,她的回答却是"趁热打铁",公开宣扬"出名要早",这就颇让人想起"五四"时期胡适经常挂在嘴边的易卜生名言"一个人的责任首先是要将自己塑造成器","航船沉没时,重要的是救出你自己",或鲁迅爱引的那句"孤独者最强大",子君的宣言:"我是我自己的,他们谁也没有干涉我的权利!"40年代,"五四"对文学的个体心灵本位、独创性和审美(唯美)品格的体认经受了尤其严峻的挑战,许多人自觉或不自觉地否定了它,张爱玲则坚信不疑。这当然有客观的机缘,张爱玲毕竟没有涉身太多文坛纠葛,她有独来独往独立发展其才华的自由,但主观上的坚信无疑更重要。据冯雪峰回忆,鲁迅越老脾气越大,除了对社会黑暗的悲愤,很大程度上也是因为疾病和琐事使他不能尽展其才。这与张爱玲的心是相通的。

张氏小说,包括后期带有明显政治色彩的作品,有很多同政治没有直接关系但更具决定性意味的精神内涵,比如对人的悲悯,这突出表现为对卑微的生活中挣扎的小人物的深刻同情。这点很像19世纪俄国作家如契诃夫、陀思妥耶夫斯基等,他们对人类也许并没有提出比18世纪启蒙主义者更高的理想要求,但他们对小人物,对人类的基本欲望、内在局限、疯狂、丑恶,寄予了更深厚的同情和悲悯。"五四"以来中国作家对小人物虽然"哀其不幸",但主要是"怒其不争",刻画小人物往往成了呼唤英雄,呼唤救世主的过渡和跳板。张爱玲的特出之处就在于从灰色的小人物身上发现了人的局限,也发现了人的光辉。

鲁迅所处的环境驱使他梦寐以求国人的强大乃至强悍,但恰恰是鲁迅首先深刻地批判了他所受的尼采的影响,恰恰是鲁迅第一个塑造了小人物形象,掘开了小人物的心泉。中国式的"勇士""英雄""导师""领袖",他从来都是鄙夷的。在拿破仑和隋那之间,他分明倾向于被人遗忘的牛痘接种创始人隋那,更不消说那些默默无闻的"中国的脊梁"。为着不肯示人以弱,他不得不把自己变成战士,而将凡俗的一面压抑下去——但并未抛弃。他的文学生涯没有大言不惭的东西。张爱玲也许缺乏鲁迅的战斗精神,但她把鲁迅不得不压抑下去的人类凡俗的一面毫无顾忌地张扬了出来,有力地补充了"五四"文学的缺失。

张爱玲的作品从短篇到长篇,从20世纪40年代到50年代,一个共同的特征就是对时代悲剧刻骨铭心的体认。她始终把自己时代已经发生和将要发生的"破坏"作为大背景,由此开掘个人的情感世界,特别是乱世男女孤注一掷的爱情和注定要被冷酷的现实所嘲弄的欲求。人与时代这种命定的结构关系,是她前后期小说基本的叙述模式。现代作家往往预设一个思想者,由这个思想者看小人物。小人物是被看的,并不具有自我意识。张爱玲在不断"破坏"

的背景中刻画小人物的心理世界,深入意识底层,一点一滴写出他们的觉醒,根本上和他们是认同的。这也是张氏小说前后一贯之处。她的长篇将中短篇小说对自我的悲悯外推到农民、学生和更广大的人群,并未减弱其悲悯,反而有所加强。张氏20世纪50年代前后的创作,实在是具有内在联系的不容分割的一个整体。

在当代可以找到许多直接受张爱玲的叙述模式的影响或客观上与它不谋而合的作品。一个人对时代氛围有敏锐的感悟,不能和大多数人一道投身进去,只是做一个从洪流中分离出来的孤独者,悯悯地看着它的翻涌。如果他拿起笔,就很容易接受张爱玲的模式。另外,《秧歌》《赤地之恋》触及的一些社会问题,像土改"过火"现象、支前时后方的涸泽而渔,在当代文学中也时有所见,而且惊人地相似。《赤地之恋》写农村干部残酷斗争地主,连中农也不放过,这正是《古船》思考的问题;《秧歌》中劳动模范金根带领饥民抢粮仓,则酷似张一弓《犯人李铜钟的故事》。但李铜钟的行为最终被作者纳入党性原则而予以合法化了,《古船》对历史的究诘带有更多文化反思的意味,不像张爱玲,单纯从小人物利益出发而直接和现实意识形态相抵触(抵触不等于疏离)。这也是《秧歌》《赤地之恋》比新时期同类题材小说更难被接受的原因吧。

同情底层人民,在张爱玲之前或之后都大有人在。现代文学中鲁迅等优秀作家不用说了,即便《在延安文艺座谈会上的讲话》发表后的解放区文学和"社会主义现实主义文学"中,张爱玲的主题也非绝唱。我举三个人为例:一是冯德英。冯德英是充分政治化了的作家,但这并不妨碍他触及小人物的本能的自觉。《迎春花》写农民支前未能如期返回,后方妇女就集体围攻村干部,很像《秧歌》中的干群冲突。二是赵树理。《赤地之恋》写农村干部进行黑箱操作,盘剥和迫害中农,这在赵树理的《邪不压正》中也写到了。《邪不压正》中的二流子形象,至《芙蓉镇》可谓总其大成,《赤地之恋》中也不乏这类角色。三是老舍。张爱玲这两部长篇发表后两年,老舍写了话剧《西望长安》,暴露军队内部的混乱,其着意渲染的乖戾之气和《赤地之恋》非常相似。冯、赵、老舍的作品,发表时都曾有过非议,现在是毫无问题了,但张爱玲的类似作品至今尚不能被接受。当然,张书成于20世纪50年代初的香港,人在海外,其心必异,这层想头现在仍旧一样。《赤地之恋》还受托于美国新闻处,并由别人协助完成(正如《张爱玲在美国》的作者司马文新先生所说,"小说中一部分内容几乎下降到宣传品的水准"),但其批评现实的精神,和上述同类题材的作品应该说有许多相通之处。我们不能像海外一些书评家那样,仅仅因为这两部小说反映了"在共产党体系下中国的农村生活"而誉之曰杰作,比之为"苏联流亡者文学",也不能仅仅因为有违背艺术创作规律和作者本人艺术趣味的拙劣而伤于直露的政治影射,就将其内在的批判激情和艺术成就一笔抹杀。

写《秧歌》《赤地之恋》时,张爱玲的文学兴趣更偏向中国传统小说,追求疏淡轻松,不那么密致急促了,但仍有大量西方文学的手法,如意象、象征、隐喻、心理幻觉等。不断"破坏"的背景下乱世男女孤注一掷的爱情,这种张爱玲式的叙述模式由"赤地之恋"四字上升为经典的象征。"秧歌"则暗指群众被迫的笑脸,假装的幸福,这个意象揭示了政治高压下农民扭曲了的灵魂。《秧歌》《赤地之恋》的西方文学手法没有早期中短篇那么密致,但较自然地融于中国传统的叙述风格,因此更加有笼罩全篇之势。

《秧歌》多次提到农民"习惯的那种半皱眉半微笑的神情"。亲人之间小别重逢,面对高贵漂亮的官和城里人,或饿着肚子被拉出来扭秧歌,都是这种表情,它包含了讥诮、忍受、尴尬、麻木、自卑、羞涩,甚至也有愉快:月香在王同志的逼迫下终于拿出连丈夫金根也不知道的私房钱来为军烈属办年货,他们自己下一顿还不知道在哪儿,但饶是如此,一旦进入传统的年节气氛,开始惯常的劳作,不知不觉便流露出心底的愉悦。这愉悦和目前处境相混合,表情便只能是"半皱眉半微笑"!通过微笑把农民的灵魂刻画得如此精微,应首推鲁迅(也许还有艾青《大堰河——我的保姆》写历尽艰辛和屈辱的"大堰河"总是"含着笑"完成各种沉重而琐碎的工作那一段诗)。张炜前年经常提到农民的"羞涩",不知他的意思和张爱玲的能否相通。另外,《赤地之恋》写参加土改的大学生刘荃和村女二妞虚妄的爱情,以及颓废的干部戈珊(绝非曹七巧的翻版),都惊心动魄。不少细节也很精彩,如写下乡体验生活的作家顾冈偷偷去镇上买茶叶蛋,回到村口,突然发现荒凉脏乱的野地到处生出了饥饿的眼睛,蛋壳搁哪儿都不合适。小孩撞见顾冈躲在门背后吃鸡蛋,顾冈不得不将余下的贡献给月香一家,但他们和食物实在久违了,一下子竟然做不出正常的反应。《秧歌》还运用既现代又传统的一种叙述方法,所谓"书中之书"。作者写《秧歌》,笔下人物(顾冈)也在琢磨着写同一个生活对象的剧本,两个文本迥然不同,一个意在揭露,一个意在粉饰,由此形成的巨大张力透显出作者的隐忧——她的书注定要被指责为失真、歪曲,那个蹩脚的剧作家构思中的虚假之作却将成为流行一时的模式。《秧歌》的重要,还在王同志这个人物。张爱玲借他之口说"我们失败了",确乎是宣传。以王同志的个性,尽管也有疑惑,有委屈,但要说出那句话是不太可能的。撇开这点,王同志仍有不可抹杀的典型意义:他积极推行僵硬的政策,但并非不晓民间疾苦,那里面就有他自己的痛苦在;他的原则性跟盲目性一样强烈,但又想在原则和人情两面,在虚伪和真诚之间,尽可能搞一点平衡。这个人物的典型意义超出了他本身,指向中国作家在艺术和现实之间共同的处境(所以作家们写起这类人物来,总是得心应手),直到今天,还不时能看到他的影子——余华《活着》中的书记不就是这种人物吗?我第一次看《秧歌》,老在想王同志如由牛犇来演,也一定活灵活现吧。

张爱玲或许真的不熟悉农民,但她不把农民写成空洞的符号,而是倾注了全部的同情,把他们的灵魂当自己的灵魂来解剖,所以她写活了熟悉的市民和知识女性,也写活了并不熟悉的农民的灵魂。把张爱玲写旧时代市民和知识女性的作品追认为今天中产阶级生活理想的前驱,将她这一部分文字与后来写新农民的血泪之作割裂开来,抬高前者,贬低后者,这只能说明我们并没有真正继承勇敢地探索国民灵魂从而激发觉醒与反抗或竟揭示其不觉醒不反抗之故的鲁迅的文学传统,至少是没有窥破表面现象,看到张爱玲和鲁迅的内在联系。张爱玲的被"腰斩",从一个侧面证实了鲁迅传统的失落。

让不可能变成可能的新生命

——重读《孕妇和牛》

一

这也是一篇关于生命诞生的故事,但它还没有写到实际的分娩,而是集中描写新生命在母腹中孕育的阶段,就已经散发出一股强盛而美好的生命之气,犹如一股奇异的馨香弥漫全篇。

《孕妇和牛》故事很简单,说一个"俊得少有"的姑娘,从闭塞贫穷的山里嫁到相对开放富裕的平原,做了人见人爱的小媳妇。这小媳妇怀孕之后,丈夫、婆婆乃至全村人更是加倍喜爱她。她高兴就到处逛逛,可以什么都不做。

一天下午,小媳妇去镇上赶完集,牵着自家一头名叫"黑"的同样怀孕的母牛,走在回家的路上。小媳妇想着肚子里的孩子就要诞生,心中油然升起对未来的无限憧憬。这样边走边想,毕竟大腹便便,不知不觉走累了,她就顺势坐在路边一块据说是清朝某个王爷陵墓的神道碑上。她以前也坐在这碑上休息过,这次却好像是头一回看到了石碑上还有"海碗样的大字",就小心地挪开屁股,只敢坐在石碑边沿上。就是说,小媳妇突然产生了类似"敬惜字纸"的那种心理。

不仅如此,她还突发奇想,向放学回家的小学生(一个本家侄儿)"要了一张白纸和一杆铅笔",然后蹲在(或趴在)石碑上(作者没明说),"好像用尽了她毕生的聪慧毕生的力",硬是一笔一画,抄下石碑上那十七个"海碗样的大字"。

等她重新站起来,就感到心里涌动着"一股热乎乎的东西"。这热乎乎的东西,"弥漫着她的心房。她很想把这突然的热乎乎说给什么人听,她很想对人形容一下她心中这突然的发热,她永远也形容不出,心中的这一股情绪就叫作感动"。

《孕妇和牛》的主题似乎很明确,又似乎很模糊。作者明确指出小媳妇在孕育生命的过程中有了一种"感动",但这"感动"究竟有哪些具体内容,作者还是不肯明说。

从《孕妇和牛》1992年发表至今,铁凝笔下这位小媳妇的"感动",不停地感动着一拨又一拨读者,而一拨又一拨读者又不停地讨论着(甚至争论着)这小媳妇的"感动"究竟是什么,讨论着甚至争论着作者这样描写小媳妇的"感动",尤其是"孕妇抄碑"这件事,究竟符合不符合生活与艺术的真实。

二

要解答这个问题,还得从那块石碑以及石碑所属的陵墓说起。

其实小说中的清朝王爷的陵墓并非虚构,乃是康熙第十三子爱新觉罗·胤祥(生前被封为怡亲王)的陵寝,位于河北省保定市涞水县石亭镇东,属国家重点文物保护单位。

石碑上的字也很有来历。原来雍正皇帝特别器重他的这个小弟弟胤祥,曾赠给他御笔亲书的八字匾额,叫作"忠敬诚直勤慎廉明",以示褒奖。怡亲王死后,雍正十分悲痛,加封谥号为"贤",落葬时又追加"和硕"二字,这就有了小媳妇所抄录的"忠敬诚直勤慎廉明和硕怡贤亲王神道碑"

十七个大字。

生活中小媳妇可能听人说过怡亲王陵墓、陵墓前方高大的汉白玉牌楼、石碑以及碑文的来历,但小说故意强调小媳妇对这一切知之甚少。她曾问丈夫,那都是些什么字。丈夫比她好一点,不完全是文盲,但详细情况也不清楚,因他只念过三年小学。丈夫还说:"知道了有什么用? 一个老辈子的东西。"

既然小媳妇对碑文一无所知,既然她丈夫也对此不屑一顾,那她为何如此看重这十七个字,费那么大工夫,一个一个"描"下来呢? 这是否违背了生活的逻辑? 作者是否拔高了小媳妇的思想境界,或者把小媳妇写成一个疯疯癫癫"不着调"的人?

这是对《孕妇和牛》最主要的质疑。

其次还有人说,一个从来没拿过笔的文盲,不可能"描"下那十七个字。强有力的旁证,就是鲁迅写阿Q被人强逼着画圆圈。阿Q用尽吃奶的劲,"使出洪荒之力"吧,也才画出瓜子样的圆圈。就算小媳妇心灵手巧,她也不可能完成这个抄碑文的工作,毕竟写字跟画圈有着天壤之别。

还有人指出,小媳妇借来的小学生铅笔,通常要么削得马马虎虎,要么削得尖尖细细,初次捏笔的小媳妇肯定无法控制用笔的力度,因此除非那块碑石非常光滑,除非小媳妇无师自通,第一次就掌握了用笔的力度,否则铅笔尖很快就会写秃掉。而且小说只强调小媳妇如何用力,如何耗时甚久,没说她是否反复涂改。给人的印象,好像是一气呵成,抄下了这十七个字。这怎么可能呢?

再者,怡亲王神道碑文是满汉两种文字并列。小媳妇肯定分不清,她很可能一口气描下紧挨着的满汉两种文字。这难度就更大了,更加不可能了。

三

上述问题并非近年才提出。

早在1993年,也就是小说发表的第二年,非常欣赏铁凝的老作家汪曾祺就听到过类似意见。汪老的回答是:"铁凝愿意叫小媳妇描下来,为她肚子里的孩子描下来,她硬是描下来了,你管得着吗?"汪老好像生气了,其实不然。他所谓"为她肚子里的孩子",这其实已经点出了铁凝敢那么写的根据。

要知道,赶集回家的路上,小媳妇一开始并没想到要去抄碑文。为何不迟不早,偏偏在那一天产生了抄碑文的想法,并且想到就做到了呢?

很简单,因为那天不比往日,小媳妇肚子里的胎儿更大了。

小说写道,"她的肚子已经很明显地隆起,把碎花薄棉袄的前襟支起来老高"。这正是母性意识越来越强烈、越来越自觉的时候,所以她才意识到家里的母牛也怀孕了,"她和它各自怀着一个小生命,仿佛有点儿同命相怜,又有点儿共同的自豪感"。一路上,平常对母牛并无好感的小媳妇,这一回竟然特别爱惜母牛,不仅舍不得骑它(婆婆把母牛牵出来就是给她骑的),还一个劲地跟母牛说话,几乎把它当作贴心贴肺的闺密了。

小媳妇母性意识的觉醒与强烈,还表现在她看到一群小学生放学时的遐想。她想将来她的孩子"无疑"要加入这上学、放学的队伍,"无疑"要识很多字,"无疑"要问她许多问题,"无疑"也要问起这石碑上的字。作者连用四个"无疑",表达的是小媳妇对孩子的将来极其热切的憧憬,也是对尚未出世的孩子深深的母爱。

正是在这种母性意识和母爱的驱使下,小媳妇才毅然决定把这些字抄在纸上,带回村里,"请教识字的先生那字的名称,请教那些名称的含义"。她不只是抄下这些文字,还打算好好学习呢!

为什么?

因为"她不能够对孩子说不知道,她不愿意对不起她的孩子"。所以等到她千辛万苦,终于把描下那十七个字的白纸揣进怀里时,"她似乎才获得了一种资格,她似乎才真的俊秀起来,她似乎才敢与她未来的孩子谋面。那是她提前的准备,她要给她的孩子一个满意的回答"。

很显然,铁凝不是写别的,而是写小媳妇日益觉醒的母爱,写她在母爱的驱使下,做了一件别人以为不可能的事,所以汪曾祺才说:"……(她)为她肚子里的孩子描下来(那些字)……你管得着吗?"作者通过"孕妇抄碑"这件事,赞美了母爱的伟大与美好。诚如汪曾祺所说:"这是一篇快乐的小说,温暖的小说,为这个世界祝福的小说。"

四

但是还有一个问题:铁凝为何不给这篇小说起名叫《孕妇抄碑》,而偏偏叫《孕妇和牛》呢?上面提到小媳妇认为自己跟怀孕的母牛同命相怜,此外怀孕的母牛还有什么别的寓意吗?

我想,小说之所以在"孕妇抄碑"的同时频频写到"孕牛",主要是"孕妇"找不到别人做倾诉的对象。她对石碑上的"字"发生那种感情和想象,乃是一种无法跟周围人交流的"感动",所以小媳妇"充满着羞涩的欣喜"。之所以"羞涩",是因为小媳妇知道,这样的感动不但自己说不清,也很难与人分享。但既然是感动,就想有个交流的对象。找不到适合的人一诉衷肠——她丈夫只读过三年小学,只知道下苦力干重活,肯定也不能理解——那么将同样怀孕的母牛想象成贴心贴肺的闺密,也就顺理成章了。

有人把牛的地位抬得太高,像小媳妇那样赋予母牛某种善解人意的灵性,这未必妥当。小媳妇可以这样做,但读者不能。小媳妇选择母牛为倾诉对象,乃是不得已。如果她能找到适当的人倾诉心中的感动,她就不会跟母牛说话了。

小媳妇只能与母牛交流母爱,她预感到,周围人不会理解她表达母爱的具体行为——为肚子里的孩子抄碑文。不仅不理解,还会讥笑、嘲弄。他们会说,这小媳妇俊是俊,可就是有点傻,有点痴嘛!

小媳妇为何会有这种预感?因为这平原地带虽然比她山里的娘家富裕开放,却并不是一个爱惜文字的地方。那刻着文字的石碑,早就被无数的"屁股"磨得很光滑。小媳妇先前也是不假思索,就那么坐下去的。

再上溯到多年前,当地还有过破坏文物古迹的疯狂行为。那高高的汉白玉牌楼,若非婆婆的爹领着村里人集体下跪,差点就被城里来的年轻人用炸药给炸了。婆婆的爹保住了牌楼,却未能保住石碑。石碑本来由石龟驮着,那伙年轻人硬是把它推倒,让它常年躺卧在地上。疯狂的年代过去了,后果却很严重。比如小媳妇的丈夫就只念到小学三年级,他对文物古迹不屑一顾,无法理解妻子的想法。

其实对怡亲王陵墓的破坏还不止20世纪60年代中期那一次。早在1925年和1935年,以及日本侵略者侵占时期,就有过三次严重的破坏。一连串的破坏消灭了人们对文物古迹的敬畏和爱惜之心。当然在小说中,陵墓、牌楼和石碑也不仅仅是文物,还是小媳妇朦胧认识到的文化的象征。但是在那样的文化环境中,小媳妇描下碑文给将来的孩子看的这个想法,就只能跟冥顽不灵的母牛倾诉了。

所以,母爱不仅让小媳妇做了一件大家认为不可能的事,母爱也让小媳妇顶着压力,做了一件她只能跟母牛交流的事。这样看来,那正在孕育新生命的母爱,或者说那正在孕育、还未诞生的新生命本身所发出的馨香之气,是多么强盛、多么美好。

小说《孕妇和牛》所要传达的,就是新生命孕育之时所特有的那股强盛而美好的馨香之气。

捏住"众数"的咽喉

——残雪略论

残雪很少关心常态生存,虽然对南方的骄阳、村野布谷鸟鸣叫的瞬间,诸如此类的永恒与美好也很珍爱,但这一切埋得极深,几乎遗落在文字以外。她的笔习惯地指向相反的生活,阴沉、逼仄、秽恶、敌对、怪异、扭曲、暴露和愤恨的快意,她喜欢深深地遮盖人道主义的爱、柔情、幻想以及廉价的幸福意识。她没有妥协,没有庸俗辩证法,没有折中,没有平常心,只有极端的情感发泄和单一颜色(黑色)的尽情涂抹——不是杂色,也乏亮色,更无所谓线条的美感。

她的特点,就是这种根深蒂固的偏激。

她主要写人对世界的陌生、厌恶、恐惧、仇恨、报复。早期爱用强刺激意象梦、幻觉、秽物,任意堆砌,倾筐而出,但很快就现出固定所指:变态的人际关系对敏感的神经的压迫太重了，这神经对世界的感应随之发生变态，一切都异于常规。

人际关系的变态，根子在于典型的中国式的"忘我"。剥夺了自由意志的，只是无差别的"众数"，全部生命力都不受自己支配，也不用自己负责，都用来"关心"他人，"过问"他人，"帮助"他人，其实是干涉他人，窥探他人，压迫他人，用谈心、汇报、造谣、告密、盯梢、打击、恭维、欺骗、恐吓种种手段，剥夺他人超出"众数"平均值的那点个性自由。他们是被剥夺者，空空如也，倘能正视自己，便会感到不可承受之轻。但敢于正视自己的人毕竟太少了，更多的是把眼睛盯住别人，把嘴巴架在别人肩上，把神经接在他人的神经上，把性爱兑换为不知疲倦地谈论他人的性事，自我于是变成他人的牢笼和地狱。

残雪所描写的中国的人群，就像一堆巨大的分拆不开的黏合物，每个人负着"他人"的全部重压，如果不能走出这堆黏合物，则挣扎愈甚，压迫愈紧，痛苦愈深。突然有谁冒出头来，能回望这堆黏合物，讲述压迫之罪了，那便是残雪。她是这堆黏合物中生长的恶之花。

被剥夺一空转而又去剥夺他人的"众数"的强暴统治，

正是残雪感兴趣的。那将所有人胶在一起的黏合物,一如鲁迅所说的"酱缸"。她想揭露这堆黏合物的黏合方式,探讨这个"酱缸"的深度,揭穿单个人如何落入"酱缸"沦为"众数"的秘密,挑明自己负责的主体怎样消融于千篇一律的"他人"的生存机制,例如通过不厌其烦地模仿典型的中国式的说话(《突围表演》《思想汇报》),捏住"众数"的咽喉,诱使那种习以为常的表达方式乃至呼吸系统于不知不觉间中断,窒息,看看在极致的生存表演过后,"众数"的"酱缸"能否被打碎,真正的个人能否突围。

她的文体像卡夫卡,由一点荡漾开来,一圈圈扩张、沉闷、重复,但激情不减。

可惜残雪总是纷乱潦草,"急"不择言,语无伦次,滔滔不绝,颠三倒四,快速写出的东西,轮廓不清,乌黑一片。她把生命最污秽丑陋的内脏整个挖出,还来不及刻画。刻画需要耐心和技术,而她暴露一切愤恨一切的意志太强烈了,不允许有这样的耐心。她自顾自地挥写,沉入"酱缸"底部,横冲直撞,肆意破坏,呼吸急促,时时面临灭顶之灾。她难得从容,每写一篇都要耗尽气力,精神也被这样牵制着,而置读者于脑后,不给他们提供什么帮助。她的小说于是缺乏理想的形式,模糊乏力——力是有的,没有很好地使出来,往往消散在很不经济的语言迷阵。她的神秘难懂,未必是好事。

她一开始就端出了根本之物,但太急切,太鲁莽,也太自信,太高傲,对这根本之物的开掘,至今还停留在纷乱潦草和盘端出一笔勾销一揽子解决的喷发阶段。再大的天才,也经不起这样的喷发,也会在这单一化倾诉中渐渐委顿。保持开头水准,已经够难为她的了。

和黑暗战斗,特别是和中国式的人际关系(鲁迅所说的"无物之阵""无主名的暗杀团")战斗,战法必须高超,必须勇猛、有韧性、老练、深沉,纠缠如毒蛇,执着如怨鬼,一击而中,还要不断积蓄力量,扩大战果。包括残雪在内的当代许多具有现实战斗精神的中青年作家,在这一点上都要愧对鲁迅传统了。

向坚持"严肃文学"的朋友介绍安妮宝贝
——关于《莲花》的几个问题

关于降卑与顺服的故事

这是一则关于降卑与顺服的故事。

年轻女子庆昭身患疾病,滞留高原,静等死亡。中年男人善生刚刚结束追名逐利的喧腾往日,身体内部长久压抑的黑暗苏醒,预备过新的生活。他们在拉萨的旅馆相遇,结伴去与世隔绝的小县城墨脱,寻访善生幼年同学也是终生心灵良伴内河。内河是被世界遗忘的女子,曾经听命于个性和身体,命途多舛,经常遭善生责备和驱逐,纵然云游世界,也无以排遣无根飘荡之苦,却终于在墨脱做小学教师,找到安心所在。一路上,善生向庆昭讲述自己和内河的往昔。雅鲁藏布江河谷的奇崛险阻,恰似叙述中依次展开的一代人短暂的青春。到墨脱,庆昭才知内河两年前已离开人世。其实善生早就得到当地人的通报,他只是兑现应该兑现的看望内河的承诺而已。由此小说再回溯到内河死后,善生离婚、结婚又离婚的两年的迟滞,其中包含了告别富贵功名最后自以为渡到人生彼岸的挣扎。

写庆昭的文字不多,但我们可以透过善生的眼睛,发现"在某些细微的时刻——她身上所坚持的,那种浓烈的社会边缘的认同感。她与集体、机构、团体、类别———一切群体身份保持着距离感。对人情世故和社会周转规则的冷淡和漠视,使她有时看起来很孤独"。其实这也是善生和内河的特点。庆昭、善生和仅仅呈现于善生讲述(记忆或幻觉)中的内河,彼此之间的区别乃是基本同质性的表征。安妮在诸般差异中耐心发掘三人殊途同归的隐秘轨迹,或许是想代言一代人的处境。

在现代或后现代城市生活中波折重重,兴致耗尽,终于决定折返,自甘放逐于边缘,我想这肯定只是一代人中极小一部分,他们在荒凉、诡异、静美,似乎外在于历史的极地风物中得到人生的教训,最终降卑顺服于神意的崇高和威严。

"60年代作家"的主题是"先锋逃逸"(接触父兄辈意识形态或精英知识分子情结而逃向语言与叙述的形式游戏、历史虚构或日常生活),"70年代作家"的主题是"另类尖叫"(以身体呐喊,提出尖锐却又空洞乃至造作的抗议),安妮的文字则趋于降卑顺服,虽然也还夹带着些许逃逸之气与另类之音。

当然,有人会说安妮的文字过于细弱,过于温馨,过于飘忽,或者太甜腻、太封闭而自恋。或许吧。但,如果你读这本《莲花》,应当知晓这一切的背后还有降卑与顺服。在乖戾粗暴的现当代中国文学的背景中,这种精神元素本不多见,所以更容易将它混淆于或有的细弱、温情、飘忽、甜腻与自恋。从作者的角度说,这种元素真的消失与变质,可能也是很容易的。但现在还不是论断之时。

她自己评判

安妮的故事总是很简单,赋予故事的含义却颇丰饶。她的作品一般都潜藏着自我解释的系统,随处可见高度概括、清醒自解和向更高更深处的探索。无须评论,除非评论是在其作品和世界之间建立双方都不太情愿的对话关系。

为什么说双方都可能不太情愿呢？因为她既有比传统的社会讽刺更扎心的叛逆与愤激，也有超越人寰几欲遗世而独立的决绝，更有这一切之后的降卑顺服。她自己矛盾着,迄今为止,读书界(特别是所谓坚持严肃文学的人士)也矛盾地对待她。这两种文学角色骤然相遇,都会因为缺乏沟通而陷入尴尬吧。

但她不想静等别人教训,不想把作品打扮成软弱无助的商品任人评点。她自己评判,独自享受不发请帖的奢靡盛宴。安妮似乎不太相信创作与评论的社会分工,她在把握故事和意义的同时也紧紧抓住自己的文字。"先锋文学"的"后设叙事"——叙事的叙事——只是对小说形式的自觉,在安妮的作品中却有许多内容乃是对叙述者自我的真切剖析,是一种精神内容的自觉。安妮在许多地方是把自我碎裂为世界又加以冷静观察,对象与自我密不可分,这种高度的主观性和自传色彩本身,就要求预先对自己写下的文字做出批评性的解剖。她的文字的直接与率真由此而来,表面的时尚色彩也掩抑不住。

都市/极地、中心/边缘的跨越

安妮的文笔曾经自由伸展于现代都市的每个角落。很长一段时间,我们似乎已经习惯于将她理解为公司、公寓、商场、地铁、飞机、网络这些现代或后现代生活空间的文字精灵,安妮也确实用她充满灵性的笔触将这些生活空间转换为如花似梦的美学形象。

《莲花》却远避喧嚣。她对雅鲁藏布江河谷的刻画,对"殊胜而殊胜之地"的领悟,尤其在一个地方借庆昭之口对佛寺壁画的阐述,证明她早就熟悉了天地的那一角。

她刻画城市,本来就并非流俗于声色犬马的沉迷炫耀。对于这些,她确实刻画了不少,然而并不是为了制造一种可以作为商品变卖的"时尚""情趣""情调",也就是说,她并没有被自己所描写的那一切所辖制,相反,她始终执拗地试图剥离纷然偶然之后沉默的本相。

比如她写善生对异性的态度,"只因未曾识别爱欲欢愉的表相(象),却被迫进入它的内心。他知道它的真相,所以不会被迷惑诱引。他说,我不爱惜她们,我对她们没有怜悯"。有了这种类似佛教的"色空观",都市/极地、中心/

边缘,就可以互为镜像,彼此表面的落差,跨过去也不难。写《莲花》的安妮,确实已经将这些轻轻跨过了。

文字只能迎上去

关于庆昭、善生与内河的"殊途同归",最后一段结论性的文字值得注意:

"一切消失不见。地球也最终消亡——也许只有一种存在天地之间超越天地之外的力量,才能够永久地让人信服。愿意相信它为轮回的生命之道。这也是人所能获得的慰藉和信念所在——想来庆昭一定重复地看过无数次这样的景象,但依旧每一次都被这样的美和尊严所折服。"

这不是假装出来的谦卑。

安妮的小说与随笔——比如《告别薇安》《二三事》《清醒纪》——常常惊愕于瞬间"偶在"的神性。她可以从坐飞机的经验出发,可以借夜晚烟火、细小的装饰品之类来"格物致知",思索常人想象不到的问题。但在《莲花》中,她似乎更确凿更持久地遭遇这些难以把捉之物了。

文字岂能抵达神性体验的万一? 文字不必。文字不配。但文字无法回避。神性感动倏忽而至,文字只能不管不顾地迎上去,无论结果如何。文字向着这一维敞开,表面的狂放强悍,自然难以障碍心底的降卑和顺服。

写作经济学

安妮文字的强悍与狂放,首先意味着敢于舍弃。安妮舍弃了多少陈词滥调?这只要把她和随便哪个叫得震天响的"严肃文学作者"稍加比较,就可以大致明白。

她不会为了迎合体制性的文学潮流而刻意"完善"自己,比如她那经常不讲道理的断句方式。一连串的句号表明的不只是随意,也是勇敢。倘没有生命体验的连续性作为实底,文字的畅达或故事的连续性就不可原谅,因为那只会变成多余和造作。与其这样,宁可选择断裂与破损。把笔大胆地交给偶然,而将熟悉的所谓必然逻辑弃置一旁,用断裂和破损的形式直接说出邂逅偶然的感触,这,几乎可以说是安妮屡试不爽的一点写作诀窍。

她没有太多因袭的重担,没有俯仰鼻息的胆怯和投机,所以她轻易拆毁了别人辛苦持守的无谓的界限。我想,这是需要一点张爱玲所谓"双手推开生死路"的蛮横之气的。

以往她竭力回避完整的叙述(《清醒纪》最后一节写父

母的《他她》或许是个例外),《莲花》的叙述则相对比较充分——但也还是尽量简化了。她不想通过榨取故事的纯粹形式或传奇意味上的可能性来产生意义,而喜欢在常常雷同的简单故事框架中寻索那寄存于故事之中却并不被剧中人所拥有而只能相信来自神秘大能者的吉光片羽。

这样一路轻快的抒写,是采撷,也是舍弃。也许更多地舍弃了那不值得采撷的东西。写实派的巨细无遗的模拟,先锋苦吟派绞尽脑汁的悬想,都丢弃了。她的文字更急迫、更紧张、更直接,也更有解放的活力与直指本心的诚意。但是,因为大胆的舍弃,外观上反而很轻松。

在这方面,几乎看不出她有任何"当代文学传统"的继承,除非你说,人的基本诉说欲望和聪明的规避与挑选,也必有传统的前例可循。比如,当她断句最厉害的时候,容易使人想起古诗词的直接与俭省,但大概不能说,她乃是在唐诗宋词的意境中讨生活吧。

至于她的"思想",就只能姑且说是无师自通了。人大概天生都是哲学家,只要他没学过哲学,或没有被滥调的文学所欺骗。

安妮的情与思严肃而富饶,故事却简单,文字也轻省。

这种写作的经济学原则,也许要令写实派或苦吟派一同恼怒。

依赖天生的文字敏感力,依赖人的抒情本能和"需索"(这好像是安妮最喜欢的一个关键词),推开淤积在我们的舌尖或笔端的太多的陈规旧套,"放笔直干","直接说出来!",这,乃是"轻易获得成功"的安妮给已经喜欢作茧自缚因而几乎成为躲在各种文学范式里的"套中人"和"邯郸学步者"——"严肃文学""纯文学"往往如此——的最大的刺激。

迄今为止,有意义的写作竞赛似乎只在"严肃文学""纯文学"的一些"大师"之间展开。但这种竞赛所依据的规则和所能瞄准的目标,都太有限了。

领先和超越

"他人",多数只出现于安妮的视野而非经历中。她经常把视野的涵盖等同于实际交往。"他人"的世界往往沦为目光与镜头收集之物。用这办法持守内心,并从内心出发,将着色板上已经调好的颜料任意投射到所"邂逅"的人与物,这也许不够"公平"。

可惜文学从来不保证道德与认知的"公平",虽然如果离开文学的偏激,我们想象中的"公平"将有更大的缺口。

在这一点上,安妮可能会领先自己一代人——也许已经做到了——但超越很难。领先就意味着受限制,即被为你所引导的同代人所控制。就像田径比赛,跟在后面的人必定会给领跑者以压迫。只有与更广泛的人群对话,才能意识到同时代人的局限,从而走出来。躲在同时代人的精神蜗居里——哪怕有足以反抗俗流的坚硬外壳——也照样难得平安。

关于读者

在以往(比如"新时期"至 90 年代中期)的文学共同体中,读者原本不成问题。他们被设定为庞大的嗷嗷待哺的一群——庞大到无所不包。事实上那时代的读者就是"人民",因为据说脱离了"为工农兵服务"之后,就开始"为人民"。何至于此?因为文学分享了政治话语的权威。90 年代中期以后,还有一些作家继续与这个想象出来的读者共同体对话,但更多作家不得不承认这样的读者群是虚假的,他们开始重新寻找各自的读者。

中国文学从此才走到自觉的关口。

寻找读者,就是作家们寻找自己的位置。但对自己位置的认知往往和事实上拥有的读者不相称。自我期待是一个问题,读者更游移不定。对 A 陈述你获得的听众可能是 B。但作为最大公约数,读者还是具有相对稳定的客观性。

安妮既非目前所谓严肃文学家(此概念极其暧昧),也非畅销书作者(此概念也很不清晰),但她的读者和上述两类作家都有交叉。读她书的人可能是追星族,可能是心智未稳的少年,也可能是趣味已经养成的"小资",或声称绝对抗拒浅俗的"严肃文学读者"。但她心目中真正能够抓住的"隐含读者"究竟是谁,似乎还说不准。

读者越来越是一个敏感的话题,但这方面并没有得到很好的研究。我们习惯于谨守某种人为的界限,即使出现有力量冲破界限的作者,也还是将他(她)归入现成的范畴,觉得这样才比较保险。

"严肃文学"的俨然,"大师"们的炫技,只需一个安妮,只需安妮的一两句直见性情的话,就顿时显得惨白、隔膜、虚假。这不是安妮的力量,乃是对手的过于不济。

可见,懒惰和因循终究与文学无关。懒惰和因循只有一个好处,就是可以让我们以善良乐观的愿望建构起中国文学的神圣家族而自欺欺人。

2006 年 1 月 10 日

从"寓言"到"传奇"

——致乔叶

乔叶:

你好!

上海作协作家班要我就你的中篇小说《旦角——献给我的河南》(原载《西部华文文学》2007年第4期,以下简称《旦角》)写篇评论,我不假思索就答应了。以前看过你的《打火机》《指甲花开》,也读到关于你的一些评论,自己觉得有些想法,兴许可供你参考,或供别的读者商榷。

但我有个习惯,若不将一个作家的全部作品看过,哪怕对具体某部作品已经有了印象,也觉得没有底气说出。我所以总有点滞后,写不了那种短平快的评论。这是我的迟钝,没有办法。

这回虽然集中看了你2004年以来十几部中短篇小说,

还来不及消化沉淀一番,作协截稿期就到了。这种情况下,无论全面评说你的创作,还是集中谈《旦角》这篇,都准备得不够,有些仓促上阵的意思,因此我不打算写严格意义上的评论,只想用通信形式随意而谈。

说随意,是指我不想将散漫的感想煞有介事地组织成一篇论文模样,并非说我就可以随便乱说。即使如此,仍要预先求得你的谅解,因为现在正经八百的评论已经流行开来取得独尊地位,"谈话风"式的批评就显得不够正式,也过于陈腐了。但此刻顾不得这些,只管照直说来吧。

你好像很看重《旦角》这篇,特地给它加了副题"献给我的河南"。其实你的其他作品,尽管没特意点明,多数也以河南为背景——你一直就在刻意经营着你的文学上的河南。

这种地域的偏重,当然不是针对国内同胞近年来特别关注"河南人"而发。我甚至看不到这方面的一点痕迹。河南是你生活的地方,你的祖籍,你对它最熟悉,最有感情。写河南在你是自然而然的选择,是主动出击,有感而发,没有任何别的用意。诗人济慈说:

If poetry comes not as naturally as the

Leaves to a tree, it had better not

Come at all. (John Keats, 1818)

诗的产生,若非自然而然,

似落木萧萧,那它最好还是

干脆不要产生。(约翰·济慈,1818)

这,也是我看了你的作品后想讲点什么的主要理由。

说来也怪,在全球化、信息化的今天,中国作家越来越追求一种取径相反、似乎逆世界潮流而动的地方性。稍微重要一点的作家都在经营着自己生活的某个地方,比如王安忆的上海,贾平凹、陈忠实的陕西,张炜的山东,韩少功的"马桥"(湖南),余华的海盐,苏童的枫杨树街,韩东的南京,刁斗的沈阳,史铁生的北京,铁凝的河北,李锐的山西,刘醒龙的湖北,莫言的高密东北乡……不知你是否同意,在这方面,我认为河南作家或许最为突出,并形成了传统。远的不说,新时期文学以来先后就出现了张一弓、乔典运的河南,张宇的河南,李佩甫的河南,周大新的河南,阎连科的河南。现在又出现了乔叶的河南。

乔叶的河南和上述河南作家的河南有何不同呢？

这个问题我还真没仔细想过,只是猜想一定很有意思。陈思和老师有个学生姚小雷,现在已是山东大学威海分校的教授了,也是河南人,几年前的博士论文就专门探讨河南作家的"河南性"。陈老师的一个河南籍学生李丹梦也写过论述当代河南作家民间叙事的博士论文。他们两位回答这个问题,应该更有权威性。我只看到因为经营既久,你的"河南"已颇具规模。你写了省会郑州(比如《打火机》《最慢的是活着》《像天堂在放小小的焰火》《防盗窗》《良宵》《最后的爆米花》《锈锄头》《轮椅》),也写了县城(《紫蔷薇影楼》《旦角》)、小镇(《取暖》)、乡里(《指甲花开》《解决》)和大山深处的村庄(《山楂树》)。你写了"现在时"的河南,也写了它的"过去时"。写了女性,也写了数量可以相等的男性。你写了各种年纪和职业的河南人:老、中、青、少男少女,农民、进城的农民工、工人、干部、军人、编辑、桑拿工、小姐、个体户、画家、豫剧演员、罪犯、闲人。你不仅写了在河南的河南人,也写了在外地的河南人,以及去过外地又回家的河南人。迄今为止你好像有意局限于写河南底层与中层,基本不涉及上流社会(如果有上流社会的话),否则你的河南无论从时间、空间还是年龄、性别、社会阶层上讲,都称得上是一个标准的立体世界了。

也许这就是你写河南的特点？我不敢肯定,只觉得你正力求真实而立体地写出当代河南人的众生百态。你笔下的河南人不仅散布在河南社会各阶层、各地域,而且就像时下真实的河南人一样,他们也是流动的,带着地域背景却并不受地域限制,不再是拘于一隅的被脚下土地牢牢限制的传统河南人。他们身上无疑具有河南人的传统性,但已卷入现代化交通和信息工具维系的流动性世界,具有更大的开放性。

几年前,我在《收获》上读到阎连科的中篇《年月日》,对其中一段关于"世界"的说法印象深刻。大意是说,在"耙楼山脉"农民看来,"世界"总和"外面"联系在一起,"里面"和"外面"长期隔绝,农民熟悉自己凝固不变的"里面"的生活,这个生活无所谓"世界",因为不具有"世界"的那种广延性,只有"外面"才是真正的"世界"。你的中篇小说《最慢的是活着》也发表在《收获》上,也有一段关于"世界"的说法,却让我大吃一惊。那是奶奶叫"我"说说"外面的事"时"我"的一段内心独白：

> 转了这么一大圈,又回到这个小村落,我忽然觉得:世界其实不分什么里外。外面的世界就是里面的世界,里面的世界就是外面的世界,二者从来就没有什么不同。

我觉得,这段独白一下子就把你和阎连科区别开来,也把文学上一向封闭的"河南"的"世界"给"解构"了。怪不得你对国内同胞近年来对"河南人"的某种集体想象不屑一顾。你之所以并不在乎有关河南人的那些"妖魔化叙事",是因为你已经真切地在自己内心拆除了河南的"里面"和"外面"。换句话说,你将笔下的河南人从过去一些河南作家所描画的河南的"里面"带到河南的"外面",让他们摆脱了地域牵制,获得了别处的中国人也正在获得的无分内外的流动性整体性的"世界"。

说到这里,我突然想起最近读到的抗战时期在中国生活过的英国现代诗人奥顿(W. H. Auden),他在一首诗里这样写道:

> A poet's hope: to be,
>
> Like some valley cheese,
>
> Local, but prized elsewhere.

我把这一段试译如下:

> 一个诗人的愿望:活着,
>
> 就像某种产自山谷的奶酪,
>
> 是当地的,却也在别处被珍爱。

这其实是冲破国族界限的现代世界文学的经典命题,也是现代世界一个经典的文学理想。用周作人的话说:越是地方的,越是世界的。

但地方的如何成为世界的? 特殊的如何成为普遍的? 具体地说,河南的如何成为中国的、世界的乃至人类的?

不同的作家采取的策略各不相同。

或者不妨说,你不像过去某些河南作家那样,将预先获得的某种关于"中国"的普遍认知纳入周作人所谓"土气息泥滋味"的本色的"河南",把"外面"的世界纳入"里面"的世界,再把这样做成的与本色的河南已经有些乖离的想象的河南投射出去,成为他们想象的中国的一部分。恰恰相反,我觉得你首先拆除了河南/中国之间的界限,一开始就把河南作为中国当下生活世界的一部分。这样落笔,不仅没有了凝固封闭的河南,也没有了以河南为底色投射出去的那个关于中国的巨大想象,那个詹姆逊所谓的"民族寓言"或夏志清所说的"中国迷思"。

我并不想在你和上两代河南作家之间划出一道鸿沟。也许我上面的观察并不准确,但你们的区别显然是存在的,而这与其说是文学观念的不同,不如照直说,乃是年龄、阅历的差异所致。恐怕大家都像尼采所说的那样"忠于地",套用这个句式,当然也都"忠于国",问题是上两代河南作家在成长过程中受到土地的拘牵更大,同时他们获得的关于中国的意识形态的先入之见又太多,于是他们的文学劳动某种程度上就是要将意识形态上把握的中国和实际经历的河南这二者拼命弥缝起来。

在他们那个时代,这非常自然,实际上也因此形成了河南作家的特色,尽管值得反思的问题也很多。其中最突出的问题,就是太善于也太喜欢用"土气息泥滋味"来遥拟(阐释)中国;哪怕描写某个封闭的山沟,也要和关于中国的意识形态想象挂钩,仿佛盲人把摸到的一条大腿直接等同于大象。结果,因为太想着报告大象的情况而将象腿扭曲、夸张了,弄成一个个关于中国的大大小小的先知式寓言。

其实也不止这些河南作家,上几代中国作家集体分享的关于中国的先验想象,也普遍影响到他们对自己所熟悉的"地方"的描写。因为迷信越是地方的越是世界的,就在"越"字上狠下功夫,结果强调地方的特殊性过了头,无法挽回地走向极端性写作。我觉得阎连科近来的一些作品就是一个典型。

我曾经想,对地方特殊性的迷恋,骨子里也还是源于对中国的特殊性的迷恋。20 世纪 80 年代文学不是没有地方色彩,但那时候心态比较开放,普遍承认在地方和中国之外仍有不一样的"世界"存在着。90 年代以来,我发现中国作家对这个"世界"的兴趣越来越淡漠。我研究铁凝时发现,她笔下的成功人士,无论男女,刚从"世界"回来,就忙不迭要途经北京,回到某个中原小城。他(她)们认定只有在那里才能获得内心的平和,甚至北京也嫌它太开放了。这种强烈的地方性迷恋,好像是弗洛伊德所谓的人对母亲的子宫的情结,但我总是有点怀疑,当无数颗卫星环绕地球飞行并俯视一切的时候,还有哪个隐秘的单纯空间意义上的所在,像母亲的子宫那样温暖黝黑,可以寄放不安的灵魂?所以我宁可相信,中国文学对地方的迷恋,可能喻示着20世纪90年代以来中国作家新起的一种自我认同。可惜这个问题,据我所知至今还没有引起文学界的足够重视。或者我们的读者也已经习惯于那种从采自深山的一滴水看出全世界的寓言体写作,并习惯于等候寓言体写作特有的那种如期而至的政治刺激与可以无限放大的价值预期了吧。

当然,某些有着萨义德所批评的"东方学"眼光的西方学者和书商恰恰就偏爱中国作家的这种寓言式写作。他们不喜欢在中国人身上看到和他们相同或类似的东西,他们不相信这样的东西也可能反映我们存在的真相,而坚持认为那是我们盲目学习他们的结果。他们更希望在我们身上看到某种只有东方传统或只有革命时代以及后革命时代才有的"土特产"。

在这个背景下看你的小说,我觉得可以暂时将各式各样先验的"河南"和"中国"搁在一边,直接进入你笔下的家庭、亲情、爱情、友情和个体的记忆与隐秘。即使对群体(比如这几年被炒作得沸沸扬扬的"底层")的描写,你也不会贸然积聚成一个凌驾于个体之上的庞然大物,类似以往所艳称的抽象的"河南"与"中国"(《防盗窗》在这一点上尤其出色)。

这种处理方式或许会丢失某种标志性的"河南性"(姑且借用姚小雷博士的概念),却较能抵达个体的真实。当"中国"和"河南"(或"中原")被换算为真实的个体的存在时,反而容易获得新一代读者的普遍同情。

凸显个体,必然需要同时凸显细节,凸显具体场景,凸显与个体所置身的生活场景和所发生的生活细节(包括内心细节)相匹配的个性化的语言。所有这些,正是你的小说最有光彩之处。

我很欣赏你对一些大场景或大场面的描写。比如,民间演戏、婚礼、丧礼、宴会……每一涉笔,几乎都可以当"专论"来看:

> 我潜心听着。每个声音的强弱和节奏都不一样,

传达出的东西自然也不一样。有的是偶像派,如嫂子。有的是实力派,如月姑。有的则是偶像派加实力派,如四个女儿。这倒是可以原谅的。她们是主力军,哭了这么几天,如果一直靠实力哭下去,谁都受不了。

这是《解决》(《红豆》2005年第7期)对民间丧仪中哭丧场面的描写。再看《旦角》写响器班:

当然这种零零散散的短曲子对响器班来说是显不出本事的。真正的本事就是出殡前的一晚在灵棚前上的这出戏。这叫"白戏",又因为不抹脸装扮,内行的人也叫这"素戏"。第二天亡人就要入土,辛苦了一辈子,再大的对错恩仇都说不得了,他能参与的最后的尘世的热闹也就是这一台戏了。儿女的孝心、亲戚们的情谊、街坊们的送别也都在这台戏的入场里。这才是响器班最大的用处。天一落黄昏,从八点开始到十二点多,嘴不能停锣鼓不能歇,一分一秒都是功夫。主家的心气和脸面全看这个晚上台上的活儿了。在这片地上,专有不少人喜欢看这台不收钱的戏。夏天摇把蒲扇看,冬天把手袖在棉袄里看,不凉不热的春秋季,嗑着瓜子聊着天看。

更能显示你实力的,或许还是《旦角》中将多个场面多个人群平行烘托、交叉迭现的写法。尤其是台上演员与台下观众镜头不断切换而又交融,认真读下去,真有点《包法利夫人》描写"农展会"那一节的风味。

场面描写需要结构和气势,但细节的精密观察和准确表达乃是前提,否则就成为空洞的热闹。《旦角》写胖子班主用假嗓子演唱达到"近于抒情"的效果,以及台下有经验的一班老演员善意的理解与批评,还有那个中年演员上台后一边演出一边抓住时机发泄情感,就很可以看出你平时观察揣摩的功夫。写最不能见出演员心理的台步,也颇能传神尽相:

唱着唱着,黄羽绒开始走台步。她用手指左转右转地玩弄着莫须有的大辫子,走得很小心,很羞怯,很认真,让人不由不专注地看着她,似乎她下一步就会走错。——其实也谈不上什么错不错,只要不摔跤就都不算错。然而看样子她终究没有走错。

再如《良宵》写前来搓澡的女人的不同类型：

> 肤色肥瘦高矮美丑仅是面儿上的不一样，单凭躺着的神态，就可以看出底气的不一样。有的女人，看似静静地躺着，心里的焦躁却在眉眼里烧着。有的女人的静是从身到心真的静，那种静，气定神闲地从每个毛孔冒出来。有的女人嘴巴啰唆，那种心里的富足却随着溢出了嘴角。有的女人再怎么喧嚣热闹也赶不走身上扎了根的阴沉。更多的女人是小琐碎，小烦恼，小喜乐，小得意……小心思小心事不遮不掩地挂了一头一脑，随便一晃就满身铃铛响。

心理细节不同于动作、神态的细节，偏于抽象，本身就以语言形态呈现出来，所以对语言表现力的要求更高。《最慢的是活着》写"我"在奶奶临死时与丈夫做爱时的心理：

奶奶,我的亲人,请你原谅我。你要死了,我还是需要挣钱。你要死了,我吃饭还吃得那么香甜。你要死了,我还喜欢看路边盛开的野花。你要死了,我还想和男人做爱。你要死了,我还是要喝汇源果汁嗑洽洽瓜子拥有并感受着所有美妙的生之乐趣。

这是我的强韧,也是我的无耻。

请你原谅我。请你,请你一定原谅我。因为,我也必在将来死去。因为,你也曾生活得那么强韧,和无耻。

这种心理细节,或许别人也写过,但如此到位,尚属鲜见。

许多人都说到你的语言。你的语言确实太突出了,不容人不关注。在你的语言面前,我感到充沛、胜任、丰满、流畅、机智乃至急智。许多地方触类旁通,联翩而下,以至用墨如泼,淋漓酣畅。类似的语言气象,男作家里有我熟悉而有些读者早已抱怨吃不消的王蒙的"博士卖驴文体"。女作家里,好像在盛可以的某些作品中也可以见到。但你的小说,几乎篇篇都有那种奔涌不息的语言的激流和倾泻而出的语言的瀑布。

语言的丰富和准确本来是作家的基本功,现在已经成了可以让我们惊喜的珍稀品种了。但我不想在这里过多夸奖你的语言,我倒想说说你的语言可能的不足,尤其是有些时候的失度。

比如《良宵》写桑拿女工回忆自己姓花的前夫的初恋:

> 要死要活地跟了姓花的,心甘情愿地被他花了,没承想他最终还是应了他的姓,花了心,花花肠子连带着花腔花调,给她弄出了一场又一场的花花事儿。真个是花红柳绿,花拳绣腿,花团锦簇,花枝招展,把她的心裂成了五花八门。

这当然颇能见出语言游戏的智慧、词汇的丰富,但也过于借题发挥了,你把语言的能指玩弄到超出所指内容,成为多余的赘疣。个别语词仔细推敲起来,细节上也不免失掉了准头。

另外,你很能调查、收集目前流行的各种聪明的说法,甚至参与这些新时代"精致的调皮"的创造,再把这些生猛

"语料"一视同仁地分配给你的人物和叙述者,尤其在人物斗嘴之时、打情骂俏之间,或叙述者大面积地交代情况之际。我觉得语言丰富和熟极而流乃是信息时代必然会有的现象,最大的特点就是那种自我繁衍也自我解构的彼此"引用"的互文性:许多精彩的"段子"固然令人耳目一新,却又往往似曾相识,是语言的炫耀,也是语言所宝贵的精华的耗散;似乎表现了很多,最终却并没有真正成功表现什么。就像《旦角》中镶嵌的十九段豫剧戏文,固然可以和眼前当下的情景呼应,但毕竟是现成货色,与古人所谓"直寻"所得、与眼前当下的情景共生共存的"自铸伟词",毕竟有所不同(我这里只是打个比喻,并非说这些戏文在小说中用得不好)。

语言确实是作家最应该有所顾忌的地方。从前周作人告诫新派诗人不要一味地追求语言的"豪华",宁可满足于看似若有不足的"涩味与简单味",道理也就在这里。尤其是如果给叙述者分配太多时新语言,就容易使叙述主体与隐蔽的人群看齐,成为流行的语言信息的播撒者。这就可惜了,因为读者想看到的,乃是既混迹于人群又因其特出的反省力超出人群的那种叙述主体(也是语言的主体)。

当然,如果你自有一套凌驾其上的超越语言,时时调节宰制,有距离地进行适当的反讽、游戏乃至炫耀,也无可厚非,但我现在所谈的显然还并不是这个。总之,在逸兴遄飞激情挥洒之际,最要注意的是必要的节制。

和这有关的,是各种具有"奇观"效果的"故事"。不错,你的故事许多是个体的,冲破了关于"河南"和"中国"的先验想象,更贴近生活实际,而不是某种寓言的发生地。但这并不等于说,你的故事就没有陷入另一种夸张变形的危险。

我必须承认,你的故事确实"好看"。你的小说一发表,多家选刊争相转载,"好看"应是原因之一。但"好看"的另一个意思就是"奇特"。我觉得你在许多地方都仗着"可巧"二字,而"可巧"二字有好有坏,值得分析。

《良宵》(《人民文学》2008年第2期)写搓澡女工发现自己可巧给前夫的现任妻子和女儿搓澡。《最后的爆米花》(《山花》2008年第2期)写一个老年机关干部,为抓捕奸杀女儿的凶犯,苦心孤诣学会爆米花,到处蹲伏,终于如愿(凶犯家里可巧也是做爆米花的,凶犯可巧不认识老人而老人可巧认得凶犯,又可巧在老人一再设圈套让观众来尝试做爆米花时,凶犯就在人群里,并且真的忍不住非要一显身手)。《解决》写大哥嫖娼犯事,托乡下亲戚(也是做小姐的)丽去通关子。许多人物都集中在两个爷爷的葬礼上,头绪纷繁,关系错综,大哥麻烦的"解决"(丽出主意并答应找事主说情)只是一个小插曲,与此同时许多问题都随着葬礼的举行(情感的通融)而"解决"了。这一篇结构非常精心,但也还是仗着"可巧"二字。《取暖》(《十月》2005年第2期)写刑满释放的强奸犯(被开除的大学生)除夕从家里赌气外出,来到一个小镇,借宿在一个单身妇女家,她的丈夫因妻子被侮辱而打伤别人因此被判刑蹲监狱,这已经是可巧了。妇女之所以愿意和敢于在除夕收留陌生男人,就因为在他问路时可巧看到他的裤子就是丈夫在监狱里穿的那种制服。《像天堂在放小小的焰火》(《收获》2007年第4期)写云平踢坏了同事张威的要害,张威后来在云平的好心帮助下恢复了功能。同一个"解铃还须系铃人"的模式在《紫蔷薇影楼》里重现了。《山楂树》写嫁到山里的城里媳妇只身去婆家,在火车上巧遇以前也在那趟列车上见过的画家,该画家是从山里考出去的,现在成了杀死前妻及其情人之后在逃的凶手。两个家庭的平行故事就依靠山楂被牵合在一起:城里媳妇喜欢吃山楂,画家的前妻因为山楂流产而与画家离婚。这真是巧上加巧了。中篇《最慢的是活着》(《收获》2008年第3期)倒是一直没有巧合,但最后"我"还是可巧遇见了奶奶年轻时的一夜情人!

小说,尤其是中短篇小说,巧合总免不了。许多大师都偏爱巧合。但巧合应该是生活的真实逻辑的凝聚,而不是真实逻辑薄弱之时用来弥补和支撑的东西。如果属于后一种情况,就不容乐观了。比如《最后的爆米花》,开头写老人沉默寡言,很有悬念,"擒凶"的结尾却令人失望,因为那样的开头和那样的结尾太不相称,至少我期待中的老人的真相不应该只有这点。为女儿报仇是天大的事,足以让老人使尽浑身解数,但小说开头铺陈得太好了,似乎允诺我们最后揭秘之时将要展示关于老人自身的更多的秘密,而像现在这样写来,老人自己的内容全部被压缩成报仇的坚忍意志了。这样设计精巧的故事,"可巧"二字超过了生活的真实逻辑,使已经写出来的真实也打了折扣。而像《指甲花开》那样不编织奇特的故事只照直铺叙少女心事,或者像《旦角》这样将眼前台下发生的与台上的喜剧关合起来,忘却"可巧"二字,倒更见朴实率真。

关于这个问题,我其实并无多少把握,以上不过略说模糊的感受而已。

好像作协要一篇短文,而我已经拉杂写了不少！但还有一些临时想到的题外话,索性也在这里说一说吧。

老实讲,我越来越觉得自己跟不上你们这一代作家了。我现在宁愿看现代文学,或接近现代作家的当代作家,而有点吃不消20世纪80年代末出自年轻作家之手的当代文学。对90年代"断裂"之后突然茁壮成长的新一代,尤其感到难以适应,尽管我们年龄差距并不大。我的朋友黄昌勇教授说现代作家善于写现实,当代作家喜欢怀旧,他的这个发现很有意思。如果让我来比较,我觉得现代文学好比毛笔书写的一封家书,费力费心,但情真意切(尽管往往情真而薄、意切而浅),某些当代作品则好像E-mail(电子邮件)、博客,洋洋洒洒,却"难见真的人！",因为情虽多而不真,意虽新而不切。我不是说当代作家写得不够好,新近登上文坛的许多优秀作家笔致都比现代的许多作家更洒脱、更丰满、更流畅、更婉转,属于钱钟书、张爱玲和早期丁玲式的精灵一族。但另一方面,我觉得他们太见多识广,见怪不怪,感得太多,说得太易。一种生活,一段经历,一个故事,被他们说出来,总像是在消灭自己之后迎合读者,而不是基于自己的主见向读者发出挑战。再者,我也往往苦于抓不住他们的思想。他们的思想"空空如也",更多是和故事黏合在一起的无形无状飘荡不已的感触。如果他们像前辈作家那样在一个流传有序的思想传统中展开"思想",我就容易捉住,但他们不喜欢这样的"思想"。他们的长处和兴趣都不是"思想",而是多、快、好、省地捕捉和报道当代生活信息,在这种捕捉和报道中获得某种前卫性和权威性的自我感觉——像现代作家习惯于通过"追求真理担当道义"获得同样的自我感觉。

现代作家固然不可一概而论,但因为强大的意识形态的诉求,他们足以炫耀于人前的往往是进步意识,而不是率先真切地捕捉到新的生活现象(他们往往因为意识的作用而虚构生活)。他们要么完全脱离生活,成为意识形态的传声筒,要么因为忠实于当下个体的生活,而与意识形态疏离,由此逐渐获得思想的自觉,取得与思想传统包括意识形态的要求展开对话的能力。

现在的年轻作家也不可一概而论,但因为他们自觉终结了意识形态的诉求(虽然意识形态仍然客观存在),他们足以炫耀于人前并彼此竞争的,就不是观念形态的进步意识,也不是那种可以和意识形态以及思想传统展开积极对话的能力,而是感性形态的新的生活现象——简言之,就是黏合着各种瞬息生灭的细小感觉的新奇百出的"故事"。现代作家因为意识形态的关系显得太有形体,但往往缺乏血肉;目前年轻作家则相反,太有新鲜活脱的血肉,而缺乏思想性的形体的有力支撑。

有人说现在中国文学主要是女作家文学,孤零零几个男作家要么没什么成色,纵有几分成色也是接近女作家的那种成色。女作家担纲唱主角,使中国文学必然冲破"民族寓言"预设,但也丧失了对宏大的集体和时代命题的把握能力。一切都委诸个人,衡诸个人,这是个人的确立,也是个人的膨胀:个人承受无法承受的原本需要集体和时代来承受的问题,结果不仅把问题缩小,甚至根本拒绝了问题。与此同时,如此承受着的个人也将自身的真实性扭曲了,他们轻易地就成为解释一切理解一切处理一切承受一切的先知式的虚幻骄傲的个体。在这样的个体面前,人生固然不再按意识形态硬性规范设计,而是照个体一时感触筹划,生活因此不再是寓言,而是真实的细节的河流,但这条河流容易失去堤坝，四处流泻，无所归依。

坚执思想，蔑视生活，你就可以说，"太阳底下无新事"，那样的文学往往沦为观念的演绎和寓言化写作，那样的作家就会躲在自己的思想硬壳里渐渐枯萎。坚执生活之流，蔑视思想和思想必然要遭遇的命中跟定它的问题，你也可以说，"苟日新，日日新"，那样的文学往往就是堆砌细节，是炫耀千奇百怪的故事，是并不指向某个思想目标也不参与某个思想传统的随处流传也随处和随时消散的传奇，那样的作家很容易随波逐流，最终沉没于自己所拥抱的生活之流。

我想聪明的作家不应该听任这两种倾向背道而驰，而应该努力将尊重传统的思想探索与忠实于当下的生活探索融会起来，像大胆地跳入生活海洋那样大胆地踏入古往今来圣经贤传联络而成的思想传统，让思想和生活相互激励，而不是彼此分离不顾。但这种聪明的作家，就要经受莫大的熬炼了。

现代文学史上曾经把我上面讲的问题表述为"源"（生活）和"流"（思想文化的传统）的关系，并认为文学的依托首先是"源"，"流"只是辅助性次生性的，后来就导致作家的非学者化、"题材(生活)决定论"的偏颇。我觉得今天年轻作家的问题,某种程度上也还是这个历史问题的延续,就是迷信只要抓住当下生活,就抓住了文学的"源头活水",拼命挖掘当下最新的生活现象,在这上面展开竞争,而把与思想史上的一些根本问题展开对话、对文学和文化史上的一些经验与传统进行批判的借鉴,都看成"流"而不屑一顾。这种偏颇是把"源流"分得太清楚了,以至于发生误导。尼采说,没有赤裸裸的现实而只有被这样那样解释过的现实,如果是这样的话,所谓"源流"就裹在一起分拆不开了。我们不应该把眼光、心思全部集中于当下新起的生活现象,而罔顾贯穿人类历史的基本的思想文化命题。只讲生活不讲思想的写作,正如只炫耀思想和文学形式而漠视生活的写作,都是片面的,它们或许可以轻易造成潮流,引领时尚,但消失得也快。

扯远了!请不要误会,这些题外话并非针对你而发,但我也确实愿意将此时此刻想到的和盘托出,供你参考,说不定什么时候你也会碰到和我一样的困惑呢。

有的作家看评论,有的并不看。评论并不总能也并不总需要冲着创作实际而发,它也可以是朋友的聊天,而聊天是很随意的,如果聊天时每句话都针对聊天者,那就太累,也少有益处。你就把这封信当作一次任意的聊天吧,若能一笑解颐,于愿足矣。

  谨祝

秋安

郜元宝

2008 年 10 月 20 日写

2009 年 5 月 13 日改

回乡者·亲情·暧昧年代

——评魏微小说集《姊妹们》

魏微在20世纪90年代中期成名以后,一直吝啬笔墨,至今中短篇小说不到二十篇,真正用心写的长篇也就一部。但关心文学的读者大概都一直记得她,甚至把她看作不多的几位实力派青年作家之一,这在不高产毋宁死的今日文坛,也算是一个小小的奇迹。

魏微吸引读者的是什么呢?我读她的小说,最大的感触就是距离的拉近。她总是贴着自己熟悉的生活努力写出细部的丰富性来,尤其是人物的变幻莫测的情感。虽说文学主要以情动人,但能够首先在情感上打动读者的小说现在差不多成了稀有的,而我也并非一开始就很容易在魏微小说中触摸到感情的波动。她抓住普通人的感情加以如实描绘,由此开辟出一条独特的小说之路,也经过了一段曲折的过程。

魏微最早的一篇小说《小城故事》发表在江苏省淮阴市文联主办的杂志《崛起》1994年第4期,另外两篇《清平乱世》和《恍惚牌坊》刊登于同一个地方,分别是1994年第5期和1995年第3期。我到现在还没有读到这三篇小说,《崛起》不是一本容易找到的公开出版物。将来会有人找到这三篇小说,作为她的"少作"来研究的,这里只好从略。可以肯定,这份值得尊敬的地方性文学杂志及其主编老诗人赵恺对魏微的成长起过难以估量的作用。他们曾经专门为刚刚起步的魏微举办过作品讨论会,并邀请《钟山》和《雨花》的主编参加。魏微应该就从那时开始为江苏文坛所知晓吧。这以后她沉默了三年,但三年并未虚度,她报名读了北京师范大学的作家班,接着回到南京,进入南京作家群的特殊圈子,从此真正入行,当了作家。

这些经历,不久都曲折反映在"成名作"《乔治和一本书》(1996)、《一个年龄的性意识》(1996)、《在明孝陵乘凉》(1998)和《十月五日之风雨大作》(1998)之中(这要感谢《小说界》魏心宏以及《北京大学》和《芙蓉》两本杂志)。这些作品的用力方向与技术形成并不一致,只勉强可称一个松散的整体。少女性意识,成长中的朦胧自觉,命运的神秘,是三个基本元素,在她日后的小说中可以经常碰到。这些基本元素最初的呈现相当裸露,青年作家刚刚抓住这些基本元素时既兴奋又生涩。但无论如何,那独特的观察、精巧的构思,以及风格化的遣词造句,已经未可小视。

但同时也隐含着危险。性意识,成长的经验,命运的神秘和奇妙,对这些内容,因为不满于直率的裸露,魏微一开始就刻意寻找现成的形式来遮掩,不敢一味粗暴地挖掘下去,使这些最初与她相遇的经验内容自然而然取得自己的形式。我之所以说这些"成名作"都具有观察独特、构思精巧、语言风格化的特点,是指这些可贵的经验被轻易装进了某种现成的形式,从叙述方法、腔调乃至用字习惯,都可以清楚地看出当时虽然依旧流行却也已经濒临衰竭的先锋小说的影响的痕迹。

比如,《乔治和一本书》解构男性欲望,固然机智,但被解构被嘲弄的男性性经验与性能力完全仰仗文学圈流行的昆德拉小说的片段,这种处理方式未免过于漫画化,精巧的形式感令人过目难忘,却妨碍内容的进一步深化。《在明孝陵乘凉》写少女小芙和哥哥以及哥哥的女友一起游明孝陵,闷热的天气的诱惑、哥哥女友有意无意的启蒙、父母严格管教所引起的反弹和陵墓的神秘气息的刺激,使小芙意识到身体里有另一个自我要求释放。作者费了很大周折将所谓另一个自我呼唤出来,而真要面对时却戛然而止。这和《十月五日之风雨大作》中蛰居孤岛的侦缉队员与囚犯之间的精神互动(囚犯在审讯中成为真正的革命者,原本甘于寂寞的侦缉队员却禁不住对囚犯叙述中的上海的向往而在逃跑中被击毙)一样,都写得神秘而飘忽。这篇小说值得注意的是囚犯和侦缉队员之间交叉互动所显示的几何学的对称关系。至于《一个年龄的性意识》,与其说是小说,毋宁说是魏微借小说为一代人完成精神独立的宣言。小说的重心到最后才显示出来,而前面的实际描写——无论二三女友一起看录像,还是古板的前辈的道德批评——都属于没有展开也不知道如何展开的过渡性情节。

　　这三篇小说抓住作者的首先是观念性存在与抽象的形式感,尽管背后隐伏着属于自己的独特经验,但因为不知道如何将这些经验放置在一个更自然的形式与更真切的背景中,所以都未能获得正面突破。

《一个年龄的性意识》借人物之口提出宣告:"先锋死了,我们不得不回过头来,老实地走路。"有趣的是,这里所讲的"先锋",包括"林白、陈染等女性的小说",却没有涉及魏微写作时实际受到影响的南京青年作家群。实际上正是1996—1998年前后,叶兆言、苏童、另一个"原产"江苏的先锋作家格非以及比邻的浙江籍作家余华的创作都先后进入明显的衰歇期,而韩东、鲁羊、朱文等更后起的一群作家正承受着"断裂"的阵痛:他们不仅要与现行的文学生产制度"断裂",更要与80年代中期以来自己也曾身处其中的文学运动(包括先锋文学)"断裂"。现在看来,对他们来说,与先锋小说的"断裂"才是决定性的。正因为有此"断裂",韩东、朱文们才赢得了自己的生活世界,成就了他们自己的小说艺术:朱文完成了他的"小丁"系列,推出了他的巅峰之作《把穷人统统打昏》;韩东也摆脱了抽象观念与叙事圈套的纠缠,写出了《美元硬过人民币》等一系列结实的作品。这具体说来,就是逐渐告别博尔赫斯与法国"新小说"的实验性的形式探索与90年代南京青年亚文化的私人经验严重脱节的尴尬。魏微没有像另外一群不幸的"先锋派"学生那样搁浅在博尔赫斯或"新小说"的沙滩上,这和她直接间接参与了90年代后期南京青年作家群真正有活力的主体从博尔赫斯或"新小说"的阴影中突围出去的"断裂"运动有关。

但"断裂"在每个人身上的表现并不相同,也非一蹴而就。对魏微来说,尽管意识到"先锋死了"非常可贵,但至于如何"回过头来,老实地走路",并没有明确方案或具体路径,否则稍后她也不会继续写出《父亲来访》(1998)、《校长、汗毛和蚂蚁》(2000)与《寻父记》(2000)那样依旧保留了不少"先锋"气息的作品。

《父亲来访》同样致力于构筑一种形式上的完美对称:"我"在异乡学习、工作,"我"的生活成了父亲想象中的神秘存在。父亲想来探访,又怕撞见女儿的生活中做父亲的不愿看到的真相,故一再制造理由推延探访,而要来探访的信号却在无限期推延中越来越急迫。与此同时,"我"既真诚地渴望父亲来访,又怕自己的处境有什么不便为父亲所知之点,为了不让父亲敏感到自己的担心,也为了驱散自己心中认为不该有的阴影,"我"不得不一再催促父亲启程,甚至对邻居广而告之,充分做好了迎接父亲到来的准备。

小说本来可以更深入更从容地挖掘父女之间这种微妙的情感关系,但由于对"怕父亲来"和"父亲怕来"这种形式上的对称感和由此出发大可玩弄的叙事游戏的兴趣更大,真实的情感内容的挖掘反而一直停留在观念的表层,结果叙事游戏愈热闹,情感内容反而愈趋扁平化。

《寻父记》的抽象化和虚拟化程度更高。父亲失踪两年,"我"和母亲对父亲的爱和需要与日俱增,母女间围绕父亲展开了无尽的对话。但对话越深入,她们越发现其实谁也不了解父亲,父亲在她们充满爱意的讨论中成了一个谜。"我"不满于每天进行的这种空洞的谈论,决定"退学寻父",并且在接着而来的毫无结果的寻找过程中完全按照想象中的父亲的样子来生活,直至多年以后结束寻找,定居另一个城市,每天启发儿子长大之后寻找同样失踪的丈夫(儿子的父亲)。高度抽象化和形式化的叙事游戏的合理性,仅仅依靠一种观念的升华:每个人都有一个无法寻觅的父亲,但每个人都必须寻找这个无法寻觅的父亲——无意义的寻找恰恰构成了人生的意义。

在《寻父记》中,父亲成了卡夫卡笔下土地丈量员 K 无法接近而又受命必须抵达的城堡;在《父亲来访》中,"我"

和父亲互相成了对方渴望进入却又因为害怕看到真相而永远无法进入的神秘虚幻的城堡。这两篇小说的形式都压倒了内容。因为迎合形式的需要，内容（父女亲情）不得不变形，成为难以理喻之物。

这也正是绝大多数先锋小说的通病。在先锋小说中，不仅中国生活的外在形式被陌生化为一系列稀奇古怪的故事情节，甚至中国生活最切近的内容，亲情、友情、爱情，也都惨遭陌生化，变得不伦不类，似乎非此就不能做成小说。许多先锋派作家一开始的小成功在此（制造了引人注目的陌生化效果），此后很快的失败（惨败）也在此（毕竟偏离了人情物理的实际）。另外一批先锋派的徒弟们不明此理，矢志不渝地步其后尘，直到今天还在邯郸学步——恐怕再也无法恢复天生的步态了。这两代作家（恕我不提他们的姓名）实在是中国小说形式探索与先锋实验的可敬又可悲的牺牲品。

就在先锋小说狂热的形式追求笼罩一切时，魏微开始了她的反叛。即便在《父亲来访》和《寻父记》中，对形式感以及背后隐藏的抽象的哲学观念的兴趣也已经有所节制，并没有发展到痴迷的地步。这主要是因为，那摆在正面的血缘化和身体化的亲情,无论如何也绕不过去,而魏微在内心深处恐怕也不能容忍将父女之情彻底变形与陌生化。先锋派作家可以拿爱情和友情说事,魏微偏偏在爱情和友情之外引入了——或者说首先撞见了——亲情。这种选择本身逼迫她用贴近生活的叙述,固执地修改着(抵抗着)先锋小说流行的那种将一切都陌生化、戏谑化的手法,以亲情为基本的生存感受,推己及人,进一步正视普通中国人的爱情和友情,由此重写普通中国人的情感故事,将被颠倒的再颠倒过来。

在这意义上,魏微的小说或许可以视为先锋派的自我赎罪。

关键是亲情的引入。相对于爱情和友情这两个本身就需要虚构、本身就充满江湖气味因而似乎天生赞同先锋实验的情感范畴来说,亲情具有更大的惰性和确定性,很难"先锋"起来。何况,中国人现在的亲情还联系着尚未消失的古老的生活世界——故乡,因此描写亲情的小说必然时时反顾过去,反顾乡村,反顾家庭,也必然甘于坚守狭小的世界,不肯轻易迷失于正在崛起的新的都市风。

魏微可以说是中国新一代青年作家的一个典型:他们

终于告别了因为逃逸政治意识形态宏大叙事而痴迷于形式探索与陌生化叙事的先锋派,回到亲人中间,回到中国生活的固有的形式与内容。

从1999年《姐姐和弟弟》开始,到《储小宝的婚姻》(2000)、《乡村、穷亲戚和爱情》(2000)、《石头的暑假》(2002)、《大老郑的女人》(2002)、《回家》(2003)和《异乡》(2004),魏微小说的叙述者和主人公,差不多都是"回乡者"——要么沿着回忆的河流回溯到童年和故乡,要么因为某种机缘而真的从工作和生活的现在时的城市回到同样现在时的乡村。正是在不同形式的"回乡"过程中,魏微为我们呈现了她笔底人物的感情秘密,而这些感情秘密确实也只有在城乡之间的撕裂与缝合中,才得以诞生。

魏微将最新的中短篇小说集命名为《姐姐和弟弟》,可见她对收入其中的同名中篇小说《姐姐和弟弟》的重视。这是有道理的,因为这本小说集的重心,就是类似《姐姐和弟弟》描写的家庭成员之间复杂的感情纠葛。只要把《姐姐和弟弟》跟余华的《现实一种》稍加比较,就可以明白,魏微不是为了陌生化和奇观化的探险,而是回到日常生活的真实形态,竭力呈现其中不为人所知的丰富的情感秘密。

她的手法是放慢速度，回到细节，让读者似乎可以看到光阴一寸一寸地推进（许多评论家因此不假思索地将这些作品归入"成长小说"的范畴），听到亲人之间在普通伦理规则约束下作为一个个单独的生命体的真实的情感关系。把这些丰富的细节描写出来，不是为了颠覆家庭伦理，而是为了让抽象的家庭伦理的教训和规则变得更加有血有肉。

细节的放大，也并不局限于家庭屋檐下的情感戏剧，而必然伸展到传统的中国家庭所托身的更加广大的乡村社会。这也是魏微小说中那些精神和肉体的"回乡者"真实的生活世界。2001年在《收获》杂志上发表的《一个人的微湖闸》（花山文艺出版社推出单行本时改名《流年》）可说是魏微以童年记忆、亲情叙事对中国乡村世界的一次重建。这部长篇小说基本上扭转了像余华《在细雨中呼喊》之类的先锋派童年叙事对乡村社会的残酷描写，重新赋予乡村以温暖的亲情。在这方面，魏微的功劳最大。

当代作家和古代作家最大的不同在于，古代（包括现代）作家离我们很远，他们的生平资料因为弥足珍贵而愈加激发后人辛勤搜求，结果往往比较齐全。当代作家因为离我们近,其传记材料似乎容易得到,事实却恰恰相反——正因为距离近反而不予重视,而作家面对同时代人也有故布迷阵的理由,结果大多数当代作家的传记研究只好缺失。许多年以后,等到他们差不多成了古代作家,其文学生涯的开端与详尽的传记资料才有希望被当作一门学问来考证。

从传记跳到作品的阐释方法更适合古代作家,对当代作家,我们只能从作品出发,依稀推测他们的文学生涯。我不知道是什么机缘促使小说家魏微无师自通地回到乡村,回到亲人中间,我只知道在这个回归旅程的一开始,她曾经急切地在自己的旗帜上大书特书"日常生活"四个大字:

> 其实,我想记述的是那些沉淀在时间深处的日常生活。它们是那样的生动活泼,它们具有某种强大的真实,它们自身不带任何感情色彩,它们态度端凝,因而显得冷静和中性。当时间的洪流把我们一点点地推向深处,更深处,当世界的万物——生命,情感,事件——一切的一切,都在一点点地堕落,衰竭,走向终处,总还有一些东西,它们留在了时间之外。它们是日

常生活。(《流年》)

这种张爱玲式的文学宣言,很容易让读者展开想象,似乎魏微从此以后就是一个过去时代的日常生活的怀旧者,一个关于祖辈或父辈的生活往事的温情的追述者。确实,中国文学无论在国内还是在国外都已经出现了太多这样的莫名其妙的作品。实际上魏微也真的从自己家族的过去打捞了不少闪光的记忆珍品,她的许多回归故乡的小说,通常都有一个精彩的概述式的开头缕叙故乡风物人情之美,在主体故事进行过程中,叙述人也会经常停住时间的流逝,去深情地凝视那被时间的洪流推到背景的似乎可以在时间之外的东西。这样的对日常生活的沉湎不仅有一系列的回忆故乡的作品,也有像《薛家巷》那样颇具野心的南京市民社会的全景图。但很快地,她的玫瑰色的怀旧梦破灭了,她发现恰恰就在"微湖闸的盛世",恰恰就在那始终蛊惑她的温暖的亲情乡风的深处(她的"日常生活"的核心与精华),充满着令人难堪的混沌与破绽。

所以,等到她干脆省去沉醉于"日常生活"的风情万种的零散而顿悟的文字,单刀直入地展开卑微人物的感情故事时,反而有一种觉醒之后不肯驯服的伶俐之美。我知道许多读者偏爱魏微那一路文字,其实我也很欣赏她在琢磨日常生活的光与影时所显示的才气纵横,但这一路文字最终只能把我们引向似是而非的事物的表面,迷失在无多新意的风格化与类型化的语言的重复涂抹之中,无法抵达所谓日常生活的真正的核心。魏微并非那种"太上忘情"的作家,她的兴趣和才华仍然倾向于研究具体的个人的情感与命运,而非消泯个体界限的云烟模糊的风俗画卷。走出所谓民族志式的日常生活的风俗画卷的展览,走出往往封闭于个人的无法掩饰其表演性的当下心情的抒写,回到熙来攘往的人群,魏微的目光反而显得更加集中而犀利。

比如她写"姐姐和弟弟"的感情,因为暴露了简单的家庭伦理规则之下的丰富细节,又因为姐弟二人同样年少懵懂,就格外蒙上了一层暧昧色彩。《储小宝的婚姻》中,五岁的女孩"我"充当了精力弥漫的乡村青年储小宝和小吴阿姨之间的恋爱"道具",这使她以一个孩子的敏感和纯真充分领略了"那时候,爱情还没有创痛。人是完美意义上的人,饱满、上升、纯白",但"我"对家乡风物人情的回忆并非全如储小宝的初恋那样美好,首先"我的青春期,我的整个缓慢而阴郁的成长史,就是在我和我的亲人们相互折磨中度过的",而储小宝和小吴的恋爱也遭到乡村伦理规则的压制和歪曲,他们婚姻的结局也很不幸,"这段爱情成了事实上的婚姻,这真是人世间最邋遢的事情"。在"回乡者"的回忆中,像小吴阿姨那样的女性往往散发着正邪相杂的暧昧气息,比如亦良亦娼的大老郑的女人,就不像沈从文小说《丈夫》中那个泼辣的湘西女子,既无健康丰满的身体,行事也躲躲闪闪、遮遮掩掩。沈从文强调的是健康、野性与豪爽,魏微借这个相似的故事强调的却是苟且与难堪。甚至《石头的暑假》中那个导致乡村少年石头犯罪的无辜的小姑娘夏雪,在"回乡者"的视野里也总掩藏不住妖艳狭邪。相反,储小宝、石头、"我"的堂哥陈平子等乡村男性几乎被描写成无辜、美好、纯情、宽厚的化身,他们代表着土地和乡村的精神,也是"我"眷恋土地和乡村的原因,而小吴阿姨、夏雪、大老郑的女人以及那个害得陈平子年纪轻轻做了鳏夫的外乡女子,则总是和乡村的邪恶与败坏有关,她们像一团邋遢肮脏的地气,纠缠着"回乡者"的还乡之梦。

这是"在乡而思乡"的梦(回忆者"我"仍在故乡)。至于一度离乡而又被迫回乡的新时代的年轻人,他们对家乡的感情就更加复杂。《异乡》中的"京漂一族"、来自江西吉安的小学教师子慧,一面独自承担生活的压力,一面还得小心翼翼地应付母亲从千里之外的故乡投射来的怀疑的眼光。等到她看破大都市的喧嚣而毅然决定回到故乡,"发现屋子里仍是寒冬"。就因为她三年出门在外,便失去了母亲、街坊邻居和整个故乡小城的信任与善意,故乡真的成了"一个谜一样矛盾的地方,一个难以概述的地方"。为了生活,子慧失身却未失贞,至少心理上尚有立足之地,但《回家》中一群在丹阳街做发廊妹,真的"入了行"的打工女被警察押解回乡,就是另一番滋味了(我读到的魏微最近的这篇小说也是她最见功力的一部作品)。

本来,叙述者"我"在《乡村、穷亲戚和爱情》中复活了身体里对故乡的基于血缘谱系的依恋,到了《异乡》和《回家》,这种依恋却经受了残酷的考验,不再单纯、美好了。

所以魏微只是一个文学上的"回乡者",并非一度时髦的文化怀乡病患者。她的立场既不在乡村,也不在城市,而是寄放在乡村与城市之间的某个更加虚无的所在。乡村固然给了她记忆的蛊惑和温情的慰藉,但恰恰其中也包含着乡村所特有的冷漠与伤害；城市令她感到陌生，充满危机、陷阱，但隐身城市之中，又使她获得还活在人间的坚硬的真实。这种两头牵扯而又两头落空的遭际，正是魏微反复描写的当下普通中国人的感情困境。用她的专门术语来讲，就是"暧昧"。

对故乡和亲情的"矛盾"和"难以概述"的感情，是她首先遭遇的"暧昧"。"暧昧"的由来，虽然可以轻易地归结到时代巨变，但乡情、亲情在时代巨变中如此不堪一击，说明乡情和亲情本身就有着值得凝视的"暧昧"的特性。"暧昧"之情，比如姐姐对弟弟没来由的欺负，比如"我"在故乡男性和女性之间似乎没来由的感情倾斜（其实源于"我"的一颗不安宁的暧昧的心，犹如被石头唤醒的"我"内心的同样的"尖叫"），比如来自城市的女孩对生在乡村的堂哥的几乎不可能的稍纵即逝的爱情，比如那些离开家乡去城市闯荡又回到家乡的青年人与家乡和亲人的新的距离，都是自然而然发生的，很难归结为纯粹的道德判断，而是基于复杂境遇的无可奈何的现象学的呈现。《回家》中那个自视纯洁无瑕的女记者半路落荒而逃，也许正说明对于这一群回乡者，居高临下的道德审判往往无效。

写乡村的暧昧之情,《乡村、穷亲戚和爱情》可算是翘楚之作。"我"虽然自幼生活在乡村,但如今已经是一个标准的城市女子,在城市步入了自己的成年,经历了城市的感情生活。陈平子是大"我"十多岁的堂哥,看着我长大,他现在已经结婚生子,但从外乡买来的妻子婚后两年就抛夫别子跑掉了。因为奶奶过世,"我"随父母一起回乡,这才再见陈平子。在一种沉睡多年之后复苏的浓郁的乡情乡风的作用下,我朦胧地感到对陈平子产生了男女之爱。来自城市的青年女性这种突发的秘密情事,需要越过年龄、城乡、贫富、血缘、礼法的多重障碍,作为一种最不可能的可能,是魏微的暧昧的乡村叙事的一个极端表现。

既然乡情和亲情都暧昧难明,推己及人,友情和爱情就更不在话下。所以,等到"我"告别迷失的乡土,再度返回城市时,满目所见,无非男男女女的暧昧之情。至此,"暧昧"就成了魏微对她所认知的普通中国人情感形式的一个高度概括。

《暧昧》(1999)、《情感一种》(2000)、《化妆》(2003)三篇小说,是魏微在亲情之外,针对爱情和友情,在"暧昧"二字上做足了的文章。

但魏微并不把"暧昧"作为一种都市欲望的可供观赏和值得招摇的风景大肆书写,而是把"暧昧"理解为一种都市生活的常态,所以由她写出的"暧昧"皆有始有终,都是一段必然发生也必然消失的故事,并不具有惊天动地的性质。

《暧昧》(收入小说集《越来越遥远——魏微小说自选集》时题为《蟑螂,你好吗》)写都市青年女性"我"与前任男同事蟑螂之间的一段暧昧之情。他们相互欣赏,彼此关心,甚至在遭到老板疑忌时共进退,"外人以为我们是一对恋人,然而我们不是,永远也不是"。一年以后,二十五岁的"我"在焦虑、孤独而又自以为是的心情中偶然与蟑螂联系上,两人一起吃晚饭,说笑,诸事正常,但在他邀请"我"去他家时,情况发生了变化,"我"不再坦然,只是出于既害怕"这厮会笑话我"又试图"打败这个男人"的心理接受了邀请,结果孤男寡女什么也没有发生,"他不爱我,我也不爱他,可是我们却在一起,想着跟爱相关的另外一些事情,却永远不是爱"。这篇小说与其说是表现爱的艰难与不可能,还不如说是表现爱的尴尬与暧昧,它用一种素朴的清淡叙事,解构了时下流行的一点就着沸点极低的都市欲望的神话,冷静地显出都市情事的暧昧的底色。

《情感一种》写等待毕业分配的女研究生栀子经人介绍,认识了有妇之夫潘先生,目的是托他帮助找工作,却本末倒置地姘居起来,结果因为自尊,栀子拒绝了潘先生介绍的工作,打算以此证明自己的高贵,并且令对方感到亏欠,没想到短暂的分离把这一切都淡化了,两人最终不明不白地分手,还互相说出许多温情暖语以证明自己并非无情。前面一大段写栀子和潘先生怎样姘居都是次要的,真正精彩而足以当得起"暧昧"二字的乃是后来的分手。分手,把一切聪明、心计、想象、造作的理由与价值全部粉碎,还原出一个真正的难堪与空虚,就像秋风扫落叶,热闹的春天和肃杀的秋意两相抵消,或轮回重现,才是真实的况味、常态的人生。《情感一种》有点像作者满心钦佩的张爱玲的短篇小说《留情》,琐屑慵懒而略显衰败昏聩的气息简直不符合消费时代富足升平精明强悍的整体气象,然而到底是真实的。

至于受到更多好评的《化妆》,在魏微的所有暧昧叙事中最具讽刺性与破坏性。小说在揭露嘉丽的昔日情人的猥琐平庸的同时,也暴露了受伤害者嘉丽本身的猥琐平庸。

这个同样带有鲜明的张爱玲气味的故事在技术上掌握得非常有分寸,而很有分寸的叙事技术所要抵达的终点,仍然是很没有分寸乃至大煞风景的暧昧局面。

谁都看得出来,魏微从来都不掩饰自己格局的狭小与题材的陈旧。她安于在狭小的格局中仔细玩味陈旧的人与事。十几年来她真正用心写出的长篇只有一部,中短篇小说(主要是短篇,而且许多内容和长篇重叠)还不到二十部。魏微不仅写得少,也写得慢,她目光稳重迟缓,略显笨拙,吃力地滑过这世界的表面,去捕捉一个一个细节和故事,记录一段一段心情和感悟,读者几乎可以听到光阴的脚步一寸一寸越过时代的喧嚣从人心的深处发出来。常常你会觉得,时间才是魏微小说真正的主人公。你只有进一步把目光聚集在那些人物身上,才看出她的目的是以散淡的旁观者的身份记录纷乱而又有序、急切而又缓慢的时间在卑微的乡村或都市男女心里刻下怎样的印痕。而当你仔细辨认这些印痕时,你又会发现它们其实既不深刻,也不悲壮,而是若浅若深、若明若暗,交织着得意和悲伤、虔诚和背叛、认真和荒谬、空虚和满足、善良和恶毒,斑斑驳驳,缺乏主调,琐碎难堪,暧昧不明。

这样记录着光阴、数算着时日的魏微，先是一个真诚的"回乡者"，等到她真的回到亲人中间，沉入国民的日常生活之后，又很快遭遇了或者说重新认识了亲情与乡风的"暧昧"，然后以暧昧的乡情和亲情的经验为基本立场再来审视都市生活，就很自然地用她的温暖而宽恕的笔调，记录下那些飘浮在我们这个时代表面的普遍的暧昧之情。

她因此和六十多年前另一个书写暧昧的高手张爱玲非常接近。但魏微有自己的历史、自己的材料、自己的眼光、自己的心情，即使她有时因为钦佩而不自觉地在笔下流出诸如"态度端凝""因笑道""一双小眼睛笑起来不知有多坏"之类标准的张氏话语或者张氏所喜爱的古小说的腔调，也仍然无法泯灭其强烈的个性。就像那似乎漫无边际采撷细节的方式，也并没有使她雷同于七十多年前另一个同样以纷乱繁杂的细节取胜的才女萧红。魏微是一个忠实于自己的作家。生活在一个细节充满而全局混乱的暧昧年代，她不愿轻易拿几个似乎强有力的名词概念来蛮横地命名自己的时代，以哄骗在无名的焦虑中渴望被命名的读者。她和读者站在一起，甘愿承受无名之苦，谦卑地融入灰色的人群，用切身经验来体贴他人，悠悠地把所见所想写出来，这就使她自然地成了这个暧昧年代若干暧昧情事的一个从容而善意的旁观者与记录者。

2007年6月18日写于悉尼

不止舔痛

——评夏儿长篇新著《望鹤兰》

夏儿的第一部长篇《望鹤兰》①出版了,我由衷地为她高兴。出一本书不算什么大事,可对于了解夏儿的创作甘苦的朋友们来讲非比寻常。此外我还想说,不论放在寂寞的澳华文学界,还是拿到似乎总是热闹的国内文坛,《望鹤兰》都是一部不可多得的好书,我愿意负责任地向读者推荐。

认识夏儿的人首先知道她是画家,其次才听说她也写东西。确实是"听说",因为她从未正式发表过什么。不久前读到她评画家黄河的一段话,应该是她迄今为止见诸报端的唯一文字,虽然写得不同凡响,但毕竟与己无关。《望鹤兰》的出版是个转折点,这以后不管人们对她的绘画作

---

① 夏儿:《望鹤兰》,上海文艺出版社 2008 年。

何评价，都会热切期待她的文字。套用周扬20世纪40年代评赵树理的话，夏儿也是一位"成名之前就已经成熟的作家"。

这听起来很幸运，省去了许多作家经历过的叩开文坛大门的漫长旅程，但"成名之前"对夏儿意味着什么，只有她自己清楚。她的痛苦不是在文学道路上孤独奋斗了多年才被文坛接纳，而是在迅速被接纳之前一直长期痛苦地生活着。《望鹤兰》就是这种痛苦的结晶。

夏儿是典型的艺术家，常常丢三落四，这回眼看新书就要在上海出版，却还没想好名字。我建议不妨叫《舔痛者》。她一点都不回避痛苦，玩味不已，咀嚼再三，非舔痛乎？但她没有采纳我的意见。看来还是她有道理。她固然写了许多痛苦，却不是展览，更非炫耀。"抉心自食"般咀嚼玩味，不是要沉溺其中，自我感动，而是要治疗和走出，将痛苦之水酿成甘浆美酒，彰显被痛苦围困时容易忘记的生命原初的美意。"望鹤兰"是过去中国的叫法，更通俗的名字是"天堂鸟"。作者心里的眼睛一直向着上面和高处，尽管让我们看到的只是她自己和别人一味盲目的叹息劳苦。

这是一部诉说苦难之书，也是一部祈求治疗和救赎之书。从苦难到救赎,中间的桥梁是主人公逐渐学会的谦卑与顺服,所以这也是一部学习之书。大凡书都是教别人学习的,这本书的独特之处则是作者自己先就在学习。"学习",即努力寻求先前不认识、不想认识的事物。真正的学习也是"感谢",那叫我们学习并最终得着所要学习的并非我们自己。

主人公田晓曼就是一位懂得感谢并得着了谦卑顺服之心的学习者。她有逾叶的爱慕浮华,却不如逾叶妩媚动人与才华横溢;有老蒙的对虚假温情的倚赖,却没有那种沧桑历尽与深不可测;有沈山的软弱易感,却没有那种含辛茹苦与幽默渊博。这些人的优点她都没有,这些人的缺点她都具备。晓曼唯一与众不同之处在于她始终不满意自己,不承认生活就是这样,相信会有更好的等在前面,所以她不纵容自身的缺点。她一旦看出周围世界的虚妄,就不再依赖了,甚至有信心走出曾经依赖过的世界。所以她生性软弱,却比别人更坚强。

简·奥斯汀写《爱玛》时,躲在主人公爱玛后面看一切人,读者既分享了爱玛的视角,自然也就倾向于爱玛,以她的视角为标准衡量一切人,原谅她的缺点,欣赏她最后的自觉与成熟。《望鹤兰》也是如此。当看到晓曼的闺中密友逾叶的不可一世与唯我独尊,看到晓曼、逾叶一度仰慕的老蒙的空负大志与心口不一,看到晓曼后来的归宿沈山的愁苦鄙吝与摇摆不定时,我们并不觉得作为向导和解说员的晓曼尖酸刻薄。相反,我们觉得她爱他们,把他们的缺点当作自己的,愿意和他们一起承受人性缺点必然导致的人生窘困,最终在深渊之底觉醒,摆脱他们的缺点,用谦卑取代傲慢,用牺牲忍耐取代自私自利,用真诚无伪取代矫饰做作,用坚强取代怯懦,用朴实取代虚浮。晓曼的路应该也是逾叶、老蒙、沈山的路,但他们没有走上这条路,而让晓曼替他们走了。作者塑造精神上逐渐成长的晓曼,不是为了贬损其他人物;她从其他众人身上撷取精华,合成一个晓曼,目的是团聚周围世界在败亡中被舍弃的积极元素。倘将晓曼拉下来,叫她和周围世界保持同一水平,《望鹤兰》所建构的就只是令人窒息的扁平世界,我们的文学从不缺乏这样的世界。

所以晓曼的周围世界不应该嫉恨她与众不同,像晓曼这样的人走出这个世界才是这个世界的希望。希望之光一旦产生,原来的林林总总都获得了价值。好比鲜花绽放,土壤无论如何粗粝、丑怪、腥臭,都可以原谅,甚至十分美好了:鲜花和泥土本是一体。

把《望鹤兰》归入澳华文学或海外华人文学自然可以,但无须刻意强调这一点。它所触及的精神元素,尽管表现方式有地域和文化属性,本质上却是超地域超文化的。有一种作家,浸淫于某种文化,为此文化所化,表达出来的无不是这文化的气息。也有一种作家,其所努力做的乃是打破该文化的封闭,在人类普遍价值上寻求与其他文化汇通,尽管本人并不一定了解其他文化,甚至也并不一定了解所从由出的固有文化。夏儿属于后一种作家,她的小说不是自觉的文化审视,而是不自觉的文化疏离和文化叛逆,这在普遍要求重建固有文化认同的新移民文学中是个值得注意的例外。

夏儿的特点是杜甫所谓"放笔直干",于无技巧中见技巧,仿佛执铁笔空中一挥,凡所触着皆成鲜活意象。她的文字精准有力,我完全不知道她平日所思所学如何有此造就,只好偷懒地承认这是一种天才。可惜的是,她写得太密集,许多地方没有展开,骨骼略具,血肉不丰。她似乎也没有很好地掌握重复之法,许多内容一闪而过,若干情节只有突然中断而无意外接续,像画布上精彩的一笔,缺乏别处的烘托照应。另外,在沈山的塑造上未能做到和老蒙、逾叶一视同仁。作者是想由老蒙、逾叶过渡到沈山,揭示晓曼从虚荣游荡到朴实安定的转变过程,但有转变就有连续,只见转变不见连续,就会造成巨大反差,让人觉得这是两部不同的书被强捏在一起。

　　出于人手的岂能完美?没有完美的人,更没有完美的作品,只有人的祈求完美的完美愿望。我想这愿望会成为一种动力,让夏儿的下一部书写得比《望鹤兰》更好。

2008 年 3 月 30 日写于上海

尘海一"簕"

——林白新著《北流》印象

鲁迅1929年3月22日给韦素园写信说,有些读者不看别的,只爱小说,"看下去很畅快的小说,不费心思的"。读者有此需要,许多作家果然也就专门写这一类无须"费心思"而只觉得"畅快"的小说。

《北流》肯定不是让读者感觉"畅快"的小说,它需要你"费心思",帮助作者重新拼接。无论疏、注、笺、散章、异辞,林白都将它们从某个整体中切割出来,阅读时需重新组装。《北流》属于罗兰·巴特所谓"可写的文本",作者邀请读者一道,对她已经完成的作品进行"重写"。

《北流》人物活动的空间有三个层次,即北流这个"地方"(当然还有中国其他许多地方)的微观历史,20世纪60年代到新世纪的"国族"以及"世界"的宏大叙事。北流这个"地方"写得最充分,相对而言,小说只能透过一些北流人的活动,有限地触及"国族"与"世界"。

对应着上述三个叙事空间的是三种语言形态,即方言、普通话和外语(主要涉及突厥语和英语)。地方/方言、国族/普通话、世界/外语也并非一一对应的关系,其中有太多交叉与重叠。比如北流人既说"勾漏粤语"这种特殊方言,也接受普通话的无微不至的渗透,包括不得不学习一些外语。

今天很遗憾,没有请广西粤语勾漏片的专家来参会。以后很可能会有语言学专家从方言角度切入,像沈家煊先生写《〈繁花〉语言札记》那样,写一本《〈北流〉语言札记》。勾漏粤语是成熟最早的粤语,比广州粤语、香港粤语还要早。这就意味着古代汉语书面语会更多渗透进去,许多貌似北流独有的"白话"的背后恰恰隐藏着一些古代汉语共通语的内容。小说中被作者煞有介事编入《李跃豆词典》的那些北流方言,来自不同方言区的读者可能会觉得,有些固然如读天书,但有些也能猜出大概,并非全然陌生。

跟貌似封闭实则四通八达的方言一样,绝大多数北流人的生活也并不局限于北流这个地方,而是频频遭遇国家民族的大问题,同时也与外面的世界息息相通。

生活空间和语言世界这种展开与交叉,是"五四"新文学百年以来的主题之一,每个作家从各自的修养、经历和文学观念出发,具体处理方式都会有所不同,但谁也无法回避这个主题。

林白是幸运的,她找到了合适的书写对象,就是不同时代那些似乎总也不肯安分的北流人。

不知事实如此,还是出于林白的设计,反正《北流》中的北流人最大的共性就是不安分。比如"母亲大人"及其男女同事们,比如李跃豆的许多亲戚、发小、朋友、插队时的"插友",他们性格各异,但都有个共同点,就是"不安分",即都不愿安居在北流这个小地方,都想冲出去。

书中写到"小五"罗世饶,在六七十年代居然独自流浪,足迹遍布大半个中国,可谓传奇式人物。等他醒悟过来,正好到了退休年龄,所以罗世饶一生都在漂泊。李跃豆本人也到处奔走。正是这种从不安居于一地的奔走,才促使她不断展开自己关于家乡(地方)和国家、世界的认识与思考。

所以《北流》绝非孤立封闭地只写北流这个地方,也写到北流人眼中的国家与世界。从六十年前一直贯穿到"新世纪",差不多每个历史阶段在小说中都留下了鲜明的印记。

不仅人物和他们的世界,还有南方特有的动物、植物。人与动植物的距离是如此亲近,密不可分,正如鲁迅当年给萧军《八月的乡村》写序时所说:"作者的心血和失去的天空,土地,受难的人民,以至失去的茂草,高粱,蝈蝈,蚊子,搅成一团,鲜红的在读者眼前展开,显示着中国的一份和全部,现在和未来,死路与活路。凡有人心的读者,是看得完的,而且有所得的。"这都是需要读者拼接起来的完整世界。林白此前的《万物花开》《妇女闲聊录》《北去来辞》都有这个特点,《北流》在这方面又达到一个新阶段。

最后讲一下主题问题。

凭《一个人的战争》进入文坛的林白,起初可谓挺身而出。但这样的主体建构慢慢会变成负担,变成林白自己也不想继续拥有的类型化、标签化形象。相比而言,《北流》中的"我"就隐藏得很深了。不说别的,光是作家身份的李跃豆的出场,林白就给她设计了第一、第二、第三人称的轮番更换。不知道这种人称变换有什么规律可循,但在效果上,叙述主体肯定因此变得更加隐晦,不可能再像《一个人的战争》那样挺然跃出了。

大家都讲到《北流》特殊的章节设计,有正文、注、疏、笺等。但到底什么是《北流》需要"注""疏""笺"的"正文"呢?

我起初以为,"正文"或许就是序篇的《植物志》,一首包罗万象、才华横溢的奇怪的长诗,后来发现并不是。《植物志》以及后面各卷"注""疏""笺",似乎都是"正文",又似乎都不是。真正的正文或许在小说之中,又或许在小说之外?

但长篇序诗《植物志》还是将我打蒙了。可惜我不是诗人,没法说出这首长诗的好处,但这里面显然已经以诗的形式展开了《北流》的世界,也隐含着足以撑起《北流》全书的统一而模糊的叙述主体。

我特别注意到序诗最后一个字,"簕"。《李跃豆词典》的解释很简单,就是"刺"的意思。《现代汉语词典》有两种释义:一种是"簕欓",细节不必多说了,反正这种树的枝叶都有刺。二是高大的竹子,"簕竹",上面也有刺。看来林白将"簕"简化为"刺",也没错。

如果写一篇《北流》的评论,题目就可以叫作《尘海一"簕"》。这个"簕"如绵里藏针。红尘滚滚,终有一"簕"尚存。《一个人的战争》中挺身而出的孤立无援的主体,那个被大家凝固化的林白的自我设定,又被放置回她本来所属的南方山水之间那个丰富的世界和语言里去了。

但隐身于各种语言所展开的复杂世界的主体形象仍然"不安分"。《北流》中的林白对别人来说就是一根"刺",对她自己来说,也是生命中永远拔不出的一根"刺",只能终身携带,以提醒和标识自己的存在。

每一代人的生活过去之后,面目都会逐渐变得模糊,被时代和历史不断塑造,甚至被抛弃,被遗忘。不仅个人,许多历史悠久的方言也都会消亡。小说最后以科幻笔法展望2066年,那时广州粤语和香港粤语还在使用,勾漏片北流粤语却已经不见了。作者钟爱自己的方言,但也不得不承认方言被淘汰的必然性和合理性。这就恰如李跃豆对普通话的矛盾态度:她一方面觉得男人用普通话写信给她,无异于戴了面具跟她谈恋爱,根本没法交流。但小说也有另一些细节,写很多人对普通话那么痴迷,觉得普通话太漂亮、太高级了。

关于方言和普通话(也包括英语)的这种矛盾态度,都是"簕",刺向别人,也刺向主体自我。

模糊而丰富的世界,模糊、丰富而有待重新阐释的那一根"簕",就是《北流》留给我的最鲜明的两点印象。

2023 年 6 月 23 日

凝视那些稍纵即逝的决断与逆转
——读朱文颖短篇小说集《生命伴侣》

上海和苏州很近,我跟朱文颖偶尔也会在一些文学界的活动中见面,但一直并不太熟悉她的创作,只是对评论界关于她的研究略知一二,比如将她归入 70 后女作家代表,围绕其随笔散文、长篇小说《莉莉姨妈的细小南方》《戴女士与蓝》《高跟鞋》,以及短篇小说《浮生》《万历年间的无梁殿》等,论述其女性经验、南方(苏州/上海)元素、家族叙述,仅此而已。

但前年冬天某个文学评奖让我有幸读到了她的短篇小说《春风沉醉的夜晚》,这才是我与作家朱文颖真正在文字上结缘的开始。透过这个短篇,我发现朱文颖不像许多作家那样缺乏节制。她的语言很少有冗余的陪衬拖带,笔触轻盈而饱满,灵动且富于质感,始终紧贴人物内心,精准地跟踪着人物意念的微妙波动,情节布局和细节刻画全在掌握之中,整个故事的展开(上海某大学女讲师与同处"底层"的德籍华人感情与观念的纠葛)显得干净利落,力透纸背。

别的不管,仅这一篇,就足以显示作家的独特才情了,所以我力挺她获奖。但最终投票结果出来,这篇暗暗戏仿郁达夫名篇,但主旨与写法完全两样,真正属于朱文颖版的《春风沉醉的夜晚》还是落选了。

朱文颖知道此事后,一笑了之。她当然不在乎这些,但我为她惋惜。

去年8月初,她准备推出短篇小说集《生命伴侣》,邀我作序,我不假思索就答应了,不料过后又颇悔之,因我向来觉得对任何作家都不妨攻其一点,印象式地随便谈谈,但若要俨然地"评论"一番,就非得通读全部作品不可。

然而既然应承了,就没法推托,出版社也不允许再拖,因此我就只能硬着头皮,大打折扣,用读后感的形式,聊作小序一篇。其他作品暂且按下不表,专讲收入本书的十篇短篇吧。好在这十篇虽以新作为主,却也涵盖了作者起步至今各个阶段的若干代表作。就短篇谈短篇,虽不中,亦不远矣。

饶是如此,我还是花了将近三个月的时间,才陆续读完这本《生命伴侣》。我觉得朱文颖小说最大的特点还是轻盈、灵动、饱满、流畅,绝不"难读"(当然也未必适合"刷屏"式的"快读")。这种感受跟当初读《春风沉醉的夜晚》一样,所以新集未收《春风沉醉的夜晚》,我也并不觉得有什么特别的遗憾。

朱文颖轻盈、灵动、流畅、饱满的叙述,一以贯之的特点,就是始终聚焦于人与人之间微妙复杂的情感关系。

或许有人要问,这也算是特点?难道还有不触及人与人之间微妙复杂的情感关系的小说吗?果真有此一问,那我就要认真回答:是的,确实有太多小说什么都写,但就是写不出人与人之间微妙复杂的情感关系。或者多少也触及一点,但作者们写到中途(或竟在下笔之初)就写偏了。这有两种情况:一种是按部就班,中规中矩,净写一些你知我知、早已固化和僵化了的情感套路,毫无新意;另一种就是将真实的人情物理处理得稀奇古怪。人情物理之中当然有许多稀奇古怪的内容,但我这里说的小说的稀奇古怪并不是针对这些稀奇古怪的内容加以真实而深刻的表现,而是完全置读者的正常阅读心理于不顾,自顾自地胡编乱造——这种写作乃是作家的文字独舞,而绝非被老托尔斯泰视为艺术生命的人与人之间无论哪一种形式的精神交流。

所以我要说,朱文颖短篇小说最大的特点,也是她的优点,就是始终聚焦于人类真实的情感,在真实的基础上写出许多不同类型的情感关系。因为真实,你就会感到似曾相识;又因为加入了她特有的发现,出现这样那样的变化,所以似曾相识的东西往往又如同初闻乍见。

比如《悬崖》,写两个保险公司的男女同事姚一峰和王霞很快相恋,同居,谈婚论嫁,整个过程似乎毫无悬念。但随着故事的展开,你会发现这对情侣迥异于常见的小说男女主人公,他们虽然对彼此没有特别的欣赏与激情,也都十分清楚地自觉其平庸,但谁也不愿戳破这层窗户纸,双方就准备这样过下去——准确地说是随波逐流地"混"下去。

缺乏激情与相互欣赏的两性关系终究难以维持,除非出现某种转机。于是作者就写到,王霞突然在客户丁铁、曼玲夫妇那里发现了她认为值得自己和姚一峰为之奋斗的目标,就是姚一峰要成为丁铁那样品位不俗的成功人士,王霞要成为曼玲那样优雅独立的成功人士的太太。王霞后来一直就朝这个方向兴高采烈地努力着。

姚一峰起初也颇受王霞的感染,觉得丁铁、曼玲夫妇确实值得效仿。但他很快发现王霞的认识盲区:原来丁铁和曼玲在感情上竟然是貌合神离,夫妻关系已经名存实亡。曼玲早就查出身患绝症,但他们夫妇和姚一峰、王霞一样,竭力保持着外表的平静,真实情况却是曼玲只求速死,而丁铁则始终残酷地作壁上观,甚至无动于衷,冷眼旁观姚一峰和曼玲渐渐擦出感情的火花。小说结尾,正是这微弱的火花让姚一峰甘冒谋杀之罪,为昏迷中无力自杀的曼玲完成了当初在悬崖边因为他出手相救而未能完成的自杀心愿。

姚一峰将要为此承担怎样的后果?丁铁和曼玲的成功人士的幻象破灭之后,姚一峰、王霞将如此继续彼此面对吗?他们还会寻找新的偶像与奋斗目标吗?他们的情感关系得以维系的力量应该来自不停地寻找外在的榜样,还是应该在"平庸"的自我的内部挖掘彼此相爱的泉源呢?

这就可见朱文颖探索"人与人之间微妙复杂的情感关系"之一斑。

《庭院之城》与《悬崖》似乎异曲同工,但结果还是不尽相同。恪尽职守、深受学生欢迎的中学历史教师蒋向阳已成家立业,他的某种中年气质不知不觉影响到热恋中的青年同事陆小丹。陆小丹的女友敏锐地察觉到这一点,非常不满。陆小丹本人也大感苦恼:他发现自己确实染上了蒋向阳那种凡事看透的冷漠,正在逐步丧失青春的朝气。陆小丹甚至因此对蒋向阳心生恨意。终于有一个机会(借口),陆小丹登门拜访蒋向阳了。他要抵近观察,一探究竟。结果陆小丹却发现,因母亲去世请假在家的蒋向阳正埋头修葺他母亲生前喜欢的小花园,蒋向阳、妻子和女儿一家三口的关系也非常融洽。蒋向阳在家庭氛围中向陆小丹展示了中年气质的另一面。陆小丹本欲兴师问罪,结果却不动声色、心平气和地告别了蒋家。

陆小丹与蒋向阳显然不同于姚一峰与丁铁,也不同于王蒙《组织部来了个年轻人》中那位凌厉敏锐的年轻人林震和老于世故的刘世吾。但综合起来,在蒋向阳身上先后发现的中年气质的两个不同侧面究竟给予陆小丹何种启迪?对此,小说只是点到为止,耐人寻味。

既然旨在探索"人与人之间微妙复杂的情感关系",朱文颖的小说背景也就不拘一时一地,在时间和空间上都显出极大的开放性。

比如《浮生》改写自沈复的《浮生六记》,聚焦于沈三白应妻子芸娘之命,一天之内在苏州大街小巷寻找住处的经历;《重瞳》描绘降宋之后李后主与小周后的结局,聚焦于两人慷慨赴死以及互剖真心、洗刷耻辱的最后的抉择;《繁华》则用海轮上十七八岁的少年为一条买给情人的金鱼而跳海自杀做背景,又以失去祖国的白俄军官夫妇在绝望中相爱相守以至共赴黄泉的故事为映衬,描写从外地来上海冒险的王莲生与妓女沈小红之间无穷无尽的爱情试探。这三则"故事新编",包括作者将自家小区也写入故事的《万历年间的无梁殿》,无疑都带有评论家们反复阐释的南方/江南/上海/苏州所特有的地域文化色彩。但朱文颖不仅真切地写出这些古今不同的人物浑身散发着的多少可以相通的地域文化的神韵气息,也更加精妙地写出他们对空气一样包围着自己的特定地域文化的眷恋与决绝、沉湎与清醒、陶醉与不满。

因此,与其说朱文颖的人物身体属于某地,毋宁说其精神则努力指向天空。他们绝非某种地域文化的标签,而是一些极不安分的灵魂,要走出特定地域文化,到更加寥廓的世界去确认自我。这些灵魂既可以徜徉、困顿于烟雨江南，也可以像《凝视玛丽娜》中的李天雨、戴灵灵，《哑》中的蔡小娥和自闭症儿童的母亲，《金丝雀》中那个神经质的女人，《生命伴侣》中的"我"，行走（神游）于香港、纽约、柏林、大英博物馆、沙漠、敦煌，或任何一个城市、村庄。她们似乎甚为荏弱，空虚绝望，但一瞬间又会判若两人，爆发出极大的能量，或如天使之纯美，或如恶魔之狰狞。

生命之火不肯熄灭于命运的宰制，总会在行动或心理上出现一次或若干次决断，由此造成人物的情感关系吉凶未卜、善恶难分的逆转。此时，那稍纵即逝的小说高潮也就如期而至了。

比如，姚一峰突然决定以"哥哥"的身份护理昏迷中的曼玲（《悬崖》）；陆小丹突然决定要去拜见同事蒋向阳（《庭院之城》）；蔡小娥突然决定要做自闭症儿童的家庭看护（《哑》）；李煜突然决定要将被动接受赵家御赐"牵机药"翻转为他和小周后互剖真心的良机（《重瞳》）；李天雨突然决定按照戴灵灵的指示去陪伴狡黠贪色而又空虚软弱的来自香港的商先生，在别人对我、我对别人以及我对自己三重"不负责任"的境况中，为自己举行"成人礼"（《凝视玛丽娜》)。

当然并非所有的决断都能提升生命境界。倘若只是俗世的精明的算计,结局往往适得其反。比如,"我"决定始终向貌似高贵的所爱者(德籍华人夏秉秋)隐瞒自己并不高贵的真实身份,因此彻底坐实了自己竟然属于连自己也极其鄙视的无聊浅薄的"小资",从而与同属一个阶层的所爱者失之交臂(《春风沉醉的夜晚》)。商人吕明也显得很有决断(妻子惠芳因此对他既欣赏又忌惮),他灵机一动,抓住"商机",将众人以为诡异不祥的无梁殿底层改造为集消费、娱乐于一体的文化空间,又处心积虑在那里大肆操办了一场自以为别开生面的圣诞摇滚晚会作为开业典礼。但他收获的只是无情的事实对他长期投射于神秘女邻居汪琳琳之卑琐欲念的辛辣嘲讽。这个欲念曾经是他幽暗生命中唯一的亮光,最后还是被他自己一连串的决断给掐灭了(《万历年间的无梁殿》)。

凝视这些稍纵即逝的决断和逆转,大概就是朱文颖小说的精髓所在吧?

要说的话自然还有很多,但这篇充其量只是读后感的序文也该打住了。嚼饭与人,徒增呕秽。全部"剧透",所为何来？更多佳胜或难免的疏漏(窃以为《金丝雀》处理警察与那个女子的故事就不甚熨帖)，还是留给读者自己来判断吧。

2019 年 11 月 15 日写于上海

2020 年 2 月 2 日改定

为她们"真想哭一鼻子"

——《平凡的世界》中几个不平凡的女性[1]

《平凡的世界》描写"八十年代新一辈",作者在孙少安、孙少平兄弟身上固然着墨甚多,但并不总是围绕他们展开,更没有忽略其他众多青年形象的塑造。

很难想象,如果路遥只写孙少安、孙少平兄弟俩而无视其他众多居于"次要"地位的青年男女群像,《平凡的世界》最后呈现的样貌会是怎样。

小说中其他大量青年形象在实际生活和精神情感上并不以孙氏兄弟为中心,并不像许多长篇小说那样,一群次要人物总是众星拱月般围着一两个主要人物打转。他们有各自的人生轨迹,有跟孙氏兄弟不尽相同的对生活的认识。

---

[1] 此文节选自笔者《编年史和全景图——细读〈平凡的世界〉》(《小说评论》2019年第6期),有局部修改。

如果说作者写孙少安的着眼点是为了个人与乡邻的发家致富而经常操劳到"纳命的光景",写孙少平的着眼点是在沉重低贱的生活与工作中始终不忘追求普通劳动者的尊严与价值,那么即使在三水村,孙少安也并非独一无二的典型("挖塘养鱼"的田海民夫妇就与孙少安夫妇很相似),而正如田晓霞所说,孙少平充其量不过是"另外一种类型的同龄人"而已。作者确实很看重少安的勤苦与善良,珍惜少平作为底层劳动者崇高的精神探索,但既然整部小说是写普通人的不普通、平凡世界的不平凡,那么在青年群像的塑造上就不能千篇一律,更不能让居于次要地位的其他青年沦为孙氏兄弟的附庸或影子。

实际上,作者不仅千皱万染,描绘了孙氏兄弟的善良、坚毅与探求,也成功地写出了同时代其他青年人缤纷多彩却绝非孙氏兄弟翻版的青春之歌。

《平凡的世界》青年人物群像很丰富,这里只拣出几个青年女性人物来略加分析。

首先比如那个跛姑娘侯玉英,高中毕业后追求孙少平不成,便及时成家,大大方方摆摊赚钱,并不觉得特别失败。

漂亮好强的郝红梅是孙少平的另一个女同学,她当初

"攀高枝"抛弃了同病相怜也惺惺相惜的孙少平,后来又被自己主动追求的同学顾养民所抛弃,被迫在异地隐姓埋名,成家立业,不幸很快沦为寡妇。如果不是与同样自卑而又终于战胜自卑的另一个老同学田润生倾心相爱,郝红梅的命运肯定不如她的老同学和老"情敌"侯玉英。

在实际生活中,路遥每次碰到侯玉英、郝红梅这样的旧日同窗,都"真想哭一鼻子"①。他对这一类人物的关切并不在孙氏兄弟之下。

小说还写到"三水村的罗密欧与朱丽叶"金强与孙卫红一波三折的爱情与婚姻。卫红是被村民们耻笑的"穷积极"孙玉亭、贺凤英夫妇的独生女,金强则是在父亲、哥哥被捕之后默默成为全家顶梁柱的成熟少年。他们既不像孙少安与田润叶那样一再残酷地彼此错过(有点像是路遥对《创业史》中梁生宝与徐改霞的经典故事的重写),也不同于孙少安后来与贺秀莲多少有些理想化的一见钟情,更不同于孙少平与先后接触过的多位女性只开花不结果的恋情。他们冲破了思想糊涂的父母的阻挠而成功结合,脚踏

---

① 路遥:《东拉西扯谈创作(二)》,参见《路遥精品典藏纪念版·散文随笔卷》,北京十月文艺出版社 2014 年,第 141 页。

实地地经营自己的小日子。这是20世纪80年代乡村青年的另一种典型。

另外,作者描写田晓霞与孙兰香以及她们的那些忧国忧民、挥斥方遒的大学同学的火热生活,尽管只是冰山一角,却也溢出了孙氏兄弟的视线。

小说浓墨重彩地刻画的田润叶与李向前从最初被强扭在一起慢慢彼此接纳的无比艰辛的过程,以及作为反面衬托的武惠良、杜丽丽夫妇从最初如胶似漆到后来劳燕分飞,更是孙氏兄弟未曾经历和难以想象的。

作者描写一系列青年形象,某种程度上或许也是为了烘托孙氏兄弟尤其孙少平"关于苦难的学说"以及尊重普通劳动者的生命价值这一主题,但那些居于次要地位的青年各自的生命历程与精神品格跟孙少平、孙少安又是多么不同!由他们共同组成的青春交响乐不仅包含着青年人的"励志",更有超出"励志"、与更广大的人群息息相通的"活人的道理"。

"活人的道理"这个说法,本来是田润生在跟着名义上的"姐夫"李向前学习驾驶的过程中领悟出来的。这虽然不像孙少平"关于苦难的学说"那样包含更多激励青年人积极进取的倾向,却显得更加朴素、深沉而含蓄——甚至更接近《平凡的世界》的主题。

或许可以说,孙少平"关于苦难的学说"是从更加朴素、深沉而含蓄的"活人的道理"中提炼出来的一项内容,也是最能打动人心的部分,好像一部交响乐的最强音。但反过来,"关于苦难的学说"并不能涵盖"活人的道理"。"活人的道理"是根基,"关于苦难的学说"只是建基其上的一座精神的殿堂。

一个极端的例子就是:孙氏兄弟的精神视野显然不能完全覆盖同样是小说中贯穿性人物的田润叶的"波涛汹涌的内心世界"。

作者对孙少平的邻居与小学同学田润叶之间的感情轨迹的追踪,尤其对田润叶本人心理层次的剖析,完全超过了对孙少平(更不用说孙少安)内心世界的挖掘,是《平凡的世界》感情和心理描写不可或缺的一笔。

因为自幼青梅竹马、两小无猜,长大以后的自觉的倾心相许,对田润叶来说就几乎是无法割舍的生命之根。这自然可以视为《人生》中刘巧珍爱恋高加林的一个翻版,但田润叶与李向前的情感纠葛完全突破了刘巧珍和高加林的格局,一定程度上是接着《人生》继续讲刘巧珍的故事,也就是讲刘巧珍被高加林抛弃而被迫与痴情善良的马拴结婚之后可能的结局。

这也是当年无数《人生》读者关心的事。他们不敢相信那样深爱着高加林的刘巧珍怎么可能平平安安地与毫无爱情可言的马拴过上幸福生活。《人生》问世不久,路遥接到许多读者来信,要求他如果修改《人生》或创作"续编",就必须让马拴死掉,让刘巧珍与高加林"破镜重圆"。当时路遥对此就颇不以为然:"这是很可笑的,马拴那样好的人,为什么要让他死掉呢!"[①]

但《平凡的世界》果真要通过田润叶来继续写刘巧珍与马拴的故事,又谈何容易!马拴的"后身"李向前固然没死,刘巧珍的"后身"田润叶也没有发疯,但他们二人经历了怎样痛苦的折磨,才终于艰难地相互接纳啊!发生在田润叶和李向前之间的感情悲喜剧所形成的巨大冲击力,已经远远超过了《平凡的世界》所有人物(包括孙少平与田晓霞)心灵的呐喊。

---

① 路遥:《东拉西扯谈创作(一)》,原刊中国作家协会陕西分会编《文学简讯》1983 年 3 月 28 日第 2 期,此处引自《路遥精品典藏纪念版·散文随笔卷》,北京十月文艺出版社 2014 年,第 127 页。

《平凡的世界》中"八十年代新一辈"有的终生都要在农村,有的不断向城市迁移,有的本来就生活在城市;有的是干部子弟,有的是普通农民和市民的孩子;有的幸运地考上大学,有的则在社会这所"学校"学习"活人的道理"。无论他们从事什么职业,无论他们社会地位如何,人生境遇怎样,都会遭遇绕不过去的人生主题,那就是应该如何追求普通人的幸福生活和存在的意义。在这个共同主题下,每个人的生命都是独特的。如果仅仅聚焦于孙少平由乡入城的生活轨迹和孙氏兄弟不肯服输的意志力,就得出结论说《平凡的世界》整个就是写"城乡交叉地带"或"城乡接合部农家子弟的生活体验"[1],或孙少平"雄心勃勃"地"进城"的故事[2],整个就是鼓励青少年奋发有为的通俗类励志书,这虽然有部分道理,却攻其一点不及其余,至少无法涵盖上述几个平凡的青年女性形象所蕴含的人生况味。

既然说到《平凡的世界》的青年女性形象,就不能不提到这本书中跟她们关系密切的另一个问题,那就是路遥对

---

[1] 王一川《中国晚熟现实主义的三元交融及其意义——读路遥的〈平凡的世界〉》,《文艺争鸣》2010年第23期。
[2] 金理《在时代冲突和困顿深处:回望孙少平》,《文学评论》2012年第5期。

普通中国家庭成员之间情感关系的平凡而又独特的把握。

书写普通中国人家庭伦理与道德情感的复杂内容,是中国新文学叙事类作品(小说、散文和戏剧剧本)的一项重要内容。这里有对传统叙事文学的继承发展,也有对外国文学的借鉴。鲁迅、茅盾、郁达夫、叶圣陶、朱自清、巴金、丁玲、李劼人、老舍、吴组缃、曹禺、赵树理、孙犁、钱钟书、张爱玲、路翎的小说、戏剧和散文对现代中国家庭成员相互关系的描写,既有温暖神圣的相亲相爱,也有黑暗冷酷的彼此折磨,"爱人"与"吃人"两大主题并行不悖,而后者的分量似乎更多一些。

20世纪50年代以后,"农村题材小说"大行其道,鲁迅、巴金、吴组缃、钱钟书、张爱玲、曹禺、路翎等新文学作家对家庭成员内部无穷的忤逆、刺恼、冲突乃至绞杀的负面和变态伦理关系的暴露性、诅咒性描写减少了,但同时也发生了"阶级情"和"骨肉情"的张力[①]。路遥的文学导师柳青在50年代末完成的《创业史》第一部以及70年代末勉力修改的第二部,上述张力还仅限于进步的农村青年与落后的父

---

① 王彬彬:《当代文艺中的"阶级情"与"骨肉情"》,《应知天命集》,人民文学出版社2014年,第18—38页。

辈的思想距离，一般不会伤害骨肉至亲的天然伦理（如梁生宝和梁三老汉）。某些家庭成员比较严重的隔阂与伤害，主要原因并不来自家庭内部，而往往被归结为某些人物在"旧社会"的特殊经历，或者坏人的介入，如拴拴与素芳夫妻不和、素芳与公公王二直杠的冲突。

以"伤痕文学"发端的"新时期文学"直至近三十年来的小说，家庭内部的亲情蜜意不是没有，但越来越多的作品开始正视家庭成员的情感裂痕乃至各种意义上的暴力冲突，若干名著甚至就以此为"亮点"，如王蒙《活动变人形》、贾平凹《废都》、陈忠实《白鹿原》、余华《在细雨中呼喊》和铁凝《大浴女》等。

在这个背景下读《平凡的世界》，读者不能不感到"三水村"家庭成员之亲爱和睦，真是一道全然不同的风景。无论在贫穷混乱的70年代，还是在生活普遍好转的80年代，三水村几乎都没有像陈忠实《白鹿原》所描写的"仁义白鹿村"白、鹿两家那样的父母与子女的代际冲突，或兄弟姐妹妯娌各为其主、分道扬镳、老死不相往来，更没有白、鹿两家那样的夫妻之间名存实亡、貌合神离、尔虞我诈。

以孙氏兄弟的原生家庭为例，读者看到的只有父慈母爱,儿女孝顺,兄弟姐妹无条件地相互扶助,夫妻(少安与秀莲)如胶似漆,长期瘫痪在床的老祖母成天担忧每一个家庭成员的安危,每一个家庭成员也发自内心地敬重和依恋老祖母。中间虽然有"分家"带来的苦恼,但无论在少安、秀莲夫妻之间,还是在少安与父母之间,抑或在秀莲与公婆和小叔、小姑之间,这种苦恼很快就得到化解。"分家"之后的孙家甚至比"分家"之前更加亲爱和睦。"穷积极"孙玉亭在哥哥那不成器的女婿、"逛鬼"王满银被"劳教"并遭大会批判时,在众人面前假装要与哥哥划清界限,但他心里对哥哥的感激与敬重始终未曾改变分毫,"他孙玉亭总不能对他哥哥也实行无产阶级专政"。看到哥哥为老娘的健康大搞迷信活动,"亲爱的玉亭同志"饱满的革命热情与坚定的政治原则也无所施其技。

"逛鬼"王满银就是一个极好的例证。不管他怎样不成器,怎样荒唐可恶,孙玉厚全家还是把他看作亲人。王满银对妻子儿女也不乏爱心。因他的荒唐无能而吃足苦头的妻子兰花和一双儿女从不记恨这个不称职的丈夫和父亲。小说最后写一片痴心和宽厚忍耐的兰花终于等到了她应有的幸福,几乎不可救药的"逛鬼"最后还是"收心务正"了。

《平凡的世界》之所以满含着中国乡村普通家庭人的情感温暖,主要当然是因为有了包括兰花在内的无数平凡女性宽厚善良的默默付出、艰苦忍耐。

路遥也写到绰号"盖满川"的风流小媳妇王彩娥对死去不久的丈夫金俊斌的"背叛"。但在金俊斌生前,他们夫妻是十分恩爱的。王彩娥因为金俊斌之死悲痛欲绝。丈夫生前她并无任何劣迹,丈夫死后她另寻所爱,其实也很难说就是"背叛"。

或许有人要说,路遥是不是把这些祖祖辈辈生活在乡村或"城乡交叉地带"的青年女性写得过于理想化了?他为何要这样写,而不是像别的作家那样换一种眼光来塑造他笔下的青年女性?

这倒是一个值得深入思考的问题。

2023 年 7 月 8 日

羿光庄之蝶,海若陆菊人?

——贾平凹《暂坐》《废都》《山本》对读记

在贾平凹的十几部长篇小说中,新作《暂坐》(2019)无疑最接近《废都》(1993)和《山本》(2018)。《暂坐》是贾平凹继《废都》之后专门写都市与都市人的第二部长篇小说,也是他继《废都》《山本》之后第三部以女性欲念统领全局的作品。《暂坐》《废都》《山本》具有多重互文关系,但《暂坐》并非简单延续《废都》《山本》的文脉,也并非《废都》《山本》的机械叠加,其中透露了贾平凹情感观念与小说技艺的若干微妙变化。

一、从庄之蝶到羿光的身份转换

《暂坐》与《废都》都以西京为背景,都写了西京城的林林总总,都直指作者身处的当下现实,都围绕一位作家兼书法家与一群女人的交往展开叙事。《废都》中的庄之蝶和《暂坐》中的羿光都因小说、书法而被誉为"西京城一张名片",都长袖善舞,结交三教九流,都被一群美丽女性包围着,都被卷入了当地政府与民间复杂的人事纠葛。

但二者的差别也很明显。《废都》写20世纪90年代初商品经济大潮开始涌动的西京,当时西京城已经开始拆迁新建,但市容整体上变化不大,雾霾尚不为人所知。《暂坐》则写2016年雾霾弥漫的繁华西京。隔了二十六年,西京城外在的景观早已今非昔比,日常生活的"泼烦"却依旧如故,甚至有增无减。

《废都》中有"四大名人",另外三个即剧团经理阮知非、画家龚靖元、书法家汪希眠着墨不多,但戏份不少。到了《暂坐》,羿光之外再无其他文化名人正面亮相,只侧面提到文联主席候选人王季及其竞争对手焦效文,被突出也因此被孤立的羿光就成了简化压缩版的庄之蝶。写庄之蝶与其他三大名人的交往能显示其性格的多侧面,比如庄之蝶与汪希眠老婆的暧昧,他利用龚靖元之子龚小乙套取其父的大量书画,导致后者发疯而死,这都是作者刻画庄之蝶之为庄之蝶的重要细节。羿光则因为缺乏身份相似的其他名人的衬托,难以见出性格的多侧面。

包围庄之蝶的寄生虫式人物很多。有带女友唐宛儿从潼关私奔到西京的文学青年周敏,有文物捎客赵京五和帮庄之蝶夫妇开书店的洪江,有经常与庄之蝶谈玄论道的神秘文化信奉者、彼此真正忘形尔汝的昵友密交孟云房。到了《暂坐》,周敏的化身茶庄职员高文来戏份很少,更不曾像周敏那样以一篇纪实作品引发庄之蝶与前女友景雪荫旷日持久的官司。秉性各异的孟云房、赵京五、洪江则被压缩为类似《金瓶梅》中的清客篾片应伯爵而兼做文物捎客的范伯生一人。与庄之蝶关系深厚的《西京杂志》一班人更被完全删除。这些寄生虫式的人物大幅度被简化,说明《暂坐》不打算花太多笔墨展开羿光的周围世界,因而大幅度收缩了羿光的社交圈。庄之蝶平日骑一辆电动车到处游走,羿光更多时间则蜷曲于书房把玩文物或著书写字,偶尔接待访客。

庄之蝶有家庭,一是文联大院中和妻子牛月清的两口之家,一是和牛月清常去常住的岳母牛老太的双仁府旧宅,另外还有政府拨给他专事创作或举办文艺活动的"求缺屋"。他频繁穿梭于这三个常住地,日常生活的"泼烦"尽显无遗。羿光有家,但小说始终不写其妻子儿女,只写他那间位于"暂坐茶庄"后面的楼顶书房"拾云堂"。庄之蝶和妻子、岳母扯不完的家事在羿光这里无影无踪,《暂坐》没有展现羿光家庭生活的"泼烦"。

总之,不仅羿光的社交圈被大大简化,家庭生活也被省略。比起庄之蝶在《废都》中的核心地位,羿光在《暂坐》中所占比重一落千丈。跟庄之蝶身份相同的羿光并未增加二十六岁,但整体形象迥然有别,俨然一个简化和压缩版的庄之蝶。

这尤其表现在羿光和女性人物的关系上。《废都》中牛月清、唐宛儿、保姆柳月、住在底层"河南村"的安徽女子阿灿和汪希眠老婆都一心扑在庄之蝶身上。她们要么是庄之蝶百依百顺又怨声载道的保姆式妻子,要么是对庄之蝶崇拜有加、甘愿牺牲一切痴心到底的情人。这种极端自恋的男性中心主义在《暂坐》中荡然无存。除了俄罗斯姑娘伊娃曾一度倾倒于羿光的才华横溢与名动一城,其余"西京十二玉"只佩服其博学多才,聚会时请他过来凑热闹,急难之际也会让他出主意,或拿着"羿老师"的书法作品当礼物疏通关节,却绝对谈不上崇拜、献身。庄之蝶是众星拱月的情种贾宝玉兼淫棍西门庆,羿光则是被众多优秀女性接纳的一位谦逊、淡定、务实的良师益友或生命路上的同行者。羿光与女性基本超越了肉体关系,只在精神情感上彼此牵挂。《暂坐》并没有写羿光像庄之蝶那样与多位女性发生身体欲望的纠葛。仅有两处性描写,也都很隐晦,如羿光与伊娃不成功的做爱,以及徐栖、司马楠的同性恋。辛起与香港富商的性爱只见于辛起转述。没有性描写或缺乏性生活的羿光只剩下庄之蝶式一张嘴,主要以其博学、睿智、幽默、善解人意以及各种粗俗刺激的玩笑为"西京十三玉"解颐取乐。

庄之蝶是《废都》的中心人物,羿光则只是《暂坐》中"西京十三玉"的陪衬。羿光仍如庄之蝶博学多才、长袖善舞,书法作品的市场价值还远超庄之蝶,但雾霾时代的羿光不再受到大众追捧,更不再拥有众多女性崇拜者。在《废都》所谓"没有新的思想和新的主题"的后启蒙时代降临之初,庄之蝶曾经以其孤傲、郁闷、怨毒、颓废一度充当了时代精神的代言人,羿光却并没有被赋予相同的角色。

羿光地位降低,"西京十三玉"却高升为小说主角。这一大批原本卑微的女性获得了可观的生活资本与社会地位,她们在《废都》时代大多属于弱势群体,只能依靠分享男性成功人士的光环而猎取精神、物质的有限补偿。到了《暂坐》时代,女性已不再需要来自男性成功人士的菲薄的恩赐,她们自身在精神和物质两方面都已经宣告独立,开始享受这份独立的美好,也开始承受伴随这份独立而来的迷惘与失落。

与此同时,雾霾时代的男性成功文化人已布不成阵势,成为散兵游勇。他们的前驱庄之蝶、《西京杂志》主编钟唯贤之流的社会地位在90年代初本来就已经岌岌可危,但这一群人在《废都》时代尚能彼此呼应,为大众社会所瞩目,而到了《暂坐》时代,他们已经彻底失去80年代社会精英与启蒙者的地位,被迫融入商品化、大众化、平面化的消费社会的洪流。仰慕他们的才华智慧的庸众逐渐升高,理解他们的牢骚哀怨的知音越来越少。历史不允许他们继续恃才傲物或自怨自艾,他们必须收起启蒙精英的姿态,委身新的社会秩序,所以哀哀戚戚、得了便宜偏卖乖的庄之蝶必须转变为宽和谦退、精明务实、从容淡定的羿光。羿光与"西京十三玉"参禅论佛,畅谈人生,只能采取商榷讨论的口吻,不再摆出指导者和布道家的姿态。他坦然为其书法作品挂出高额售价,权当上天补偿其小说稿费过于低廉,这都颇能表示其文化地位与角色的根本转换。庄之蝶俯瞰庸众,批评一切,羿光却必须与"西京十三玉"平起平坐,他的聪慧颖悟降为众声喧哗中的一孔之见。

从《废都》到《暂坐》这二十六年历史巨变的实质,正是这两部专门描写都市与都市人的长篇小说所揭示的精英和大众在社会地位与精神姿态两方面的此消彼长。但大众升高,精英降卑,并不意味着界限完全消除,也并不意味着大众凡事都能而精英凡事都不能。看不见的界限依然存在。比如,范伯生仍然扛着羿光的招牌到处招摇撞骗;文学青年高文来仍然崇拜羿光,甚至跟诋毁羿光的街头闲人打架;小官僚许少林轻视羿光的人品字品,却并不拒绝别人行贿给他的羿光书法;"西京十三玉"凡事请教羿光,她们要礼佛做居士,但自知对佛理的领悟还远不如号称杂学旁收、浅尝辄止的羿光。

大众升高之后骨子里可能仍然愚弱,精英降卑之后却仍然拥有知性优势,只不过消费时代的狂潮打乱甚至淹没了二者之间的界限,街头闲人及许少林等浅薄之徒遂误以为果真一切都平面化了,但至少"西京十三玉"心中有数,她们升高却自知有限,她们眼见羿光放下架子和光同尘,却并不因此就认为"羿老师"已泯为常人。范伯生、高文来和"西京十三玉"都还并非反智时代那些因为突然拥有话语权而自以为是极度膨胀的网络"键盘侠"。

二、依赖·掌控·摆脱:女性欲念的三种实现方式

以众多女性围绕一个男性展开故事情节,这是《暂坐》《废都》相同的故事框架,而以女性欲念统领小说全局,则是《暂坐》《废都》《山本》共同的魂魄。《暂坐》《废都》《山本》的小说世界因女性欲念发动而兴起,也伴随女性欲念衰微而坍塌。《山本》写历史,《废都》《暂坐》写当下,差别不容忽视,但《废都》众女子身上隐然可见《暂坐》众姊妹的"前史",《暂坐》女主人公海若则俨然是《山本》女主人公陆菊人的延续。她们都菩萨心肠,一心想着别人,经常处于忘我状态,但也因此愈加显明她们乃是一心希望男性顺着自己的欲念行动,一心希望在男性身上实现自己的欲念。她们因此都是小说世界得以展开的巨大内驱力。

女性掌控世界的欲念在《废都》中随处可见,但不同于《山本》和《暂坐》,这种原始的掌控欲念往往不得不扭曲为

情非所愿的对男性的依赖。牛月清之所以总抱怨自己从"庄夫人""庄师母"沦落为受苦受累的"保姆",就因其内心深处一直想着以妻子、情人的双重身份控制丈夫的身体与灵魂。只可惜她粗鲁不文,无法与丈夫并驾齐驱,也缺乏必要的心计,茫然无视丈夫在自己鼻子底下与其他女性苟且。传统的"三从四德"对牛月清仍然有一定的约束作用,她甚至想通过抱养表姐的儿子来维系婚姻的合法性,可见她虽有掌控丈夫的欲念,却缺乏相应的主观能力与客观条件,她的掌控更多转化为依赖。她最终提出离婚,将掌控依赖丈夫的欲念变为掌握自己命运的意志,乃是不得已的选择。小说没有交代牛月清的结局,也许她后来便走进了"西京十三玉"的行列?

唐宛儿、柳月和阿灿之所以甘愿充当庄之蝶的崇拜者,无非因为都有掌控庄之蝶从而掌控世界的欲念。但社会地位的悬殊使她们深感希望渺茫,这也使得她们掌控庄之蝶的欲念不得不转化为对庄之蝶深深的心理依赖,但也因此而倍感委屈沮丧。唐宛儿明白庄之蝶每次说起要与牛月清离婚而娶她为妻时的那种吞吞吐吐意味着根本做不到,但她不敢揭穿庄之蝶的空洞许诺,也不愿一拍两散,只能抱着渺茫的希望和庄之蝶继续沉沦于日益赤裸的肉欲孽海,这至少胜过掌控依赖为她所鄙视的一无所有的周敏。

小保姆柳月是另一个版本的牛月清与唐宛儿的结合体。她目睹唐宛儿依仗美色得到庄之蝶的"爱情",就想步其后尘,如法炮制,却因此不幸成为庄之蝶、唐宛儿用来封口的牺牲品。柳月后来被迫嫁给市长的偏瘫的儿子,但结婚不久便出来工作,迅速成为阮知非模特队的头牌,不仅赚到美金,还结交了一位帅气的美国男友。模特队头牌柳月、"在单位业余舞蹈比赛中获得过第三名"的阿灿日后加入"西京十三玉"的可能性比牛月清、唐宛儿更大。《暂坐》中的夏自花不就是模特出身吗?海若、陆以可、应丽后、严念初、希立水等不都是在结束了一段婚姻之后才获得经济上的独立,从而展开独立的精神追求吗?

但《废都》时代没有给牛月清、唐宛儿、柳月、阿灿提供成为独立自强的"西京十三玉"的土壤,历史在《废都》阶段也还没有为女性营造可以通过掌控男性来掌控世界的文化氛围。《废都》女性的掌控欲念只能扭曲转化为对男性欲罢不能的依赖。不同于《废都》,历史小说《山本》的主题之一恰恰就是女性如何将她们对男性的依赖转为一定程度上掌控男性,她们大部分时间躲在暗处,很少抛头露面,却可以借助成功男性来实现女性自身的欲念。这就是《山本》女主人公陆菊人在20世纪30年代秦岭深处的涡镇所演绎的一段人生传奇。弱化女性对男子的依赖,强化女性的相对的独立性,在这一点上《暂坐》离《废都》较远,而更接近《山本》。或者说,《废都》众女子经过陆菊人的中介化身为《暂坐》中的"西京十三玉",2016年的暂坐茶庄女经理海若俨然就是30年代涡镇茶业总经理陆菊人的转世还魂。

但《暂坐》《山本》在女性形象的刻画上仍然有所不同。这倒非因为一写历史一写当下,而首先在于《山本》虽然写了许多女性,但真正借男性一度成功实现其欲念的只有陆菊人。陆菊人一枝独秀,也独木难支。《山本》把陆菊人塑造得温婉蕴藉,绝不同于鲁迅笔下"辛苦恣睢而生活"的豆腐西施,也不像李劼人笔下顾大嫂(《死水微澜》)、陈三姐(《天魔舞》)等"热辣辣"的川味女子,可以随便交结并支使男人。陆菊人虽然对丈夫大为失望,却始终恪守妇道。她只能远距离关注井宗秀,甚至不得不凭借神秘的意念来影响被她寄予厚望的涡镇第一号男人。也正因此,自己不便抛头露面的陆菊人不得不精挑细选,找到酷似自己的姑娘花生,将她培养成自己的替身而嫁给乱世枭雄井宗秀,通过花生来掌控井宗秀。可惜花生未能完成使命,这就迫使陆菊人最终不得不除下温婉蕴藉的面纱,亲自出马,成为井宗秀公开的赞助人。陆菊人的形象因此不仅显得过于传奇化,也多少有些勉强、虚假、前后不一。

居于《暂坐》核心地位的茶庄女经理海若却并非小说中唯一的女强人。小说开头叙事视角并未落在海若身上,而完全随着从圣彼得堡回"第二故乡"西京的俄罗斯姑娘伊娃的脚步转移。此后视角不断变化,一会落在海若身上,一会落在其他姊妹身上。海若的众姊妹都有自己的历史、境遇、心理世界,海若不能覆盖也不能替代她们。《山本》重点烘托陆菊人一位女性,《暂坐》则写了众多女性。《山本》中的女性将希望寄托在自己看中的男性身上,此外再无别的生活追求。她们处心积虑地影响着、襄助着男性,但终究只是男性的附庸与陪衬,是注定要淹没于男性世界的一座座可悲的孤岛。《暂坐》众姊妹却都是未婚或离婚的单身女子,靠自己生活,对男性不抱幻想。无论是"西京城一张名片"羿光,还是羿光的寄生虫范伯生、文学青年高文来、海若结交的多位老板、市政府秘书长、严念初前夫阚教授、催债公司老板章怀、希立水前夫与现任男友、夏自花死后才出现的情夫曾先生,以及辛起的前夫和一度交往的香港富商,所有这些男性都是"西京十三玉"正常的社交对象而非寄托终身的偶像,或希望加以掌控的傀儡。

陆菊人和花生二人在整个涡镇形影相吊,十分孤立。"西京十三玉"则同气相求,成了气候。陆菊人为了掌控井宗秀,不得不加倍地掌控花生。海若一心为众姊妹着想,却尊重她们的个性、隐私,不想她们变成自己的衍生与翻版。她告诫向其语不要触碰徐栖、司一楠同性恋的隐秘,不要到处传播严念初的丑事,而要设身处地为徐栖、司一楠和严念初着想,以姊妹情谊为重。众姊妹似乎无话不说,其实各有保留,这就组成一个丰富多彩的女性世界。被这个女性世界烘托的海若的形象也就比陆菊人显得更加真实而自然。

陆菊人凭其强烈的掌控欲念,借助男性来精心构筑世外桃源式的涡镇,海若和姊妹们则抛开男了,完全获得自身独立。即使作为女性必须面临人类共同的困境,她们也不想依赖男性,而宁愿联络女性自己来共同应对,相伴到死。海若在茶庄酒会上的致辞颇能表明这一层意思:

是什么力量让我们坐在一起？表面上是请客吃喝，其实这是我们过去业的缘故吧。也更是我们每个人有着想解决生活生命中的疑团的想法和力量才聚成的。

不管当今社会有什么新名堂、新花样、新科技，而释迦牟尼要让我们众生解决的问题一直还在。我们不能去寺庙里修行，打坐，念经，我们却可以在日常生活中做禅修，去烦恼。当然，具体到咱们众姊妹，现在都还不会。借着接待活佛，茶庄扩大了这间房，权当做个佛堂或禅室，以后就开始礼佛呀。①

欲念驱使《废都》众女子和《山本》陆菊人或依赖或掌控男性来维持自我的生存，但这些男性最终证明都不可靠。欲念让《暂坐》众姊妹抛开男性而追求独立。尽管她们自身也不可靠，但她们可以联合起来共同面对因为独立而必须面对的人类普遍的困境。《废都》《山本》《暂坐》刻画男女两性的欲念、处境、命运，可谓同中有异、异中有同，这很可以折射近三十年历史巨变中精英和大众在社会地位与精

---

① 贾平凹：《暂坐》，《当代》2020年第3期。

神姿态两方面的此消彼长,尤其可以看出男性主导的文化界由启蒙时代的忧郁、颓废、自恋转入后启蒙时代的谦卑、淡定、务实,以及女性从情非所愿地依赖男性、处心积虑地掌控男性到摆脱男性操控而争取自身独立这三种不同的欲念实现方式。

三、叙事方式与情思基调

《废都》众女性对成功男性的包围、依赖终成泡影。《山本》女强人借乱世枭雄实现掌控世界的欲念尽付东流。《暂坐》众姊妹摆脱男性而独立自强的大观园女儿国式理想也惨遭灭顶。三部小说女性命运殊途同归,但作者解释女性(也是人类)命运的方式有所不同。

《废都》不时安排收破烂的老头用歌谣唱词反映社会大众的认知,让来自终南山而误入红尘的"牛哲学家"不断反刍而思索城市人的命运,让隔段时间必须有新的崇拜对象的神秘文化信奉者孟云房带着儿子孟烬追随"大师"去新疆问道。准备赴外地写作以自我拯救的庄之蝶则突然中风昏迷于西京火车站候车室。收破烂老头的"唱"、"牛哲学家"的"思"、孟云房的"求"与庄之蝶的"默"共同显示了

90年代初从"启蒙"到"后启蒙"转变之际社会人心的混乱芜杂。《山本》结尾,面对毁于炮火的涡镇,陆菊人最佩服的陈先生自谓"说不得,也没法说",但他还是接过陆菊人话头说,被毁的涡镇最终"也就是秦岭上的一堆尘土么"。这是不说之说,一切尽在不言中。

《暂坐》试图对人生困境做出不同于《废都》《山本》的另一番解释。作者在《后记》中说,"《暂坐》中仍还是日子的泼烦琐碎,这是我一贯的小说作法,不同的是这次人物更多在说话"[1]。陕西方言"泼烦"无非就是活着的烦恼,即一个人因其活着而展开的无量感受(佛家"受想行识")之综合,或存在主义所谓"存在之烦",即个体存在者因其存在而展开的各种难以澄明的情感意识。《暂坐》不能涵盖全部"受想行识""存在之烦",必须有所选择、强化、集中,以构成特定的精神氛围,如小说结尾所写雾霾:"几乎又成了糊状,在浸泡了这个城,淹没了这个城。烦躁,憋闷,昏沉,无处逃遁,只有受,只有挨,慌乱在里边,恐惧在里边,挣扎在里边。"贾平凹喜欢给他的每部长篇小说写后记,但"日子的泼烦琐碎"岂是短短的后记所能道尽,又岂是二十万

---

[1] 贾平凹:《暂坐·后记》,《当代》2020年第3期。

字的小长篇所能写透的？"泼烦"的人生永远是个谜。以海若为首的"西京十一玉"(后增加两位，凑成"西京十三玉")各有各的隐秘与难处，各有各的希望与绝望，各有各的不安与慰藉，各有各的聪明醒悟与糊涂懵懂。她们"沉沦"不彻底，"觉悟"也不彻底，所以期待"活佛"莅临。但"活佛"杳无音信。她们(除两位亡故，两位飞去俄罗斯)不得不回归"泼烦琐碎"。

这是只提出问题而不要求答案的开放式写作。开放即众声喧哗。《暂坐》人物一律被赋予思索、表达的能力，如后记所谓，"人物更多在说话"。"说话"者也在感受思考。"说话"是感受思考的一部分，而不只是感受思考成熟之后的表达。《暂坐》世界亦如《废都》那样"没有新的思想和新的主题"，但《暂坐》人物毕竟开始了各自对新思想、新主题的寻求。《暂坐》的人物形象也许不够丰满，故事情节也许不够丰富，但字里行间充斥着众多人物的感受、思考、言说。开放式写作的要旨就是谛听众声喧哗而不求定于一尊。

作为一面镜子，羿光的存在也折射了《暂坐》众姊妹的寻求思索与表达。羿光往往能代"西京十三玉"说出心中所想。比如他告诉希立水"寻对象呀，寻来寻去，其实都是寻自己"。他说海若佛堂壁画乃临摹短命的西夏王朝地宫画,暗示西京这小小"女儿国"也将昙花一现。羿光还不客气地指出众姊妹"有貌有才,有一定的经济实力,想到哪就能到哪,想买啥就能买啥,不开会,不受人管,身无系绊,但在这个社会就真的自由自在啦,精神独立啦?你们升高了想还要再升高,翅膀真的大吗?地球没有吸引力了吗?还想要再升高本身就是欲望,越有欲望身子越重,脚上又带着这样那样的泥坨,我才说你们不是飞天"[1]。说者是羿光,跟羿光把酒论道的众姊妹一定心知肚明。小说正面描写了经营医疗器械的严念初的"欲望"和脚下的"泥坨"。为一己之利,严念初不惜对应丽后进行信贷欺诈,对前夫阚教授和亲生女儿绝情而冷漠,对关怀她的众姊妹凡事隐瞒。其余众姊妹也都有不足为外人道的发迹前史与当下挣扎,但小说都不做正面描绘,只借羿光的泛泛而谈将众姊妹的难言之隐一语道破。聪明的羿光叩响了众姊妹的心弦,代她们表达了内在的思考,弥补了众姊妹的言说空白。

羿光演说佛法和小说理论一节,也好比《红楼梦》写宝玉与众姊妹参禅悟道,从另一个角度触及小说主旨:

---

[1] 贾平凹:《暂坐》,《当代》2020年第3期。

我现在的小说就是写日常生活的。比如佛教中认为宇宙是由众生的活动而形成的,凡夫众生的存在便是生老病死怨憎会爱别离求不得的周而复始的苦恼。随着对时间过程的善恶行为,而来感受种种环境和生命的果报,升降不已,沉浮无定。小说要写的也就是这样呀,小说的目的不是让我们活得多好,多有意义,最后是如何摆脱痛苦,而关注这些痛苦。[1]

众姊妹因共同的烦恼准备礼佛,小说却偏不叫活佛现身,而让略通佛理却纯然在世俗打滚的羿光劝大家思考"如何摆脱痛苦,而关注这些痛苦"。这种思考不会指向宗教,而相当于《暂坐》叙述褶皱中随处可见的对人生百态既亲切抚摸又超然静观的心境。

小说开头写伊娃回西京次日去见海若,沿路饱览雾霾中的西京百态,是《暂坐》典型的叙事方式。全书叙述都带有这个特点,即一有机会就巨细无遗,如水漫金山,地毯式轰炸,或《死魂灵》中乞乞科夫一路扫地式捡拾各种杂物。

---

[1] 贾平凹:《暂坐》,《当代》2020年第3期。

席卷一切的叙事大肆罗列并多情抚摸西京社会森然万象，包括官民商学文艺医疗餐饮及黑白两道，街巷公园夜市停车场等开放空间，建筑商场宾馆新旧住宅区的外观内景，小吃秦腔埙鼓乐等详细节目，各种文房四宝文物古玩和引经据典。作者沉浸其中，就像伊娃穿行于雾霾笼罩的街巷时提醒自己"把心平静下来吧，尽量地能把烦躁转化为另一种的欣赏"。摇摆于欣赏和烦躁之间，大概也就是所谓"只有受，只有挨，慌乱在里边，恐惧在里边，挣扎在里边"吧。

贾平凹小说对生活的态度一贯如此，只不过《暂坐》更有意追求《金瓶梅》《红楼梦》那种混杂着青春执念与老年超然的境界，善恶并作，美丑俱现，色空一体。《暂坐》写物，既"自其不变而观之"，刻意呈现物质世界的喧嚣热烈，又"自其变者而观之"，充分暴露其不能持存于一瞬的虚幻。《暂坐》写人，既同情他们的世俗欲念，又冷静揭示其终极的乖谬。《暂坐》将人物放在入世执念和出世渴慕之间来把握其二重精神结构，这就造成与其叙事方式高度契合的情思基调。

李子云老师二三事

6月初,我在悉尼大学图书馆翻旧刊,无意中看到1962年《文学评论》首期李子云老师(署名"晓立")的一篇文章,心想该给她打电话了。不料电话没打,几天后就收到她去世的消息。4月份电话里她还精神抖擞,照例问我几时回国。她心脏一直不好,但据说这回致命的并非痼疾,乃是感冒引起的肺炎。她的病逝,许多人都感到是个意外。

动笔写这篇文字时,仿佛又看到她那副笑吟吟、乐呵呵、沉稳笃定的样子,听到她底气十足的声音。再也不能去淮海中路那个清静小院,叫她扔下钥匙,爬上又陡又窄的楼梯看望她了。一念及此,不禁怅然。

人们常说的"隔代亲",并非无因。父子有恩有仇,仇或过之,此义经弗洛伊德夸张变形,仍不能完全否认。同辈相得容易,但譬如形影,醒时同交欢,醉后各分散,娱情不少,喟叹也多。唯少者靠着长者的宽容与超然,可无所顾忌。但师门不同,为避嫌疑,敬而远之者有之;无师门之防,"小卫星"太多,只得作罢者亦有之。剩下的自然少而又少。子云老师,就是可以和许多年轻人无拘无束坦诚交流的那一类长者。

是1995年冬吧,第二届"上海中长篇小说大奖"启动,一天下午通知去绍兴路开评委会,进门发现坐了满屋子人,还有许多老先生,不免局促。这时坐门对面的一位上了年纪而风度很好的女士,用字正腔圆的普通话说:"你就是某某吧?不算迟到,我们也刚来,快坐下!"这是我认识李老师的开始。第一印象是爽快,不拖泥带水,无繁文缛节。

不久,她协助王元化、钱谷融先生主持"世纪的回响"这套丛书,意在为现代文学出版"拾遗补阙"。工作不太复杂,吃饭倒是正题。我忝为编委,叨陪末座,对她敬重长者的拳拳之意感受颇深。席间元化先生最健谈,所谈多与李老师有关,如陈老总(陈毅)、夏公(夏衍)、巴老、冯牧、华东局和上海"文革"等事。后来看顾骧《晚年周扬》,对她主持《上海文学》也略知一二,便怂恿她写回忆录。大概这样怂愿的人还不少,她写了几篇,与一些旧作合并,就有了她的最后一本书《我经历的那些人和事》。所写不及所谈丰富,我有些失望,答应的书评也未交卷。但她不介意,好像也并不在乎外界评价,"不就一本书嘛,出就出了,没啥了不得"。

以前读欧阳修《送徐无党南归序》,深怪他说"今之学者,莫不慕古圣贤之不朽,而勤一世以尽心于文字间者,皆可悲也"。虽拉出一个颜回,认为回之不朽,"固不待施于事,况于言乎",于"三不朽"独重"修身",固然有说,但鄙薄斯文,扬雄、曹植以降,莫此为甚。后来明白,有些事过去就过去,写出来做示众的材料一泛涟漪固可,不写而任其磨灭亦可。天下大文正多,何独少我一篇?文章自其可贵观之,损一字不可;自其无益观之,黯然以息,不为无当。李老师作文不勤,更不求轰动,她自己视为寻常,别人也就不必代为可惜。

这就是爽快吧?她写评论,着重谈女作家,但并不拉开"女性文学研究"的架势,而是性之所近,从容不迫地写一点。蔚为大观,自然未必。她的另一个研究重点是王蒙,文章更少,只有1980年和1982年两则《关于创作的通信》。我刚入大学,没能在第一时间拜读。后来虽研究王蒙,但少年气盛,要推开一切自己说话,也没去读。认识她以后,一读之下,欢喜赞叹,又如芒在背。杜牧《答庄充书》说古人"求言遇于后世"而不"求知于当世",其实"当世"(尤其同时代人)的评论对作家和读者有不可替代的意义。看李老师与王蒙商榷 20 世纪 50 代初起步的一辈人如何在"新时期"自处,觉得那才叫入室操戈,自己简直是站在门外瞎吆喝。

80 年代初,别说中青年评论家,就是一班前辈也纷纷赶时髦。概念如蚁,体系若网,热衷更新观念,摆弄词语,胜过与作家切实展开心灵对话。李老师写评论则家常亲切,朴实清新,披文入情,直指本心。她执拗地要王蒙写出本心所有("少共心理"),而剔除不必要的旁逸斜出(包括"幽默")。她谈王蒙出彩,盖因与作家交厚,知人论世,故能"不隔",但更因为她要通过王蒙剖析一代人的精神共性,希望王蒙做领头羊,把孕育于 50 年代初的信念之火燃烧下去(她先已把自己烧进去了),这就与追求变化、锐意进取的王蒙产生了心灵深处的碰撞。为此她不惜对王蒙小说大胆褒贬弃取,即使作者起来解释,也依然固执其"偏爱"和不爱。两则通信谈到《杂色》为止。《杂色》以后的王蒙,大块文章源源不断,但通信所奠定的观察角度与所达到的理解高度,后来许多评论都不能企及。王蒙说他为宗璞能有李老师这样的知音而"分享着"宗璞的"激动和喜悦",我读王、李对话,也有同感。作为评论家,有几篇明心见性之作足矣,即使并不"全面",甚至也并不都"正确"。

听李老师说话比读文章更够味。她讲话特点还是爽快。这倒并非北京话所谓"浑不吝",而是诚实加大气。对棘手话题,她习惯不屑而微带讽意地一皱眉:"不谈这个!"遇到可谈的人事,就要"说个六够"。这爽快,我辈江南忸怩文人装都装不出,唯有欣赏佩服。那时她已退休,话题无关工作,多半围绕当代作家。她编过杂志,许多作家起步前她就认识,故能洞悉"前后发展",加上读书心细,作文偏不积极,许多想法积下来,就化为闲谈。我写评论有时就是和她闲谈后的收获。这在她是无意贡献,在我却渐成有意剥削。曾跟她提起,她慨然一笑,说:"你就写吧,有人与我意见相同,高兴还来不及呢。"

我无历史癖和考据癖,跟她聊天,注意的是她的文学见解。涉及人事,随谈随忘。历史每天都在做减法,有人偏喜欢用大口袋兼收并蓄,囤积居奇,适时抖出来猛赚一把。书市充斥着"打捞""口述""挖掘""抢救""揭秘",但关于历史究竟记住了什么？记忆有无限度？历史真能或必须全记住吗？冯友兰提出"抽象继承"传统，是否可以"抽象记忆"历史？这"抽象"并非概念蒸馏，而是超乎琐事的玄览。倘不能把历史全部打包装进记忆库，文学是否有更好的浓缩记忆法？记住阿Q不就记住近现代史的一部分吗？"古今多少事，都付笑谈中"，笑而谈之（就怕不值一谈），默而察之，神而明之，不亦说乎？"逝者如斯夫，不舍昼夜"，谈过拉倒，何必记下？我好像有点懂李老师为何不愿执笔而喜欢聊天了。

聊天一般是打电话，面谈则在她那间四壁萧然的卧室兼客厅。一杯清茶，海阔天空，之后找地方吃饭。她喝茶不讲究，吃饭却认真。左右打听，提前预约，再三比较，菜谱拿来后又仔细推敲，总想吃得好一点又不超出经济能力。喝茶两人即可，吃饭总要约上别人，或对门香港餐厅，或衡山路杨家厨房、辛吉士、凯文，或锦江旁边的老夜上海。去年12月在徐家汇地铁沪上人家分店，想把钱谷融先生从医院接出来共进午餐，结果钱先生没来，杨扬有事先走，只剩下王雪瑛我们三人，但她兴致不减。没想到，那竟是见她最后一面。

2003年秋，"王蒙创作五十年国际学术研讨会"在青岛举行,我们上午从浦东机场出发。那是她淡出文坛后第一次外出开会,非常兴奋,跟我谈王蒙,谈当代文学,谈逐渐看不懂的一些青年作家,谈怎么也喜欢不起来的张爱玲,谈她最欣赏、最关心的程德培,一直谈到宾馆。晚饭后不久,会务组说李老师心脏不舒服。赶去她房间,已用过药睡了。护士叫我守在隔壁。那夜倒平静。医生认为是累了,休息一下会平复,但她执意回上海,理由是王蒙夫妇和许多会议代表一再探望,又要送她去医院观察,这还怎么开会?回上海,有熟悉的医生,彼此安心。大家拗不过,只能同意。次日一早大会开幕前,我陪她去青岛机场。她不要我登机,说有人接机,机上也关照了。上海就来两人,全跑掉多不好!她这么说,我也不再坚持。其实该送她回上海的,万一有个三长两短怎么得了?幸亏两小时后,上海方面报了平安。

她关心大家的文学雅集胜过关心自己,我热心"赶会"胜过关心长者,可叹。但因此更理解了她的"爽快",足当长久的纪念。

2009 年 6 月 25 日

(本文发表于 2009 年 7 月 28 日《文汇报》)

王蒙小说女性人物群像概览

一、王蒙写男性

在迄今为止将近七十年的小说创作中,王蒙用各种方式塑造了一批又一批男性人物形象。这构成了他小说人物长廊的主干之一。

我们熟悉的有20世纪50年代"组织部"的两个典型人物刘世吾和林震,70年代《这边风景》中的伊力哈穆、泰外库、库图库扎尔、麦素木、尼亚孜泡克等一大群新疆少数民族正反两方面干部与群众代表,80年代"鲜花重放"的张思远(《蝴蝶》)、岳之峰(《春之声》)、钟亦成(《布礼》)、缪可言(《海的梦》)、曹千里(《杂色》)等,《在伊犁》中的穆罕默德·阿麦德,好汉子伊斯麻尔与伊敏老爹等(可以看出他们在《这边风景》中对应的前身,但已今非昔比,甚至迥然有别了),更不用说《活动变人形》中浓墨重彩地加以描绘、始终被中国读者与评论家热烈讨论的倪吾诚、倪藻父子了。

到了20世纪90年代和新世纪,以四大卷"季节系列"为核心,包括《暗杀》《青狐》等变奏曲的集束长篇小说系列,以钱文、王模楷为代表的北京文化界各路英豪出现,基本完成了王蒙小说男性主人公塑造的主体工程。

这些人物形象大多鲜明而饱满,他们的社会历史和文化心理的丰富蕴含,值得我们不断解读和品味,可说是王蒙贡献给中国当代文学最主要的果实之一。某种程度上,这也是我们透过王蒙小说把握共和国七十年历史的一条捷径,其中许多人物都投射了创作主体的内心世界与外在生活的历程,带有王蒙本人强烈的自传背景与个性色彩。

二、女性群像

与此同时,王蒙也非常爱写女性。在他不同时期的小说中都有许多女性形象,有的还塑造得相当成功。

《组织部来了个年轻人》主人公林震的女同事赵慧文,戏份不多,给人的印象却相当深刻。赵慧文既是林震的老熟人，又是同一个单位真正能推心置腹的仅有的知心人。这位美丽的知识型少妇正陷入家庭危机，连老于世故的刘世吾也忍不住警告林震要注意赵慧文对他的不正常的感情。这种特殊身份和高度暗示性、含蓄性的叙事风格，使出场不多的赵慧文别具一种魅力。在整个50年代，赵慧文差不多也是屈指可数的能够跟柳青《创业史》中的徐改霞媲美的女性形象之一。

20世纪50年代王蒙小说中的女性形象不止赵慧文一个。《青春万岁》的主角，不就是活力四射的郑波、杨蔷云、袁新枝和阴郁病态的呼玛丽、李春、苏宁等一大群女中学生吗？《青春万岁》女性群像在气势上完全压倒同样处于青春期的几个男生，以至于作者本人也不得不用叙述者的口吻在书中承认，"写他们写得太少了，我感到对不起"。必须指出，王蒙本人或许更加钟爱郑波、杨蔷云、袁新枝这三位健康向上、乐观开朗的女生，但笔者窃以为，写得更成功的无疑还是在当时属于次要人物、落后人物乃至危险人物的那三个女生：逞强好胜的刺头型少女李春，身心两面都带着严重创伤，尤其心灵的可怕伤口还几乎很难愈合的苏宁，以及呼玛丽。

王蒙写思想进步的高中女生郑波、杨蔷云、袁新枝,尽管也涉及她们各自的家庭问题、"红与专"的冲突,以及对朦胧的男女之情的处理,但跟李春、呼玛丽和苏宁的恶劣的家庭环境和悲惨的身世相比,尤其跟这三位各自的心理创伤与思想顾虑相比,就显得肤浅和单薄多了。共和国第一代作家之一的第一部长篇小说如此描写当时的青年一代如何弃旧图新、脱胎换骨、洗心革面,成为新中国的"新人",实属不易。

还有《小豆儿》中的小豆儿。《小豆儿》是王蒙首次正式发表的作品。可以说,王蒙就是以写女性人物开始其文学生涯的。

这里也就有一个值得探讨的问题:作为男性作家,王蒙为什么如此钟情于女性形象的描绘?这跟他当时与崔瑞芳的恋爱经历、他在共青团区委工作时与高中女生干部们的工作联系、他自幼的家庭成员主要由女性构成,究竟有怎样的联系?

此后,60年代《夜雨》里的秀兰,70年代《向春晖》里的向春晖,虽然整个作品并不特别成功,但作者对女性形象的塑造还是投入了巨大的热情。

70年代中期执笔,70年代末基本定稿,直到2013年才正式出版的长篇《这边风景》,一口气塑造了米琪儿婉、雪林姑丽、狄丽娜尔、爱米拉克孜等许多位美好感人的维吾尔族女性形象,以及围绕在她们身边的各民族众多面貌各异的女性群像。

在汇入80年代初"反思文学"洪流的王蒙小说中,女性形象也联翩而至。比如《布礼》中的凌雪,《蝴蝶》里的海云、美兰、秋文,《相见时难》中的美籍华人蓝佩玉或佩玉·蓝,《风息浪止》里那个子虚乌有、像一阵风似的刮过去的女劳模,《在伊犁——淡灰色的眼珠》系列里面的阿依穆罕房东大娘、爱弥拉姑娘、茨薇特罕老太婆,更不用说《活动变人形》中同仇敌忾与丈夫、妹夫或女婿倪吾诚殊死作战而自己姐妹、母女间又经常"窝里斗"的姜赵氏、姜静珍、姜静宜了。其他如《风筝飘带》《木箱深处的紫绸花服》《色拉的爆炸》《济南》《苏堤春晓》中惊鸿一瞥的女性,也都可圈可点。

从今天的角度看,这一系列小说中的女性形象,最值得反复品味的可能还是《相见时难》中的美籍华人蓝佩玉或佩玉·蓝。

《相见时难》设计了20世纪80年代初翁式含和蓝佩玉之间并不充分的精神较量和情感交流。在40年代末,他们一个是中共地下党员,一个是差点儿被发展成党的外围组织的要求进步的教会学校的女生。前者(翁式含)在新中国成立后经历了胜利的喜悦、被自己人愚弄和抛弃的悲哀,"拨乱反正"之后也并非凡事顺遂地重返工作岗位。但他忍辱负重,头脑清楚,信念坚定——却也难免刻板和傲慢。后者(蓝佩玉)完全因为偶然原因,未能和翁式含们一起迎接北平的解放,黯然神伤地不告而别,只身去国,一晃成了80年代初令一般国人羡慕不已的美籍华人。他们是情感上已经超乎"两小无猜"的邻居和同学,可惜历史的风云过早将他们拆散,直到三十多年以后才重聚北京。当时中国社会一切的价值冲撞似乎都集中在他们身上,需要他们坐下来从容探讨,给出答案。

然而在杜艳(几乎可说是老舍《四世同堂》中大赤包的借尸还魂)、孙润成等趋时之辈所组成的闹剧式背景中,他们竟然无法从容交流,也没有足够的从容来提出挑战或回应挑战,只能在"相见时难别亦难"的情境中,各自梳理内心深处积累了三十多年的太多的感慨、太多的疑惑。蓝佩玉没有等来翁式含对她当年失约的质问,翁式含也没有正面应对美籍华人佩玉·蓝的美国价值的挑战。他们都绕开了或都错过了意识形态的正面冲撞,却因此在各自内心深处更尖锐地面对历史和现实、中国和世界、个人和民族国家、不可还原不可永驻的青春生命的更加复杂而沉重的质询!相见宛如未见,而未见又成就了精神深处真正的相见。似乎有一条隐秘的通道将他们联系起来,使他们一定程度上可以分享对方的经验,一定程度上都在试图解答对方所提出的难题。

蓝佩玉的问题是翁式含们或迟或早总要面对的。而因为有了固执而骄傲的翁式含,蓝佩玉获得了这以后中国文学(包括王蒙自己未完成的系列小说《新大陆人》)中任何一个美籍华人(女性)都不会有的精神内涵——尽管她在美国的生活被大大简化了。比如她的美国丈夫就被残酷地缩小和概念化为"胸前的一撮黑毛"。但这不重要。王蒙要写的是回到北平(北京)的蓝佩玉。有了蓝佩玉的尖锐而宽厚、娇弱而坚强,翁式含才获得了身份大致相似的钟亦成、张思远、岳之峰、刘俊峰、宋朝义、朱慎独等所没有的复杂与深度。蓝佩玉是翁式含的另一面。80年代上半期王蒙的所有作品中,不仅美国,全世界也不过是再生的中国的一个镜像。

三、勿忘《表姐》

王蒙当然不是为写女性而写女性,更不是所谓的"女性主义写作"。他主要还是将女性放在历史潮流中,特别是善于把她们放在和男性主人公的纠葛中,多侧面、多层次地来观察她们的命运与心理,或者说以女性比较细腻灵敏的情感世界来折射历史的风云。

王蒙的女性形象塑造总是属于他的历史反思的一部分。

关于"反思文学"时期王蒙所塑造的女性人物形象,特别值得一提的是1979年和《布礼》《夜的眼》几乎同时发表的短篇小说《表姐》中那位表姐的形象。

过去评论界对《布礼》《夜的眼》《蝴蝶》等谈论较多,而《表姐》几乎被冷落。其实这个女性形象在王蒙创作中有着举足轻重的地位。要谈王蒙的"反思文学",就绝对不能不谈《表姐》。这篇小说写表姐与结束磨难、重新走上工作岗位的"我们夫妇"之间复杂的感情纠葛,深受鲁迅名篇《风筝》和《风波》的影响,显示出王蒙对现代文学正统"家数"的自觉继承,甚至是讨论王蒙如何与鲁迅对话的又一个非常合适的切入点。

表姐先是心怀愧疚,一次次登门谢罪,对自己在特殊历史时期将落难的"我们夫妇"拒之门外表示深刻的歉意与悔恨,殷切希望获得对方的谅解。可无论"我们夫妇"如何竭诚表示完全理解表姐当时的处境,现在应该团结一致向前看,丢掉历史包袱——这不仅是当时"宣传口"的通常说法,也是喜获新生的"我们夫妇"的由衷之言——无论"我们夫妇"如何苦口婆心、焦唇敝舌、赌咒发誓,表姐总是不肯相信对方真的已经原谅了她。悲哀的往事对人与人的关系的破坏竟至于如此难于弥合,创伤竟至于如此难以修复。王蒙就是这样通过对鲁迅《风筝》这一叙事模式的暗中模仿,对70年代末中国社会普遍存在而又迅速被时代的宏大主题所掩盖的生活现象进行了深刻的反思。

后来"我们夫妇"也烦了,不再理睬这个唠叨的神经质的显然还生活在过去而难以融入"新时期"的表姐。双方在旧创伤旧隔阂上面又新添了感情上新的隔阂与创伤。

隔了一段时间,表姐又特地上门,好心地提醒"我们夫妇",说她风闻这次又要"收"了(即政治上一度放松之后又要收紧），叫他们小心为妙。这一回，"我们夫妇"对表姐的态度就不只是厌烦，而且"生气""愤怒"了。他们认为表姐对当前大好形势太缺乏理解，太没有信心，疑神疑鬼，还是老一套，实在不必！"我们夫妇"甚至怀疑，表姐此举可能还有一点幸灾乐祸——终于看到历史又回归老路的那种理性的优越感。

仔细分析起来，"我们夫妇"也不仅是生表姐的气。对当时总是阴晴不定的政治气候，他们自己何尝没有和表姐一样怀抱欲说还休的遗憾与担忧呢？他们心里又何尝没有表姐那种非常容易被唤醒被强化的"余悸"呢？

区别在于，表姐是历史转折时期出了局的"闲人"，她出于好心，出于想对这对患难夫妇有所补偿的心理，用传播小道消息的方式直接说了出来，而正在兴头上，正欲借着"拨乱反正"的大好形势大干一场以追回十年浩劫造成的巨大损失的"我们夫妇"，不愿也不敢相信真的又要"收"了，"来之不易"的"大好局面"真的又要失去了。哪怕是谣言，是小道消息，他们听了都极为担忧，极为反感，极为愤怒——但这种极端情绪中不也正潜藏着被好心肠的表姐所唤醒的那一份难言的虚弱吗？

小说后半段包含了王蒙对鲁迅《风波》的模仿与改写。当然,正如我们不能将小说上半段"我们夫妇"和表姐的关系简单等同于《风筝》中的那对兄弟,也不能根据小说下半段认为表姐就是《风波》中那个不怀好意地向七斤夫妇通报"皇帝坐了龙庭"的赵七爷。王蒙在模仿的同时也有改写。《风筝》中那个请求弟弟饶恕而未能成功的哥哥的苦恼,源于弟弟对过去所受创伤的全然"忘记",但"我们夫妇"何尝忘记了那不堪回首的过去?他们只是不愿再一遍又一遍地提起,只是不愿再过度地沉溺其中而已!《风波》中赵七爷向七斤夫妇通报消息是恶意的报复,而表姐把"据说又要'收'了"的小道消息告诉"我们夫妇",则充满着善意。《风波》最后写到,从城里回来的七斤告诉七斤嫂,"咸亨酒店里也没有人说"什么"皇帝坐了龙庭",七斤嫂则告诉七斤,"我想皇帝一定是不坐龙庭了。我今天走过赵七爷的店前,看见他又坐着念书了,辫子又盘在顶上了,也没有穿长衫"。这是一个虚惊一场,最后风平浪静的结局。但《表姐》的结局并没有因为"我们夫妇"的愠怒而得到澄清:是否"又要'收'了",还一直悬着呢!

  这篇至今还不太受研究者注意的短篇,围绕一个似乎马上就要被急剧变革的时代所抛弃的细细碎碎、唠唠叨叨的表姐的形象展开,却抵达了"反思文学"的最深处。

王蒙不仅喜欢写女性,还专门喜欢写跟自己(至少是作品中男主人公或第一人称"我")关系密切的女性。表姐不用说了。赵慧文和蓝佩玉是男主人公的发小(或曾经一度的梦中情人),《色拉的爆炸》写妻子有惊无险的一次误诊,姜静珍、姜静宜的原型就是自己的母亲和姨妈,等等。

当然王蒙也并不完全是拿亲友中的女性开刀,但总是一些和自己关系密切的女性吧。正因为如此,他塑造的女性人物充满了复杂性。美好与凄凉、良善与软弱、热情与偏执、执着与病态,往往集于一身。而这样复杂的女性形象身上无一没有波谲云诡的历史的斑驳投影,也无一不从侧面支撑着、丰富着男性主人公的性格。比如,姜赵氏老太太与静珍、静宜姊妹俩,就衬托、丰富了倪吾诚的形象,而要讨论《相见时难》中的翁式含(包括第一人称叙述者"我")的困惑与忠诚、信念与反思,就几乎一刻也不能离开美籍女华人蓝佩玉的挑战与质询。

20世纪90年代之后,王蒙的一系列小说创作对女性形象似乎关注更多了,例如"季节系列"长篇中的叶冬菊、周碧云、洪嘉、"事儿妈",长篇小说《青狐》里的"作家"卢倩姑母女,等等。

《青狐》的写作引起不小的风波,也可说是一次不小的顿挫。而这以后,王蒙小说对女性形象的塑造也似乎暂告一段落。

四、奇峰突起,后场发力

新世纪第一个躁动的十年过去之后,中国文学的女性和性的描写,慢慢进入一个衰歇期。一些写"性"好手和高手纷纷金盆洗手,改变画风。最近有博士论文竟然提出新世纪中国文学出现了非性别与超性别的写作。这是否跟当下"佛系青年"大行其道有关?或者如王蒙新作《邮事》所说,现在的男性也大多缺乏动物蛋白和维生素E,分泌不出足够的男性荷尔蒙了?

而就在这当口,王蒙在完成了被有些评论家(如山西的王春林先生)称为"晚年写作"的长篇小说《闷与狂》之后,作为"转弯与小憩",顺手写了短篇《杏花》。这是一个信号。果然,2015年春天,他竟马不停蹄,连珠炮式地发表了短篇《仉仉》《我愿乘风登上蓝色的月亮》,外加一部结结实实的中篇《奇葩奇葩处处哀》,并很快将这些中短篇新作结集为《奇葩奇葩处处哀》,由四川文艺出版社于 2015 年 7 月出版。当年 9 月和 10 月,笔者有幸作为嘉宾,出席了在太原书博会期间举行的《奇葩奇葩处处哀》新书发布会,以及四川绵阳"王蒙文学艺术馆"围绕该书召开的学术研讨会。

关于王蒙笔下一众女性"奇葩",这里不想多说,因为过去已经说了太多。我只想强调一点,王蒙现在突然又开始大写特写女性,后场发力,奇峰突起,真有点敌阻我绕、敌进我退、敌疲我打、后来居上的气概。

2016 年 10 月,笔者正在意大利讲学,未能参加中国海洋大学为庆祝王蒙创作六十周年举办的学术研讨会,但旅途中读到王蒙先生的中篇小说《女神》,又有了一个惊喜。

《女神》发表于 2016 年《人民文学》11 月号,距 1956 年 9 月王蒙在《人民文学》发表短篇《组织部来了个年轻人》(题目被编辑改为《组织部新来的青年人》),正好六十年。《女神》既是王蒙献给让他有机会亮相文坛的《人民文学》的一份厚礼,也是对他自己六十年创作历程的最好纪念和庆祝。

2017年5月,又是四川文艺出版社,将《女神》和小说主人公的原型陈布文的几个文本(陈的小说和写给儿子张朗朗的书信)放在一起出版。我强烈感觉到王蒙不仅属于文学奇才,也创造了生命的奇迹。而这种双重奇迹的创造,关乎一位神秘的女性形象的吸引和启迪!

"女神"原型是著名艺术家张仃的夫人陈布文女士。但王蒙和陈女士仅有"一信和一(电)话之缘",从未谋面的陈布文在20世纪50年代写来的一封信、通过的一次电话,给王蒙留下了深刻印象,以至于六十年来和作者本人的生命不断化合,不断沉淀发酵,终于喷薄而出,蔚为壮观。

网上有不少陈布文的信息,但主要限于20世纪40年代她和张仃的革命传奇。另外如果读萧军《延安日记》,你会发现40年代初期萧军笔下的陈布文形象并不怎么美妙。但到了2016年王蒙的小说中,陈布文竟然成了革命队伍里冉冉升起的一尊"女神"!不同的作家面对生活完全可以有不同的撷取。从生活到艺术,不是简单的模仿和再现,而是充满了作家这个中介的独特体验与创造。正如鲁迅所说,"纵使谁整个的进了小说,如果作者手腕高妙,作品久传的话,读者所见的就只是书中人,和这曾经实有的人倒不相干了"。《女神》不是对生活中的陈布文的如实描绘，而是王蒙在人物原型基础上天马行空的创造和虚构，其中当然寄寓了他的某种基调性的人生感悟、基调性的历史感怀。

王蒙没有从陈布文的40年代写起，他主要截取新中国成立后陈布文生活中的几个关键之点加以铺陈，最主要的是写50年代初党员重新登记，陈布文自认不够格，尽管一直在革命队伍中担任要职（周恩来机要秘书），却坚持不肯自动"登记"，也不同意为了"登记"而临时申请入党，结果只好急流勇退，退回家庭，甘心做"火红年代"的家庭主妇。

小说也写了当在别人眼里绝对惊世骇俗的陈布文退回家庭之后，并未像人们想象的那样被家庭生活的锅碗瓢盆油盐酱醋所困，被时代所抛弃，而是以家庭为本位，自得其乐，一边相夫教子，一边写作、弹琴，涉足多个艺术领域，经常开家庭"派对"，了解文艺界一举一动——她就这样关注到一炮走红的青年作家王蒙，并自出机杼，在书信中对王蒙表达了自己独特的理解与精神支援。总之，她实现、提供了另一种出人意料，简直为历史所不容，而竟然一直就那么坚持下来的"活法",令始终在历史旋涡和时代潮流中打转的"王某人"每一想起,便惊愕不止,但又一时理不出头绪。终于,到了自己的晚年,蓦然回忆起多年前在日内瓦湖边看到的一位不知名的老年西方妇女的侧影,才如有神助,一通百通,将"女神"陈布文生命中的奥妙一一揭示(猜想)出来。

《女神》的核心内容依旧是王蒙一直苦苦思索的中国知识分子与中国革命的关系这个挥之不去的文学母题。这是王蒙式"反思文学"或"文学反思"的继续。但这一次王蒙写得异常从容、镇定、超脱、曼妙而又一往情深,跟"反思文学"初期那种兴奋、紧张、负重、挣扎完全两样。这是否跟《女神》以女性形象的塑造为重心有关?"女性"和"反思"联系起来,就不应该那样沉重,至少不应该像选择男性做主人公的"反思文学"那样装腔作势吧?

五、"善女"和"恶女"系列的完成

王蒙写了这么多女性,似乎纷杂随意,但仔细一看,大致可以分为"善女"和"恶女"两大系列。

首先,王蒙笔下的女性有不少形象丑陋、心地恶浊、行为古怪,属于"恶女"系列。王蒙写"恶女"是有历史的。《这边风景》《风息浪止》《活动变人形》《青狐》都写了不少"恶女"。《这边风景》中妖艳邪恶的古海丽巴侬,是专门引诱动摇干部的乌孜别克族浪荡妇女,而来历不明的汉族妇女郝玉兰则属于善于挑拨民族关系的败类。这两位虽说是阶级斗争思维下的产物,和《创业史》中的李翠娥属于同一系列,但居然也写得不同凡响。

《风息浪止》中子虚乌有的"女劳模"则是政治历史反思的结晶。如此"劳模"(而且是女性)实在被树立得太多了,对社会风气的改善不但没有丝毫正面和积极的效果,反而起了败坏人心、导致信仰幻灭的负面作用。

如果说《活动变人形》中苦大仇深的姜氏姊妹是社会历史和文化心理双重反思的背景下浮出历史地表的旧式女性典型,那么《青狐》中写女作家卢倩姑母女则是运用精神分析手段解剖了新时期文化潮流中某种人性的阴暗面。

"恶女"系列到了《奇葩奇葩处处哀》算是获得集中而荒诞的展现,而《女神》则可算是王蒙小说"善女"系列的总结与升华。

王蒙酷爱《红楼梦》、李商隐,对鲁迅作品又有独特理解(他在北师大做助教时还写过赏析《野草·雪》的文章，后来又有饱受争议的《论"费厄泼赖"应该实行》)，因此他始终将女性放在小说创作的核心，这种构思方式是否也与中国古代和现代文学的主流有关？比如，女人分善、恶两类，难道就没有贾宝玉的"高论"的影子吗？尤其写了不少的"恶女"，难道和鲁迅笔下的豆腐西施、柳妈或阿金就没有一点"家族相似"？至于写美籍华人蓝佩玉或佩玉·蓝的那篇《相见时难》，不就脱胎于李商隐的著名诗句吗？

但我也注意到王蒙的新作，尤其收在广西师范大学出版社2019年7月第1版的短篇小说新集《生死恋》之中的《生死恋》《地中海幻想曲》《美丽的帽子》几乎已经没有"恶女"，都是"善女"，或超越善恶分别的女性。作者对她们一概予以同情、谅解、怜惜、赞许。当然仍有唏嘘，仍有无奈，仍有叹息。

六、消除一个误解，得到一种启迪

一阴一阳之为道。在塑造各个时代的男性主人公的同时，王蒙也给他们身边的女性保留了足够的篇幅。

但是由于种种值得研究的缘故，比如男性人物的光焰过于耀眼,比如叙述主体"老王"经常跳出来"抢戏",比如写女性写得不够生猛,诸如此类,因此除了"组织部"的赵慧文,除了《在伊犁》的几个少数民族女性,除了《相见时难》中的蓝佩玉,除了《活动变人形》《青狐》中那两家可怜也可怕的母女,其他女性形象似乎就不那么突出,大家注意得也不那么充分,往往只是把她们看作配角,一笔带过。

长期以来还有一种说法,认为王蒙虽然也注意描写女性,但一般不会写得多么深入,尤其不肯瞩目于男女之间的情爱与性爱。有人甚至推测,这可能因为过于美满的夫妻关系使王蒙无暇他顾,不敢做另类的越轨的探索。甚至干脆说,他就属于现在所谓"直男癌"。他眼里的女性固然不乏动人之处,但整体上描写比较单一化。

确实,80年代以来,中国文学界在女性和两性关系这个主题上有了突飞猛进的发展。男作家写女性尺度很大,直到发现了"男人的一半是女人"。女性作家的自我描写更是不甘示弱,甚至有过之而无不及,直至写出无数不离脐下三寸的疯狂、高潮和尖叫。相比之下,王蒙的涉性笔墨和女性形象就过于含蓄,过于简约,过于写意,也过于透过女性去写别的什么社会、历史和文化问题。至少他似乎始终不肯聚焦于女性的身体、女性的意识乃至女性的性意识。因此，口味越来越粗、越来越重的读者就有理由感到不过瘾、不解渴，而加以无视和漠视了。

但这其实是一个误解，是因为我们以80年代以来某种习惯的群体性的看待女性的口味和标准来决定弃取所导致的结果。如果换一个口味和标准，那就能够看到王蒙写了很多女性，且很有特色。

首先是含蓄与尊重。这曾经是中国文学的一个好传统，后来几乎失传了。

其次，王蒙从来不是孤立地描写女性，不是眼睛里只有"女女女"，而总是与男性相对，互为补充。

但王蒙的创作初衷，恐怕也不是"永恒之女性，引导我们走"，即使《女神》也不是。1988年完成的几乎不可理喻的癫狂之作《十字架上》的圣母才是真正的"女神"，但这样的"女神"不可能降落在王蒙所布置的世俗的天地。

但王蒙确实写出了另一个意义上的"男人的一半是女人"：不是身体上的，而是精神上的。男女双方首先是精神上相互需要，然后才有各自的定位、各自的生活。忘记这一条朴素的真理，就不配谈论和描写男男女女。这是王蒙的女性描写给读者最大的启发。王蒙其实是努力想把中国读者看待女性的眼光重新拉回到一个更加含蓄、健康、朴实或者说"古典"的方向。

上海令高邮疯狂

——汪曾祺故里小说别解

一、"作品的产生与写作的环境是分不开的"

汪曾祺一生足迹遍天下,"按照居留次序",先后有高邮、"第二故乡"昆明①、上海、武汉、江西进贤、张家口、北京。武汉除外,上述各处,汪氏小说或多或少都写到过。《中国当代作家选集丛书·汪曾祺》(1992)小说部分就是"把以这几个地方为背景的归在一起"②。1995年编《矮纸

---

① 汪曾祺《觅我游踪五十年》说:"我在昆明待了七年。除了高邮、北京,在这里的时间最长,按照居留次序说,昆明是我的第二故乡。"《汪曾祺全集》(五),北京师范大学出版社1998年,第157页。"第二故乡"云云引用很多,但一般均省去"按照居留次序说"一语,结果昆明对于汪曾祺的意义往往被不适当地抬高,此点值得注意。

② 汪曾祺:《捡石子儿(代序)》,《汪曾祺全集》(五),北京师范大学出版社1998年,第251页。

集》,如法炮制,但交代得更清楚:

"以作品所写到的地方背景,也就是我生活过的地方分组。编完了,发现我写的最多的还是我的故乡高邮,其次是北京,其次是昆明和张家口。我在上海住过近两年,只留下一篇《星期天》。在武汉住过一年,一篇也没有留下。作品的产生与写作的环境是分不开的。"①

短篇《迷路》与散文《静融法师》都写在进贤参加土改之事,可能数量有限,忽略不计了。写上海的仅《星期天》一篇,却特别提及,显然比较看重。

"作品的产生与写作的环境是分不开的",汪氏这一点颇有古风,不同于许多当代作家有意无意模糊作品的时、地线索,一味以虚构为圭臬,或一转而趋极端之影射。中国文学史上首屈一指的大家如屈原、陶渊明、李白、杜甫、白居易、苏东坡、陆游的诗文,鲁迅杂文和《故事新编》"今典"部分,时代有别,文体各异,精神却一脉相承,皆始于写实而终于普遍意味之寻求。

汪曾祺小说包含虚构,又无不依托真实生活经历,绝非

---

① 汪曾祺:《〈矮纸集〉题记》,《汪曾祺全集》(六),北京师范大学出版社 1998 年,第 195 页。

"纯属虚构",此点已为"汪迷"所熟知。他说,"我写小说,是要有真情实感的,沙上建塔,我没有这个本事。我的小说中的人物有些是有原型的"①。不仅创作依据原型,有时甚至连人物姓名都不加改动。但汪氏家乡人并不"对号入座",跟他打官司。他们知道作者以自己为原型,最终创造的人物却有质的区别②。这也就是鲁迅谈到《故事新编·出关》时所说的,"然而纵使谁整个的进了小说,如果作者

---

① 汪曾祺:《〈菰蒲深处〉自序》,《汪曾祺全集》(五),北京师范大学出版社 1998 年,第 314 页。

② 汪曾祺《〈大淖记事〉是怎样写出来的》《关于〈受戒〉》等创作谈都交代过小说的"本事"。《〈大淖记事〉是怎样写出来的》还提到:"我的一些写旧日家乡的小说发表后,我的乡人问过我的弟弟:'你大哥是不是从小带一个本本,到处记? ——要不他为什么能记得那么清楚呢?'"《我的小学》《我的初中》两篇自传性散文透露小说《徙》中的高北溟就是教过他五年级和初中语文的那位同名同姓的老师。汪曾祺研究者陆建华《高大头就这样变成了皮凤三》介绍了汪曾祺如何在 20 世纪 80 年代初回故乡高邮时细心观察《皮凤三楦房子》的主人公高大头的原型高天威。陆建华还说,《徙》中高北溟女婿汪厚基(也和原型同名同姓)在小说发表之后汪曾祺回乡之时还活着,对小说写到他的一些与事实不尽符合的细节也不以为忤,认为"这是曾祺先生的小说家言噢"。《异秉》中卖熏烧的王二原型的后人看了小说,很为其父被写入小说而自豪,并告诉汪曾祺弟弟,"你家老大写的那些,百分之八十是真的"。跟《忧郁症》中裴石坡、裴云锦父女同名同姓的原型,作者后来还在台北见到了他们(杨鼎川《关于汪曾祺 40 年代创作的对话》,见《中国现代文学研究丛刊》2003 年第 2 期)。这种情况在汪曾祺小说中比比皆是,因此汪曾祺不得不郑重声明:"我希望我的读者,特别是我的家乡人不要考证我的小说哪一篇写的是谁。如果这样索隐起来,我就会有吃不完的官司。"(《〈菰蒲深处〉自序》)

手腕高妙,作品久传的话,读者所见的就只是书中人,和这曾经实有的人倒不相干了"(鲁迅《〈出关〉的"关"》)。当我们将汪曾祺归入"中国当代作家"时,应特别留意此点。读汪氏小说,首须注意他在时、地背景清晰的写实基础上增添了哪些社会人生的普遍寄托,如此方可获更深之解悟。

汪氏和高邮、昆明、张家口、北京的关系,论者甚夥。近年来,分地域重新编辑出版汪曾祺文集的举措不止一例①。汪氏将上述各处社会历史文化和他本人在这些地方的经历反复写入作品,不劳研究者特别放出眼光,也能看得分明。

---

① 如《汪曾祺年谱》作者徐强主编的"回望汪曾祺"系列,分《梦里频年记故踪:汪曾祺地域文集·高邮卷》《笳吹弦诵有余音:汪曾祺地域文集·昆明卷》《雾湿葡萄波尔多:汪曾祺地域文集·张家口卷》《岂惯京华十丈尘:汪曾祺地域义集·北京卷》,广陵书社2017年;陆建华主编,高邮市委宣传部编选之巨册《梦故乡》,江苏凤凰文艺出版社2017年。

相比之下,汪氏与上海极深之因缘至今尚无全面梳理①。笔者近作《汪曾祺结缘上海小史》略述文本之外汪氏与上海关系始末②。但汪氏结缘上海并不限于文本之外。70年代末"复出"之后,除了《星期天》,他再无作品直接叙写上海,然而80、90年代故里小说"藏"了不少上海元素。汪氏笔下三四十年代的高邮古城并非世外桃源,乃是与外界交通频繁的颇为开放之区,而汪氏故里小说所涉之外界主要

---

① 解志熙、钱理群、杨鼎川等对40年代末汪曾祺在上海的创作与发表情况颇多考辨,钩沉辑佚,成绩可喜。研究40年代汪曾祺小说创作的多样化风格对于理解成熟期的汪曾祺很有必要。但这些辑佚和研究并未特别留意上海本身之于汪曾祺早期创作的意义。汪曾祺专门写上海的短篇小说《星期天》1983年发表,当时也未引起应有之关注,王安忆《汪老讲故事》一文甚至还暴露了她的不少隔膜和误解。汪曾祺"新时期"唯一专门描写他40年代末上海经历的小说毕竟是一部杰作,虽然长久被忽视,但在创作界慢慢还是产生了持久影响,甚至误解它的作家也受到启迪。读者方面,二十多年后一些"汪迷"甚至对小说中的"致远中学"和"听水斋"产生强烈兴趣,四处寻觅它们在今日上海可能的地理位置,如散文家龚静的《一个人与一座城市的牵念》(《文汇读书周报》2008年8月8日第8版)、《寻访的寻访》(《文汇报·笔会》2008年12月31日),汪曾祺当年在致远中学教过的学生林益耀的《汪曾祺和致远中学》(《文汇报·笔会》2009年1月23日),独立撰稿人顾村言的《海上何处"听水斋"》(《东方早报》2010年3月2日),以及林益耀续作《芳草萋萋"听水斋"》(《东方早报》2013年8月26日)。但这些寻访,和上述辑佚与研究一样,皆限于局部和片段,未见全面而深入的梳理。

② 郜元宝:《汪曾祺结缘上海小史》,《扬子江评论》2017年第4期。

即为上海,昆明、北京、张家口、武汉、进贤等地则绝少有深刻关联彼时之高邮者。

这点从未有人留意,遑论研究。今特撰此文,一探汪氏故里小说内部上海叙事之深意,及上海与汪氏故里小说特殊魅力之关系,希望借此打开"汪曾祺研究"的另一扇窗户。

二、高邮的远方是上海

1983年7月,以40年代末在上海致远中学教书经历为素材,汪曾祺顶着北京酷暑挥汗创作了短篇《星期天》。这是他唯一正面描写上海的小说,笔者曾有评析[1],其中和本文相关而尤可注意者,是上海人形象在这篇长久被忽略的杰作中大多不佳,或荒谬可笑,或无聊空虚,或平庸鄙俗,或阴冷恶毒。《星期天》之外,80年代和90年代汪氏小说很少正面涉及上海,但侧面描写并不少。比如,1986年夏创作、被老友黄裳誉为"最晚的力作"的《安乐居》[2],写作者本人在北京住家附近经常光顾的小饭馆,中间就冒出一个

---

[1] 郜元宝:《一篇被忽视的杰作——谈汪曾祺的〈星期天〉》,《小说选刊》2017年第5期。
[2] 黄裳:《也说汪曾祺》,《东方早报》2009年1月13日。

"久住北京,但是口音未改"的"上海老头"。在另外一些和上海并无直接关系的小说中,汪曾祺也会提到上海,甚至突然用到几句上海话。

但"复出"之后,上海叙事更多乃见于以儿时生活记忆为素材的故里小说——并非像《星期天》那样正面描写上海众生相,而主要描写那些身份特别的高邮人,他们都与上海有千丝万缕的联系。

高邮人怎么会和千里之外的上海发生关联？1947年创作的小说《落魄》最早透出此中消息。该篇写一个斯文的"扬州人"在昆明的凄凉光景,身为"同乡"的叙述者"我"为之痛心疾首。汪氏写这篇小说时人在上海,颇多自况,说的是扬州人在昆明的"落魄",暗含的则是高邮人汪曾祺在上海的灰暗与愤激,跟同时正面描写"我"漂泊上海的短篇《牙痛》互为表里,一个暗讽,一个明说。

《落魄》开头一段议论颇能解释高邮人缘何要去外地:"我们那一带,就是像我这样的年纪也多还是安土重迁的。在家千日好,出外一时难,小时候我们听老人戒说行旅的艰险绝不少于'万恶的社会'的时候",但一则有"那么股子冲动,年纪轻,总希望向远处跑",一则"大势所趋,顺着潮流一带,就把我带过了千山万水"。这里提到的"高邮人"去外地的两个原因具有普遍性,我们不妨就以此为入口,一窥80和90年代汪氏故里小说描写的"故乡人"结缘上海的各种具体方式。

就从好像与上海无关的《异秉》《受戒》说起吧。

《异秉》(1981)中受人欺凌的保全堂学徒陈相公比《孔乙己》中的咸亨酒店学徒"我"处境更糟,但他也有小秘密,就是每天爬上保全堂屋顶翻晒药材,"登高四望","心旷神怡","其余的时候,就很刻板枯燥了"。陈相公"登高四望",除了周围屋顶、远处田畴、街道和人家,还有他看不见却可能想到或听过的远方吧,比如《卖眼镜的宝应人》(1994)列述的高邮周围运河沿线,"南自仪征、仙女庙、邵伯、高邮,他的家乡宝应,淮安,北至清江浦。有时候也岔到兴化、泰州、东台"。汪氏其他故里小说还提到更远的徐州、扬州、镇江、南京、苏州、杭州、武汉、天津、北平,甚至南洋、美国。

"远方"最闪亮处是上海。陈相公自然不能洞悉,上海在近代的崛起既给苏北带来现代生活气息,也直接导致整个扬州地区繁华不再。加上1910年、1920年、1930年三次水灾，1937年日军占据高邮，1947年苏北成为内战逐鹿之区，大量苏北难民（包括部分富庶移民）一路南迁，最终目的地几乎都锁定上海。只有上海才能容纳庞大的"苏北人"族群。上海也赋予高邮人以备受歧视的新身份"苏北人""江北人"，深刻影响他们的生活与命运。上海渗透、笼罩、深刻关联着包括高邮在内的整个苏北。

汪曾祺目睹过1930年高邮大水，平时水旱两灾不断，他也印象深刻，"我的童年的记忆里，抹不掉水灾、旱灾的怕人景象。在外多年，见到家乡人，首先问起的也是这方面的情况"[①]。1939年和1947年他在上海，又亲历了两次苏北难民和移民潮。汪家虽非高邮望族，但较为富庶，直系亲属较少移民上海，有也不属难民，因此汪氏"复出"之后大量故里小说的主要背景是高邮而非上海，他也没有正面描写在上海的高邮人。但自从苏北大量移民上海，许多高邮家庭都有人在上海，或往来上海与高邮之间，耳闻目睹，这种普遍的社会现象在汪曾祺记忆中应极分明，流露笔端，也很自然。汪氏故里小说主题之一就是描写在上海阴影下高

---

① 汪曾祺：《故乡水》，原载《中国》1985年第2期，参见《汪曾祺全集》，北京师范大学出版社1998年，第404页。

邮古城社会凋敝、旧家没落与风俗改移。

《异秉》可说者,除了每日"登高四望"的陈相公,还有走南闯北、懂得极多的张汉轩(人称"张汉")。正是他提出"异秉"之说,成为一篇之"文眼"。这两个思想或行动上的活跃分子是连接高邮和远方的桥梁。《受戒》(1980)提到上海,一笔带过,对整篇小说的成立却至关重要:原来高邮男子去外地做和尚,首先就"有去上海静安寺的"。多亏明子舅舅没把明子送去"上海静安寺",否则这篇小说就无从写起了。但作者描写留在故乡当和尚的明子,逻辑上也就隐括了去"上海静安寺"的另一群明子的同类①。

若陈相公,可谓"年纪轻,总希望向远处跑"。若张汉轩和明子的同类,当属"大势所趋,顺着潮流一带",被"带过了千山万水"。他们都未曾去过上海,却有结缘上海的两种潜在可能,是高邮内部去向远方的种子,条件成熟,即可开花结果。

1981年底完成的《皮凤三楦房子》是汪氏"新时期"唯一直接写高邮现实生活的小说,构思立意很像高晓声《李

---

① 1939年夏,汪曾祺从高邮出发,途经上海,去云南报考西南联大,同行者就是一位在静安寺做和尚的高邮老乡,《受戒》这一笔也并非空穴来风。

顺大造屋》，也涉及主人公高大头在新中国成立前的经历。"三开分子"高大头跟张汉轩一样"走的地方多，认识的人多"，"解放前夕，因亲戚介绍，在一家营造厂'跑外'——当采购员"，"他是司机，难免夹带一点私货，跑跑单帮。抗日战争时期从敌占区运到国统区，解放战争时期从国统区运到解放区"。没有交代高大头"跑单帮"是否到过上海。"文革"期间造反派为高大头的案子四处"外调"，"登了泰山，上了黄山，吃过西湖醋鱼、南京板鸭、苏州的三虾面，乘兴而去，兴尽而归，材料虽有，价值不大"，也没说去过上海——但并非没有一点上海的消息。汪曾祺著作中"跑单帮"一词曾见他参与改编的京剧《沙家浜》，从未出场的阿庆据说就在上海"跑单帮"。沪剧原著有这个情节，《沙家浜》沿用了。汪曾祺写高大头"跑单帮"，不管是否想到阿庆，但高大头新中国成立前和据说在上海"跑单帮"的阿庆干过同样营生，则确凿无疑。《皮凤三楦房子》还写到中美建交，高大头难友朱雪桥的哥哥朱雨桥海外归来，顿时改变了弟弟一家的命运。那时和高邮距离最近的口岸城市只有上海，设想朱雨桥经上海而往来美国和高邮之间，并非无稽之谈。

陈相公"登高四望",张汉轩见多识广,明子差点去了"上海静安寺",高大头"跑单帮",朱雨桥海外归来,作者都没有明写这五位和上海的实际关联,而远方的上海宛在矣。

三、高邮人的上海背景：工作、移民、求学、"在帮"、"白相"

汪氏高邮故里小说不少人物在上海有固定工作并常住上海,如《岁寒三友》(1981)中著名画家季匋民执教上海美专,平时住上海,偶尔回乡摆摆威风。再如《小姨娘》(1993)中在上海租界做"包打听"(也称"华探")的宗某一家常住上海,却将两个儿子送回老家读书。也有些人一度在上海做事,但并未定居上海,比如《岁寒三友》中也是画家的靳彝甫曾在朵云轩开画展、卖画。《王四海的黄昏》(1982)主人公王四海曾献艺(杂耍)于上海大世界。《八千岁》(1983)中横行乡里的"独立混成旅"旅长八舅太爷发迹之前曾在上海拉黄包车。

也有人干脆背井离乡,移民上海,如《关老爷》中旗人关老爷一家。关老爷说得一口京片子,老关老爷"做过两任盐务道,辛亥革命后在本县买田享清福"。老关老爷死后,"关家一家人已经搬到上海租界区住"。《岁寒三友》中上海美专教授季匋民、《小姨娘》中那个在租界做"包打听"的宗某,后来也都全家移民并定居上海。

更多的是在上海求学的年轻高邮人,如《小姨娘》中二舅、二舅妈和三舅都是从上海商业专科学校毕业后回乡工作,举手投足有一种特殊的上海做派,语言也夹杂不少上海话。《忧郁症》(1993)中龚家二儿子龚宗亮和《关老爷》(1996)中旗人关家二儿子关汇均在上海念高中,染了一身上海有钱人家子弟的习气。《八千岁》中的八舅太爷初中毕业,也曾"读了一年体育师范,又上了一年美专,都没上完"。《小娘娘》(1996)中谢普天辍学于上海美专。《莱生小爷》(1996)中肖玲玲就读于上海两江女子体育师范。汪曾祺小说提到在上海的高邮人,中学生和大学生比例最高,这可能与他青少年时期的记忆有关。其实在上海的高邮人最多应该是住在上海"棚户区"甚至"滚地龙"里的难民,汪家虽然败落,但"瘦死的骆驼比马大",与这些被上海人歧视的"苏北人""江北佬"素少往来,印象模糊,无从下笔,还是别有原因,就都难以确说了。

另一些乃"在帮"人物,如《八千岁》和《鲍团长》(1992)中的八舅太爷、鲍团长。《大淖记事》(1981)中的

"水上保卫团"虽未详其背景,但看它由当地商会出资用以自保,则大抵也属于八舅太爷统领的"独立混成旅"之类,不会没有上海青红帮背景。这就好像《小姨娘》中那个宗某,"原是这个县的人","后来到了上海,在法租界巡捕房当了'包打听'——低级的侦探。包打听都在青红帮,否则怎么在上海混?"民国时期许多冠名"保安团"的地方武装都和军、政两界及青红帮有关,汪氏故里小说经常涉及这段历史,与史实互有出入,亦无须多言。

最后是一些从高邮跑去上海的怪人,他们既不工作、移民、定居,也不求学,也不"在帮",纯粹为了玩,上海话叫"白相"。《八千岁》中的八千岁"在上海入了青帮,门里排行是通字辈,从此就更加放浪形骸,无所不至,他居然拉过几天黄包车。他这车没有人敢坐,——他穿了一套铁机纺绸裤褂在拉车!他把车放在会芳里或丽都舞厅门口,专门拉长三堂的妓女和舞女",摆明要"白相"她们。"这些妓女和舞女可不在乎,她们心想:倷弗是要白相吗?格么好,大家白相白相!又不是阎瑞生,怕点啥!"这一段上海话写得味道十足。阎瑞生是民国初年上海滩著名"白相人",名为震旦大学学生,实则吃喝嫖赌无一不精,输得山穷水尽,只好绑"花国总理"名妓王莲英的票,并残忍地将她杀害,自己也难逃法网,于1920年被捕枪决,轰动上海。翌年,著名导演任彭年执导了同名电影《阎瑞生》,从此"阎瑞生"就成了专有名词。八千岁刚刚"在帮",还没有做出惊天动地的大事,所以被同为"白相人"的妓女和舞女们所鄙夷。"白相",是上海文化精髓之一,鲁迅为此专门写过杂文《"吃白相饭"》,指出这在上海乃是"一种光明正大的职业。我们在上海的报章上所看见的,几乎常是这些人物的功绩;没有他们,本埠新闻是决不会热闹的"。汪曾祺对三四十年代上海的"白相"文化认识也颇深,不仅把它写入小说,多年以后,他还从江青开口闭口"老子,老子"的说话神情中,看出那"完全是一副'白相人面孔'"①。

专门跑去上海"白相"的还有《忧郁症》中绰号"细如意子"的那个"荒唐透顶的膏粱子弟"。此人一大壮举,是"曾经到上海当过一天皇帝。上海有一家超级的妓院,只要你舍得花钱,可以当一天皇帝:三宫六院"。

所有这些游走于上海和高邮之间的高邮人不可避免要

---

① 汪曾祺:《我的"解放"》,《汪曾祺全集》(四),北京师范大学出版社1998年,第364页。

给故里带来上海文化的影响。这些影响往往并不美善。联系1983年创作的《星期天》对上海人总体印象不佳,汪曾祺故里小说如此描写有上海背景的高邮人,也无怪其然。上海不能给高邮带来美善文化,即使中介是本乡本土的高邮人,即使他们假借了"现代""摩登""时尚""文明""进步"等高尚名义。这些介乎高邮和上海之间的"故乡人"深受十里洋场"流氓"文化、"帮派"文化和"白相"文化熏陶,他们自身之荣辱忧乐固然皆打上鲜明的上海印记,而荣归故里之日,也必定是搅动乃至祸害一方之时。

四、外来户的"寂寞"与"惆怅"

这是与上海有关的另一种高邮人类型。他们原是外地人,后来才因婚姻关系定居高邮。对高邮本地人来说,他们都是外来户,共同点是都曾经工作或求学于上海。他们带来的有关上海的信息搅动了高邮本地人的生活,而他们随身携带的对上海的无尽牵念则对他们自己造成极大的精神折磨,甚至一生不得安宁。

《小姨娘》中二舅妈是丹阳人,和二舅在上海商业专科学校恋爱,"不顾一切,背井离乡,嫁到一个苏北小县的地主家庭来"。"她嫁过来已经一年多,但是全家都还把她当新娘子,当作客人,对她很客气。但是她很寂寞。她在本县没有亲戚,没有同学,也没有朋友,而且和章家人语言上也有隔阂,没有什么可以说话的人。""只有二舅舅回来,她才有说有笑(他们说的是掺杂了上海话、丹阳话和本地话的混合语言)。""她是寂寞的。但是这种寂寞又似乎是她所喜欢的。"这位长期生活在"寂寞"中的上海商业专科学校毕业生在小说中虽然只是寥寥数笔勾勒出来的一个侧影,给人的印象却极其深刻,因为作者设置了一个有关她的未来生涯的耐人寻味的悬念。

另一个与二舅妈有关的情节是,当平时与她"推心置腹,无话不谈"的小姑子章叔芳跟上海"包打听"的儿子"早恋"之事败露,章老太爷雷霆震怒,章叔芳长跪不起,全家上下一筹莫展之时,这个嫁过来一年多却仍然被全家视为"新娘子""客人"的二嫂挺身而出,顶着冒犯章老太爷的危险,毅然将小姑子拉进自己房间,在章老太爷"跳脚大骂"中平静地"把手上戴的一对金镯子抹下来"送给小姑子,支持她远走高飞,跟上海"包打听"的儿子一起回上海。中学生章叔芳恋上上海来的同学并在事情败露后敢于一走了之，投奔恋人在上海的家，根本就是上海商业专科学校毕业的二舅妈的"寂寞"在章家发酵的一个结果。章叔芳去上海之后也只跟这个二嫂通信，她们有共同的上海经验可以交流。

《王四海的黄昏》写山东人王四海"走南闯北，搭过很多班社。大概五省联军总司令孙传芳到过的地方，他们也都到过。他们在上海大世界、南京夫子庙、汉口民众乐园、苏州玄妙观，都表演过"。他们诚然走过许多地方，但上海最重要。

这里有来自"沪语"的两个证据。第一，"王四海"名字与上海有关。"王四海为人很'四海'，善于应酬交际"，作者担心读者不知"四海"何意，特地加个后缀，补充解释。"四海"并非高邮本地话，另有出处。沪剧《芦荡火种》中胡传魁对刁德一说，"阿庆嫂为人四海又漂亮"。"四海"原来是上海方言！《沙家浜》删除这一句，因为上海以外的观众并不明白"为人四海"是什么意思，而戏剧对白又不能加以解释。但小说《王四海的黄昏》再次"起用"了这句上海方言，这除了说明将沪剧《湖荡火种》改编成《沙家浜》的过程再次强化了汪氏与上海文化的联系，也说明王四海一班人虽然走南闯北,但至少对王四海本人来说,他和上海因缘最深。

第二,王四海看上高邮城绰号"貂蝉"的客栈老板娘,不想挪地方了,这对杂耍班子非常不利,因为时间一长,"王四海大力士力胜牤牛"的神话必然露馅,所以"他们走了那么多码头,都是十天半拉月,顶多一个'号头'(一个月,这是上海话)"。紧接在纯正的北方话"十天半拉月"之后,为何不说"一个月",突然冒出"一个'号头'",还要用括号加注"(一个月,这是上海话)"? 这也暗示上海对于王四海及其杂耍班子有特殊意义。

王四海被高邮"貂蝉"迷住,离开杂耍班子。后来客栈老板病死,他干脆与"貂蝉"公开同居,正式落户高邮。时间一久,"他的语声也变了。腔调还是山东腔,所用的字眼多却是地道的本地话"。但好景不长,"这天他收到老大、老六的信——他忽然想起大世界、民众乐园,想起霓虹灯、马戏团的音乐。他好像有点惆怅"。综合上述两点"沪语"的证据,"惆怅"的王四海首先想到"大世界"也就不难理解。

王四海结局会怎样? 作者含而不吐,余味无穷。也许他带着这份"惆怅"坚持在高邮住下去，与"貂蝉"相伴到老。也许他慢慢变得忧郁起来，像那些因为上海的关系而患了"忧郁症"以致不能自拔的年轻高邮人一样。也许有一天他突然不辞而别，留下"貂蝉"痛不欲生。不论哪种情况，至少从王四海接信的那天起，"屁帘子大"的高邮小城就多了一个自以为可以定居异乡却不得不日夜牵挂远方的外乡人。他所牵挂的最重要的远方是上海。

山东汉子王四海，丹阳女子二舅妈，都是因婚姻关系定居高邮古城的"外来户"，他们一旦接触上海，感染到大上海的文化风尚，从此便魂牵梦绕，不忍恝置。他们或者陷入无法排遣的"惆怅"，或者长期生活在"寂寞"中。普通高邮人无法理解他们的"惆怅"与"寂寞"，但思念远方的上海而产生的这两种情绪很容易影响周围年轻人，小姨娘就是在二舅妈的影响下爱上了上海租界"包打听"的儿子，终于造成被逐出家门、骨肉分离的悲剧。

五、恶人依仗上海背景鱼肉乡里

汪曾祺故里小说主要写美好的风俗人情，但这个基调往往被丑恶的人和事从根本上加以破坏。已经有论者从

《大淖记事》《岁寒三友》《陈小手》《钓人的孩子》《鸡毛》等小说中发现"其实汪曾祺也善写恶人"①,但这里需要进一步分析:汪曾祺以其他地方为背景创作的小说中的"恶人"与上海无关,而包括《大淖记事》《岁寒三友》《陈小手》在内的大量故里小说中那些丑恶的人和事大多有上海背景,它们构成汪氏故里小说挥之不去的一个变奏。

《岁寒三友》中靳彝甫、陶虎臣、王瘦吾的不幸皆起于来自上海的恶人。王瘦吾好不容易办了草帽厂,却跑来"在帮"的"流氓"王伯韬,恃其雄厚资本,拼命降价,挤对商业对手,最后趁火打劫,贱价并购了王瘦吾的草帽厂,害得王瘦吾"一病不起",又回复到先前"家徒四壁"的境地。王伯韬既"在帮",也就和上海有关。

陶虎臣性格极好,"随时是和颜悦色的,带着宽厚而慈祥的笑容。这种笑容,只有与世无争、生活上容易满足的人才会有"。但他家曾经兴旺过的炮仗店因为连年水灾和"新生活运动"关门了,"陶家的锅,也揭不开了"。最令陶虎臣痛苦、羞辱的是,为了不让一家饿死,他没能拼死拦阻

---

① 王彬彬:《其实汪曾祺也善写恶人——说〈鸡毛〉》,《长城》2003年第1期(总第130期)。

女儿拿了"二十块钱"就"嫁"给当地驻军一个变态连长。陶虎臣的好性格、自尊心、对生活的满足感被彻底击溃,只好上吊。这个"第二天就开拔"的驻军连长很像《八千岁》中的八舅太爷,此君"在上海入了青帮,门里排行是通字辈,后来又进了一个什么训练班,混进了军队——因为青红帮的关系,结交很多朋友,虽不是黄埔出生,却在军队中很'兜得转',和冷欣、顾祝同都能拉上关系"。他趁着"抗战军兴",拉起"独立混成旅","在里下河几个县轮流转",以保护百姓为名为所欲为。有一次他"接到命令,要换防,和另外一个舅太爷换换地方",当天就绑了开米厂的富户八千岁,狠狠勒索一笔之后,疯狂挥霍。八舅太爷霸占了全城第一美人虞小兰,临走时只"敲竹竿"。《岁寒三友》中的驻军连长是"另一个舅太爷","开拔"之前硬逼陶虎臣将女儿"嫁"给他。这个驻军连长的行径与八舅太爷如出一辙,定是一丘之貉:都与青红帮和上海军界关系匪浅。

靳彝甫光景最好,但为了挽救两个难友,不得不将视为性命的三块田黄石卖给觊觎已久的上海美专教授季匋民。

《大淖记事》先写大淖周围美好的风物人情,再具体写大淖旁边"两丛住户人家":一是安分守己做小生意的外来户和二十来个兴化帮锡匠,其中最漂亮的就是小锡匠十一子;一是"世代相传""靠肩膀吃饭"的本地挑夫人家,其中就有主角之二巧云。他们"各是各乡风",老锡匠就看不惯挑夫人家女子,嫌她们男女关系"随便",但实际都诚实善良,"到底是哪里的风气更好一些呢?难说"。好人遇好人,小有波折,终归美好,十一子和巧云相爱了。不提防来了"水上保安队",破坏了世外桃源的宁静美好。最令人发指的是那个"号长"玷污了巧云,还因为吃醋差点打死十一子。作者没有交代"水上保安队"是否有上海青红帮背景,但强调他们属于"特殊的武装力量","名义上归县政府管辖,饷银却由商会开销"。这个特点很像《鲍团长》中的"保卫团"以及《八千岁》中的"独立混成旅",后两者都有上海青红帮和军方的奥援,"水上保安队"应该也不例外。

《八千岁》和《鲍团长》两篇小说创作时间隔了十年,但用以描写八舅太爷和鲍团长的语言一脉相承,他们的"履历"大致包括:出身苏北,少年失学,流落上海,读过"美专",拉过三轮车,与妓女打过交道,做过租界"包打听"("华探"),最后加入青红帮,混进军界,拉起一支名义上归地方政府管辖实际由商会出钱的"特殊武装",以抗日之名鱼肉乡里。青红帮、国军、日本人三面"通吃"的特点很像《沙家浜》"忠义救国军"司令胡传魁。汪曾祺改编《沙家浜》时给胡传魁增加了沪剧原作《芦荡火种》所没有的青红帮背景，可见他对此比较重视。

1939年夏，汪曾祺高中毕业，从上海坐船，经香港，越南北方港口城市海防，再改乘滇越铁路至昆明，投考西南联大中文系。全面抗战刚过两年，日寇迅猛推进，很快占据华东、华南、华中大部分地区，江苏各地（包括汪曾祺家乡高邮）大量难民一起拥向上海。高中毕业生汪曾祺夹在难民潮中，十分凄惶，又因出门仓促，购买从上海出发的船票、申办转道海防所需法国领事馆签证都遇到困难，幸亏"贵人"相助，才迎刃而解。这"贵人"，或说是汪曾祺在辈分上称为"小姑爹""舅太爷"的崔锡麟（此人军界、政界、银行界和帮会都"兜得转"），或说是上海滩一霸黄金荣①。汪曾祺很少提及此事，但60年代改编《沙家浜》时硬是给胡传魁增添了沪剧原作《芦荡火种》所没有的青红帮背景，80年代及90年代取材于童年记忆的故里小说更频频写到舅太爷和

---

① 参见陆建华：《汪曾祺的回乡之旅》，《北京文学》2009年第12期；汪朗、汪明、汪朝：《老头儿汪曾祺——我们眼中的父亲》，中国青年出版社2012年，第22—23页。

青红帮,这也诚如他自己所说,"小时候记得的事是不容易忘记的"①。

另外,鲍团长、八舅太爷、"水上保安队"队长之流也很像当时名震上海的"苏北皇帝"、黄包车霸王、青帮头领、天蟾舞台老板顾竹轩(1886—1956)。顾氏起初在租界拉过黄包车,做过"华探"(租界"包打听"),加入青帮之后,和八舅太爷一样,门里排行也是通字辈,担任过闸北商会保卫团副团长,也曾攀过顾祝同为宗亲,与帮会、国民党军队、日本人和新四军都有联系,用上海话说,到处"吃得开""兜得转"。苏北知道顾竹轩的人很多,传说蔓衍,略为加工,最终回归乡土,成为无数"八舅太爷"的传奇故事,也未可知。

青红帮属全国性帮会组织,但在汪氏小说中,无论红帮还是青帮的外围徒众无一例外都是在上海加入。只要"在帮",必属上海青红帮。另外帮会本质上是黑社会,但也正邪二赋,良莠不齐,与政党和官府有千丝万缕的联系,不可一概而论。汪氏小说删繁就简,一则强调苏北青红帮几乎清一色的上海背景,二者突出其徒众作恶乡里的一面,这未

---

① 汪曾祺:《〈大淖记事〉是怎样写出来的》,《汪曾祺文集·文论卷》,江苏文艺出版社 1994 年,第 231 页。

必完全符合实际,乃凸显作者之记忆和想象中的生活逻辑,是小说而非正史。但即以小说而论,也未始全无史实依据。上海青红帮势力在三四十年代急剧膨胀,除政府扶植、租界当局纵容之外,主要也因大量农村破产人口拥入城市,无法顺利就业,造成城市人口严重过剩[①],从而为帮会势力的滋长提供了广泛社会基础。民国期间苏北移民占上海人口总数五分之一[②],大部属无业游民,其加入帮会寻求庇护者自然最多,此即与汪氏小说之描写若合符节。

汪氏20世纪70年代末"复出"之后创作的故里小说绝大多数是写三四十年代的高邮,他不断暗示那个时代的高邮和上海交往相当频繁,也因此造就了许多有上海背景的坏的高邮人。有趣的是,汪氏唯一反映当代("文革"和"文革"前后)高邮现实生活的小说《皮凤三楦房子》中的高邮

---

① 周育民、邵雍《中国帮会史》下编第九章第二节《上海青帮势力的空前发展》即谓,"据统计,上海1930年失业人口在华界人口的比重中达到18.21%,绝对数为30万,1934年的比重最低亦达15.47%,总人数为25万余。在20世纪30年代上海棚户区的失业率竟高达81%。这些无业游民群体的存在和膨胀是帮会势力滋长的社会基础。没有找到生计的游民们往往选择标榜江湖义气、互相帮助的帮会作为他们的投靠对象、集合体和自我保护体"。武汉大学出版社2012年,第493页。

② 谢俊美:《上海历史上人口的变迁》,《社会科学》1980年第3期。此处转引自[美]韩起澜:《苏北人在上海,1850—1980》,上海古籍出版社2004年,第38页。

坏人(两个"造反起家"的县级干部)则绝无上海背景。大概50—70年代高邮和上海的联系已经远没有三四十年代那么频繁和密切,因此坏人没法从上海"进口",而只好由本地"出产"了吧?

六、上海阴影下岌岌可危的高邮文化底蕴

在汪曾祺故里小说中有一群闪光的人物,他们或是旧家子弟,身上散发着高邮古城传统文化馨香,道德文章可圈可点;或是底层平民,怀揣生活理想,心无旁骛,拼出全部"精气神",立定主意要通过正当途径改善一家人的生活水平。他们是高邮古城雅俗高下两个层次两种文化的代表,但可悲的是几乎无一例外陷入困境或绝境,而这多半和上海有关。在上海阴影笼罩下,高邮人引以为荣的本土文化底蕴岌岌可危。

《徙》中高北溟是道德高尚、学问精湛的耿介之士,不肯同流合污,结果四处碰壁。他一生的两大心愿,一是刊刻其师——邑中名士谈甓渔(原型为汪曾祺的曾外祖父谈人格)诗文合集,一是安排好掌上明珠高雪的终身大事。偏偏这两件事都惨遭失败。致命的一击并非贫困,或龌龊卑

鄙的教育界同事的排挤，甚至也并非谈甓渔诗文合集出版无期，而来自爱女高雪的不幸。高北溟可以教训别人，不能教训高雪。他无力帮助高雪实现高飞远举的理想，无法抚慰高雪对苏州、上海这些迷人的远方的牵念和因此而产生的抑郁。女儿的心偏离了父亲一生守护的高邮传统士人价值理想而又无所寄托，终至病死，这是高北溟最大的伤痛。

高邮文化传统早已进入肃杀严冬，汪曾祺正是在这样的经济文化气候中着力刻画"岁寒三友"的。王瘦吾、陶虎臣、靳彝甫都急公好义、高风亮节、助人为乐、热爱生活，却又都陷入捉襟见肘的物质生活困境。《故乡人》（1981）中那个给穷人看病不收钱还尽量配给他们最好药材的"王淡人先生"（原型为汪曾祺的父亲王菊生）连家庭基本开销也难以维持，他固然可以乐善好施、高雅洒落，但他太太清楚到底还有多少家底。

王瘦吾年轻时也是谈甓渔的高足，颇有诗才，饶富家资，衣食无忧。后来父亲去世，家道中落，他就毅然藏起风雅，"像一只饥饿的鸟，到处飞，想给儿女们找一口食"。难为他放得下架子，"做过许多性质不同的生意"。后来办绳厂有了积蓄，又改做草帽，蒸蒸日上之际，被一个"在帮"的

"流氓"王伯韬突然掐断。王瘦吾失去的不仅是一家子赖以糊口的草帽厂,也不仅是他早已藏起来的富家子弟往日的风雅,更惨烈的是他因此失去了拼命工作一求温饱和尊严的普通人最可贵的那股子"精气神"。

陶虎臣的炮仗店曾经做了件很大的"焰火生意",但厄运转瞬即至,先是碰上"四乡闹土匪",县政府和驻军为了剿匪,"严禁燃放鞭炮",断了陶虎臣的生路。第二年"新生活运动"根本取缔了烟花爆竹,逼得他只好做不能赚钱的蚊香生意,终于一家人揭不开锅,不得不把女儿卖给即将开拔的"驻军的连长",就是八舅太爷一流人物,受尽凌辱。《岁寒三友》一方面写三位朋友风流蕴藉,格高韵雅,轻易不向世俗低头,一方面又写他们穷途末路,难以抵挡世俗生活压力,这就更尖锐地写出了鲁迅《答有恒先生》所谓"较灵的苦痛"。

画家靳彝甫境况略好,他的肖像画("行乐图")被现代照相术取代,自己喜欢的青绿山水和工笔人物没有主顾,只得靠端午节画钟馗像勉强维持半饥半饱,但幸运的是他碰到"贵人"季匋民。"季匋民是一县人引为骄傲的大人物","他在上海一个艺术专科当教授,平常难得回家"。此君也算雅人，首次登门拜访，原想乘人之危廉价收购靳彝甫家传的田黄石，可一旦得知靳彝甫不到山穷水尽绝不变卖视同性命的宝贝时，也就作罢，改为求观靳家三代画稿。欣赏的结果，是断言"你的画，家学渊源。但是，有功力，而少境界。要变"，具体建议：

"山水，暂时不要画。你见过多少真山真水？人物，不要跟在改七芗、费晓楼后面跑，倪墨耕尤为甜俗。要越过唐伯虎，直追两宋南唐。我奉赠你两个字：古，艳。比如这张杨妃出浴，披纱用洋红，就俗。用朱红，加一点紫！把颜色搞得重重的！脸上也不要这么干净，给她贴几个花子！——你是打算就这样在家乡困着呢？还是想出去闯闯呢？出去，走走，结识一些大家，见见世面！到上海，那里人才多！"

"他建议靳彝甫选出百十件画，到上海去开一个展览会。他认识朵云轩，可以借他们的地方。还可以写几封信给上海名流，请他们为靳彝甫吹嘘吹嘘。"

靳彝甫对去上海顾虑重重，但在季匋民的慷慨相助和反复催促下还是成行了，结果"靳彝甫的画展不算轰动，但是卖出去几十张画。那张在季匋民授意之下重画的杨妃出浴,一再有人重订。报上发了消息,一家画刊还选了他两幅画。这都是他没有想到的。王瘦吾和陶虎臣在家乡看到报,很替他高兴:'靳彝甫出了名了!'"

这段故事信息丰富。第一,题目为《岁寒三友》,斜刺里却杀出季匋民,他出生于高邮,但长期在上海任教,为人不免"海派",最后果然趁靳彝甫急于解陶虎臣、王瘦吾于倒悬而抢购了觊觎已久的田黄石。季匋民赢了,但也因此暴露了他久处上海必然发生的堕落,而季匋民的堕落某种程度上也是高邮上层文化人的堕落。第二,季匋民规劝靳彝甫去闯大上海,不能说没有一点相助之心,但他自己可能也不知道,这就等于让靳彝甫放弃世代相传的扬州传统画风而迁就十里洋场做派。季匋民向靳彝甫吹嘘,"看了令祖、令尊的画稿,偷到不少东西。——我把它化一化,就是杰作"。他自信可以点石成金、化腐朽为神奇。他看出来,传统画派必须融入上海的现代精神才有出路,至于这是传统的再生还是传统的死亡,就不在他考虑范围了,其目的只是按上海标准取得"成功",引起"轰动"。"杨妃出浴"正是当时上海最受欢迎的主题之一,京剧、绘画、月份牌,到处皆是。第三,高邮报纸报道了靳彝甫在上海开画展的消息,这是高邮本地报纸,还是高邮人订的来自上海的报纸(如《申报》)?不管怎样,这个细节说明当时高邮人很容易通过现代传媒及时获得来自上海的消息。

季匋民在《岁寒三友》中亦正亦邪,形象复杂。汪曾祺写《鉴赏家》(1982)时,笔底出现了另一个季匋民。"全县第一个大画家是季匋民,第一个鉴赏家是叶三。"季匋民和水果贩子叶三基于绘画艺术的相知相赏,远比《岁寒三友》中季匋民和靳彝甫的关系更纯洁感人。有趣的是,《鉴赏家》特意隐去季匋民的上海背景。反推过去,《岁寒三友》之所以凸显季匋民的"海派"作风,无非是用"岁寒三友"基于高邮文化传统的格高韵雅反衬季匋民身上十里洋场的投机与鄙俗。作者欲写季匋民之雅,即隐去其上海背景;欲写季匋民之俗,即凸显其上海背景。上海在高邮故里文化变迁中扮演的角色由此可见一斑。

以上写高邮雅人的落魄。汪曾祺故里小说还充满了俗人的悲哀。《故人往事·如意楼和得意楼》(1985)最后说:"一个人要兴旺发达,得有那么一点精气神。"这是汪曾祺着意歌颂的底层社会的希望,也是其故里小说最精彩之处。《异秉》中的王二,《八千岁》中的八千岁,《如意楼和得意楼》中的得意楼的老板,最能代表汪曾祺所讴歌的高邮底层人民的生活理想。但恰恰有人轻易就掐灭了这团理想之火。

《大淖记事》写锡匠和挑夫,颇具理想主义。大淖旁边"两丛住户人家"上街抗议游行,居然取得县长和商会会长的同情,赢了官司,"小锡匠养伤的钱由保安队负担(实际是商会拿钱),刘号长驱逐出境"。如此安排情节,近乎鲁迅所谓"硬奏凯歌"。但为了呵护其理想,作者不得不做出这种理想主义的安排。实际上,只要有县政府,有商会,有为这两者服务的"水上保安队",就不可能有十一子和巧云们的世外桃源。

《八千岁》讲述了一个典型的升斗小民自以为大有希望的美好朴素的生活追求如何被有着上海背景的恶人扑灭的故事。八舅太爷让八千岁心里受伤,不仅仅是勒索了他拼命苦干积攒下来的九百两银子,还轰毁了他一直恪守的人生观,击碎了他勤俭持家必有回报的信念。八舅太爷走后,八千岁发生两大改变。首先,因为是被人保释,他就取下以前门口贴的"概不做保""僧道无缘"的招牌。这本来是好事,对八千岁来说却意味着他以后将不会像先前那样信心满满地发家致富。他变得"达观"起来了。其次，他以前吃晚茶，一律只需两个廉价"草炉烧饼"，现在竟然叫儿子小八千岁"给我去叫碗三鲜面！"，他不准备像以前那样勤俭持家了。"一个人要兴旺发达，得有那么一点精气神。"被八舅太爷一阵折腾，八千岁这点"精气神"终于迸散。

七、高邮青年为上海疯狂

尽管上海如此凶险，年轻的高邮人还是趋之若鹜，为之沉醉，最后疯、病、死。这是传统高邮文化的希望之火在上海阴影下终将熄灭的朕兆。

最早写年轻高邮人为上海疯狂的是《徙》，女主角高雪，方正笃诚的国文教师高北溟的二女儿，其实只碰到上海的边儿，"初中二年级就穿了从上海买回来的皮鞋"，初中毕业后迫于家境，"考了苏州师范"。尽管如此，她还是迅速出落成阖城倾倒的美人，"她一回本城，城里的女孩子都觉得自己很土。她们说高雪有一种说不出来的派头"。扬州美女一向名重天下，为何如此高看高雪身上的苏州做派？这是因为当时上海正推崇苏州美女，又因为扬州属苏北，一向金贵的扬州美女反受歧视。流风所及,扬州(高邮)本地妇女也诚心爱慕苏州女性的"派头"。这种时尚狂热源于上海的煽动。

高雪从苏州师范毕业后,先在本县小学教书,同时补习功课,准备考大学。可惜她连考两年都失败了。接着是"七七"事变,"日本人占领了江南,本县外出的交通断了。她想冒险通过敌占区,往云南、四川去。全家人都激烈反对。她只好在这个小城里困着"。高雪应该是作者汪曾祺同学辈,她没那么幸运,在战火纷飞中间道南下,考上大学。光阴荏苒,年岁渐大,她不得不嫁给父亲的高足——一直倾慕她的汪厚基。虽然琴瑟和谐,但她始终不快乐。最理解她的姐姐高水说:"妹妹是个心高的人,她要飞到很远的地方去。她要上大学。她不会嫁一个中医。"新婚半年,高雪一病不起。汪厚基愧为名医,毫无办法。还是西医诊断出高雪患的是忧郁症。汪厚基曾经医好了高雪的肺结核病,对忧郁症却只好宣告回天乏术,眼睁睁看着爱妻命归黄泉。高雪死后,"汪厚基把牌子摘了下来,他不再行医了。'我连高雪的病都看不好,我还给别人看什么?'这位医生对医药彻底发生怀疑:'医道,没有用! ——骗人!'他变得有点傻了,遇见熟人就说:'她到最后还很清醒,我给她穿袜子,她还说左边袜跟没有拉平——'他不知道,他已经跟这人说过几次了。他的眼光呆滞,反应也很迟钝了。他的那点聪明灵气已经全部消失"。汪厚基成了失去阿毛的祥林嫂,"他的那点聪明灵气"随着爱妻的去世而彻底消失。

汪厚基、高雪夫妇是汪曾祺笔下最早因苏州(间接因上海)发疯的高邮年轻人。隔了十二年,汪曾祺又写了两个因为迷恋上海而运交华盖直至变成痴呆的高邮青年。

《小姨娘》中的章叔芳在中学早恋,爱上全家瞧不起的"(上海租界)一个包打听的儿子",并迅速与之发生性关系,败露之后被父亲逐出家门,跟"包打听的儿子"双双回沪。后来张叔芳娘家在高邮解放前夕变卖家产去南洋经商,未将章叔芳一起带去。章叔芳的结局是骨肉分离。

章叔芳怎么会爱上"包打听"的儿子宗毓琳?"宗家兄弟也只是初中生,不见得有特别处。他们是在上海长大的,说话有一点上海口音,但还是本地话,因为这位包打听的家里说的还是江北话。他们的言谈举止有点上海的洋气,不像本地学生那样土。""小姨娘就为这些爱了他?"其实她不一定是爱"包打听的儿子"这个人,乃是仰慕对方身上那股子"上海的洋气"。另外,小姨娘之所以喜欢这种"上海的洋气",也因为有一个来自上海的二嫂。"寂寞"的二嫂在章家可以说话的只有丈夫和小姑子,"姑嫂二人,推心置腹,无话不谈"。事情败露后,也是这位二嫂挺身而出,将长跪不起的小姨娘从章老太爷的呵斥中解救出来。章家因此分裂为二,一是章老太爷代表的守旧的本地士绅,一是二舅、二舅妈和章叔芳代表的钦慕上海的趋新开放的年轻人。章叔芳为此付出终身代价。作者没有交代她后来是否发疯,但这并不重要,在她看到"包打听的儿子"那一刻,按照本地价值观念,可以说她就已经发疯了。

1993年另一篇小说就叫《忧郁症》,写裴云锦的小叔子龚宗亮,"在上海读启明中学。启明中学是一所私立中学,收费很贵,入学的都是少爷小姐(这所中学入学可以不经过考试,只要交费就行)。宗亮的穿戴不能过于寒碜,他得穿毛料的制服,单底尖头皮鞋。还要有些交际,请同学吃吃南翔馒头,乔家栅的点心"。与此同时,"小姑子龚淑媛初中没有毕业,就做了事,在电话局当接线生——龚淑媛心里很不痛快。她的同班同学都到外地读了高中,将来还会上大学的,她却当了小小的接线生,她很自卑,整天耷拉着脸。

她和大嫂的感情也不好。她觉得她落到这一步,好像裴云锦要负责"。有这两个人,新媳妇裴云锦无论如何贤惠也无法维持一家开销,只得靠"本地话叫做'折绉'"的办法,"对对付付的过日子",也就是变卖家产。但龚家貌似高门巨族,能变卖的并不多,主要是一些祖传字画,"她把一副郑板桥的对子,一幅边寿民的芦雁交给李虎臣卖给了季匋民"。来自上海的经济压力逼迫裴家将祖传的扬州字画变卖给了在上海美专做教授的海派画家季匋民,这个细节的象征意义和《岁寒三友》中靳彝甫在经济压力下被迫听从季匋民的规劝而改变扬州画派的传统作风以迎合上海趣味如出一辙。"又要照顾一个穷困的娘家,又要维持一个没落的婆家,两副担子压在肩膀上,裴云锦那么单薄的身子,怎么承受得住?裴云锦疯了!有人说她疯了,有人说得了精神病,其实只是严重的忧郁症。——她在床头栏杆上吊死了。"王熙凤式的裴氏之疯源于龚家兄妹迷恋上海,源于裴、龚两家在来自上海的经济压力下无法挽救的败落。

1980年底完成的《岁寒三友》犹能以靳彝甫向季匋民卖出三块田黄换来两百大洋让三位落魄朋友最后挺霜傲雪雅集于空无一人的如意楼,1993年创作的《忧郁症》却只好将裴、龚两家的台柱子裴云锦送上绝路。上海阴影在汪氏故里小说中愈到后来愈沉黑了。

两三年之后,汪曾祺笔下又出现了为上海发疯的两个高邮青年。《莱生小爷》(1995)写"我"的本家叔叔莱生小爷是"好吃懒做的寄生虫","他一天就是这样,吃了睡,睡了吃,无忧无虑,快活神仙。直到他的小姨子肖玲玲来了,才在他的生活里激起了一阵轩然大波"。原来这肖玲玲"在上海两江女子体育师范读书",暑假回乡,人们发现,她"在上海读了两年书,说话、举止都带了点上海味儿。比如她称呼从前的女同学都叫'密斯×',穿的衣服都是抱身。这个小城里的人都说她很'摩登'","玲玲来了,莱生小爷就目不转睛地看着她,听她说话,一脸傻气"。"他忽然向小婶提出一个要求,要娶玲玲做二房。"结果当然被各方面驳回,但他态度很决绝:"娶不到玲玲,我就不活了,我上吊!"莱生小爷并未上吊,但欲望不得满足,就一直不快活,最后中风失语,虽然医好了,但"又添了一种毛病,成天把玻璃柜橱的门打开,又关上;打开,又关上,嘴里不停地发出拉胡琴定弦的声音"。"很难说他得了神经病,但可说是成了半个傻子。"

《小娘娘》(1996)是汪曾祺晚年最引起争议的作品,曾被指为"宣传乱伦"的"邪僻之作"①。这也是汪曾祺晚年情节比较丰满的小说,先写"来蜨园谢家是邑中书香门第,诗礼名家,几代都中过进士。谢家好治园林。乾嘉之世,是谢家鼎盛时期"。到了末代主人谢普天,"热爱艺术,曾在上海美专学过画——国画和油画,素描功底扎实,也学过雕塑。不到毕业,就停学回乡,在中学教美术课"。辍学回家,"这在谢普天是一种牺牲"。他依靠给人画肖像为生,但心里对这个降格以求的谋生手段极其鄙夷,经常解嘲自笑:"这是艺术么?"他心中的艺术标准是上海美专建立起来的。自觉"牺牲"之后的颓败心理致使谢普天外表潇洒,内心灰暗。与此同时,他和"小娘娘"(姑妈)谢淑媛孤男寡女住在偌大一座废园的关系也从最初的视若平常慢慢发展为怪诞不经,双方暗中都竖立心理防线,而一旦有了防线,也就有防线被攻破的时候。终于在"疾风暴雨,声震屋瓦"的大雷雨之夜,他们跨过了这道防线,陷入快乐而犯罪的乱伦

---

① 《作品与争鸣》1997年第4期设立《小娘娘争鸣》专栏,发表了陶红《流于邪僻的文字》、王知北《说〈小娘娘〉》两篇评论,并在"读者来"刊发河南洛阳拖拉机研究所宣传科郑宗良的来信《〈小娘娘〉是一篇宣扬乱伦的小说》。参见徐强:《人间送小温——〈江曾祺年谱〉》,广陵书社2016年,第427页。

生活。不久虽得昔日上海美专同学之助来到昆明,逃脱了乡人的指摘,却无法逃避内心痛苦。淑媛死,普天"飘然而去,不知所终"。小说还有一个细节,谢普天不论如何拮据,也不愿委屈谢淑媛,还亲自给她剪"童花头",做"宁缎"("慕本缎")旗袍——这两样青年女子时髦装束的源头也该是上海吧?

败落旧家子弟的病、狂、死,是高邮传统文化在上海阴影笼罩下终将绝灭的表征。

八、"悲哀是美的"

从 70 年代末"复出"至 1997 年逝世,汪曾祺着意经营的故里小说正面讲述了高邮古城日常生活,也侧面涉及千里之外的上海。或者说,他描绘了时刻在上海阴影下败落和挣扎、清醒和疯狂的开放的高邮。远方的上海对高邮古城的影响是汪曾祺故里小说挥之不去的阴影。越到后来,阴影越浓厚。这一点,使汪氏故里小说与鲁迅、茅盾、沈从文、赵树理、高晓声等的同类作品相比,显得别有一种魅力。

王佐良先生一篇读 19 世纪英国小说的札记的最后说,"大凡小说可分两种:一种写小家庭、小地方、小社会,总之一个封闭的小世界","也有另一种是漫笔所之,铺得很开,人生万象都可装下。这里的世界也就广大","两者当然是相通的,往往是大世界侵入了小世界,从而造成矛盾和戏剧的冲突。仔细一看,几乎没有一个有为的小说家不发掘这两者遇合的意义的","而总是在这种时候,小说也变得更值得写也更值得看了"。① 从汪氏故里小说实际描写看,也是"大世界侵入了小世界",即大上海侵入了"屁帘儿大"的古城高邮。上海影响高邮的方面实在极广,举凡经济、社会、移民、教育、风俗、时尚、文化、伦理、疾病等,无所不包。汪氏阔别故乡四十年,仍能写出如此丰满鲜活的故乡风物人情及其与外界的深刻关联,其记忆之深切、想象之发达,令人惊叹。

记忆和想象倘有不足或模糊处,则汪氏40年代末开始不绝如缕的上海因缘应该多有弥补与唤醒之功。其故里小说既然并非描写封闭的乡土,而是在上海的全方位影响下开放变动的高邮,因此有关上海的知识、体验与想象自然成为故里小说不可或缺的材料。

汪氏故里小说没有正面描写在沪之"苏北人"。汪氏

---

① 王佐良:《中楼集》,辽宁教育出版社1995年,第11页。

早年目睹水旱和兵火之灾逼迫大量苏北难民流落上海,充斥上海劳工市场与服务业末端(如理发、修脚、修鞋、拾荒、乞丐、码头工人、养猪户、清洁工、淘粪工、黄包车夫、澡堂侍者行列,进纱厂已高人一等)。他们主要居住在遍布上海各地而屡遭挤压的"棚户区",构成备受歧视的特殊族群,[①]但或许由于经历所限,更因为这一族群扎根上海之后,至少在文化上无力"反哺"故乡,所以几乎成为汪氏故里小说关心的盲区。

汪氏故里小说频频写到在沪的高等(或生活并非十分凄惨的)苏北人,如高中生,商科、美专和体育师范学生,美专教授,乡绅,租界"包打听","白相人","在帮"流氓,杂耍艺人,画家,"跑单帮"的小贩,但汪氏并未在上海都市背景中描写这些苏北人,而是将他们放在故乡高邮加以侧面描写。这一群人是连接上海和高邮最强有力的纽带,正是通过他们的活动,我们读汪氏故里小说,才看到上海的影子几乎无处不在。

汪氏故里小说的重点是描写在上海阴影下生活的高邮

[①] [美]韩起澜:《苏北人在上海,1850—1980》第三章《从移民变为族群》,上海古籍出版社 2004 年。

众生相。近代以来,国际资本和民族资本以上海为中心辐射全国,深刻改写了古老中国的经济社会与文化习俗。汪氏笔下本属扬州文化圈的高邮古城就是在这样无远弗届的现代化影响下走向衰落,其中主要人物虽然并没有移民上海成为"苏北人",但通过那些往来上海、高邮的活跃分子,也和上海发生千丝万缕的联系,他们的命运取决于跟上海的关系,以及对待来自上海的影响的态度。

以《金冬心》(1984)、《小娘娘》为代表,汪氏追述了高邮古城和周边淮扬各地的"乾嘉盛世",最后落笔于《岁寒三友》《鉴赏家》《徙》《故乡人》中谈甓渔、陶虎臣、靳彝甫、王瘦吾、高北溟、王淡人等苦苦支撑的昔日扬州文化底蕴和傲气终于被上海阴影折辱摧毁的过程。年轻一代读书人和世家子弟为上海生病、疯狂、死亡,尤为现代上海给予传统高邮的致命一击。

较之汪氏深致同情的高邮文化上层,他更寄希望于底层的实干家王二、八千岁、少年明海和英子、十一子和巧云,《故乡人》中的金大力、捕鱼者以及"故里三陈"(1983)、薛大娘(1995)等无文化或文化程度不高的俗人,讴歌其朴实强韧的生活理想与自然淳朴的人性美。但他们能给高邮创造怎样的未来？他们自身也时刻受到"水上保安队"、鲍团长、八舅太爷的威胁。

20世纪40年代汪氏小说开始以高邮为背景,但其笔下之故里绝无上海影响。盖彼时汪氏尽管已有不少上海经历,但尚未充分沉淀,也未看出上海与高邮之深刻关联。此后参与"样板戏"(尤其《沙家浜》)创作与改编,新的上海经历与见闻不断增加,叠印于40年代记忆之上,与之化合发酵,遂造成汪氏对上海之独特观感与想象。条件成熟即发为文章,一见于《星期天》之正面讲述,再见于故里小说之侧面描写。以上海为舞台之正面描写,材料有限,且与故里无关,《星期天》一篇足矣。以高邮为舞台侧写上海影响下的高邮众生相,材料富足,且为乡梓生活变迁之关键,故所作渐多,大有一发不可收之势,此殆亦"绝无可疑矣"①。

汪曾祺说:"我的小说多写故人往事,所反映的是一个已经消逝或正在消逝的时代。我的家乡是一个比较封闭的小城。因为离长江不远,自然也受了一些外来的影响。我小时看过清代不知是谁写的竹枝词,有一句'游女拖裙俗

---

① 陈寅恪论史之文,每至结论处,辄喜书此数语。这里戏仿而已,并无深意。

渐南',印象很深,但是'渐南'而已,这里还保存着很多苏北的古风。"①汪氏小说在想象中构建了完整立体的高邮地方文化兴衰史,作者关怀被这种文化所化的雅俗高下各色人等的喜怒哀乐,并试图揭示地方文化盛衰与人民哀乐背后看不见的社会历史根源,此即"外来的影响"与"苏北的古风"之起伏消长,质言之,亦即本文所论高邮传统文化在以上海为核心的现代文明挤压下走向衰落的过程中所释放的凄艳之美。家族、社会、文化之盛衰写得愈真切,其所迸发的人性之美即愈感人。汪曾祺小说之独特魅力盖在此乎?

"重读一些我的作品,发现:我是很悲哀的。我觉得,悲哀是美的。当然,在我的作品里可以发现对于生活的欣喜。弘一法师临终的偈语:'悲欣交集',我觉得,我对这样的心境,是可以领悟的。"②细察汪氏小说描写的上海与高邮之关系,对汪氏这一夫子自道,当有更深切之体悟。

2017年6月28日初稿完成于乌鲁木齐

2017年8月10日定稿于上海

---

① 汪曾祺《〈菰蒲深处〉自序》,《汪曾祺全集》,北京师范大学出版社1998年,第315页。

② 《〈汪曾祺自选集〉重印后记》,《漓江》1991冬季号。

赵素芳与田小娥

——柳青、陈忠实笔下两位人格扭曲的女性形象

一

陈忠实毕生奉柳青为文学上的导师。柳青《创业史》主要写 20 世纪 50 年代中期波澜壮阔的农业合作化运动,陈忠实《白鹿原》的背景则是辛亥革命前后直到 1949 年中华人民共和国成立,二者区别很明显,但在创作方法特别是女性人物的塑造上,《白鹿原》对《创业史》还是颇多借鉴。

比如,在《创业史》女主人公之一赵素芳和《白鹿原》女主人公之一田小娥这两位农村小媳妇的形象之间,就有着千丝万缕的联系。分析她们的异同,有助于我们更好地理解这两个人物各自的性格与命运,以及作家塑造她们的用心所在,也有助于我们更好地理解一个作家究竟是怎样向

另一个作家学习,而又有自己的独创。

二

说赵素芳、田小娥都是女主人公之一,是因为《创业史》《白鹿原》各自都还有另一个女主人公。《创业史》的另一个女主人公是乡村姑娘徐改霞,她是男主人公梁生宝的"对象"。梁生宝一心扑在农业合作化运动上,没时间谈恋爱,因此两人一再错过增进感情确立关系的机会。最后徐改霞招工进城,跟梁生宝断绝往来,徐改霞在小说中的地位也急剧下降,这就让小媳妇素芳占据更多的戏份,成为另一个女主人公。

《白鹿原》的另一个女主人公叫白灵。这是一个奇女子,聪明、漂亮、豪爽、泼辣。那个时代的女子讲究足不出户,温良恭顺,白灵却一天到晚跑得不归家,凡事都有主张,经常顶撞严厉的父亲白嘉轩,最后离家出走,几乎断绝了父女关系。

小说写国共合作的大革命失败之后,白灵毅然加入共产党,跟身为国民党军官的男友、同村的鹿家二公子鹿兆海分道扬镳,却很快和兆海的哥哥、中共地下党领导鹿兆鹏结为革命夫妻,最后也为革命而牺牲。白灵虽然在小说中戏份不少,但她的性格比较固定、单一,顶多也只能跟田小娥平分秋色。

柳青笔下的徐改霞、素芳很像陈忠实笔下的白灵、田小娥。徐改霞和白灵都聪明、漂亮、纯洁、正派,又有决断,懂得如何把握人生大方向,是通常所谓"正面人物"。素芳、田小娥也很漂亮,但她们命途多舛,迭遭不幸,又生性糊涂犹豫,尤其在两性关系上都严重违背了正常的道德规范,人格上有极大的污点。但她们并非通常所谓"坏人"或"反面人物",周围的人们虽然大多不能理解、不肯原谅她们,但仔细分析起来,她们的所作所为也都情有可原,作者对她们的悲惨命运也都给予了深厚的同情。

这就造成素芳和田小娥作为小说人物的复杂性。

三

先说《创业史》中的素芳。她出生于小镇上一个殷实人家,父亲年轻时被坏人引诱去赌博、抽鸦片,因此家道中落,素芳自己又不幸被镇上流氓诱奸而怀孕。为了遮丑,她草草嫁给梁生宝的邻居——老实巴交的拴拴为妻。

这个拴拴不仅穷,而且过于憨厚,完全不懂男女之情,又处处听他父亲摆布。拴拴的父亲即素芳的公公是个瞎子,但比明眼人还厉害。他精打细算,用不多的彩礼给儿子娶了素芳这个名声不好的媳妇,随即采取一整套措施来修理和改造素芳。先是用顶门闩残酷地打掉素芳的身孕,再就是严防死守,不准素芳随便抛头露面,让她过着半禁闭的生活。

素芳当然不满这样的命运,无奈名声不好,只能忍气吞声。但她没有完全死心,渐渐爱上邻居梁生宝,经常对梁生宝眉目传情,甚至要梁生宝帮她跟拴拴打离婚。但梁生宝是党员干部,洁身自好,立场坚定,而且他和素芳的公公一样瞧不起素芳,动不动就对素芳来一通义正词严的教训。

素芳备受伤害和羞辱,痛苦而绝望,终于在服侍远房姑妈坐月子的时候,被堂姑父(小说中描写的反动富农)姚士杰勾引,两人暗地里发生乱伦关系。

素芳对姚士杰,先是敬佩、畏惧,后是厌恶、仇恨。但她觉得姚士杰有丈夫拴拴所没有的男性魅力,这使她在和姚士杰之间那种见不得人的关系上显得半推半就,由此落入犯罪、享乐而又充满自责、恐惧和怨恨的深渊,难以自拔。

以上是《创业史》第一部素芳的大致经历。《创业史》第二部又用了两章多的篇幅,写素芳趁瞎眼公公去世下葬的机会,呼天抢地、撕心裂肺地大哭一场。周围人都莫名其妙,素芳也不肯告诉别人她究竟为何哀哭不止。柳青的本意,也许是想通过这种无言的号哭来表现旧社会对素芳这种底层妇女的伤害,但在小说的具体描写上,柳青显然又无法给素芳安排一个合乎逻辑的出路。即使在新社会,素芳这种孤苦无助、诉说无门的处境也很难改变,她的精神重负很难卸下。少女时代被奸污,和拴拴无爱的婚姻,瞎眼公公的折磨,单恋梁生宝的失败与屈辱,所有这些都无人同情。至于她跟堂姑父姚士杰的乱伦关系,一旦败露,将更是灭顶之灾。

这就是素芳的几乎没有希望改变的悲苦命运。

再来看《白鹿原》中田小娥的故事。田小娥先是被父母安排,嫁给大户人家做小妾。她不满丈夫和大太太的苛待,大胆地与"揽活"的短工黑娃私通,很快被发现,一纸休书,遣送回家。田小娥父亲是死爱面子的穷酸秀才,觉得女儿丢尽了自己的脸面,迫不及待倒贴着把小娥嫁给黑娃。因为这层关系,"仁义白鹿村"的族长白嘉轩不准田小娥进祠堂，黑娃的父亲鹿三也不准黑娃和田小娥进门。可怜的小夫妻只能在村口破窑洞里安家，起初小日子倒也过得红火。

单看这一点，田小娥的遭遇似乎比素芳强多了。然而不久，黑娃在他的发小鹿兆鹏的鼓动下做了"农协"头领，斗争土豪劣绅，在白鹿原上闹得风生水起。但好景不长，国共合作破裂后，国民党残酷镇压共产党，黑娃被迫转入地下。田小娥从此孤身一人，无依无靠。作为共产党家属，她还整天被威胁、受迫害。这时候鹿兆鹏、鹿兆海的父亲，一贯好色的"乡约"（即后来的保长）鹿子霖乘人之危，乘虚而入，以保护田小娥为名，强行与她私通，还让田小娥去引诱他的仇人白嘉轩的长子——新任族长白孝文，害得白孝文身败名裂，被白嘉轩踢出家门，沦为乞丐。田小娥的公公鹿三是白嘉轩的长工，两人是所谓的"义交"。鹿三不差似白家成员之一，他不忍心看到臭名昭著的儿媳妇败坏白嘉轩的门风，一怒之下，杀了儿媳妇田小娥。

故事发展到最后，田小娥的命运比素芳还要悲惨。

四

用通常的道德标准衡量，素芳和田小娥都有不道德的行为。但素芳勾引梁生宝,后来又被堂姑父姚士杰拉进犯罪的深渊,根源都在婚姻的不幸,而她之所以落入不幸的婚姻,又因为父亲是败家子,家道中落,自己才受到流氓的诱骗,失去清白之身,最后一错再错。

同样,田小娥的所谓水性杨花也情有可原。首先,她青春年少,却给人做妾,这就开启了全部悲剧的序幕。她私通打短工的黑娃,对那个用钱将她买来做泄欲和养生工具的已入老境的"武举"来说,并不构成出轨和背叛,而是反抗命运的不公,追求正当的爱情。田小娥走出这一步,不被任何人所理解,也得不到亲生父母的同情。好不容易跟相爱的黑娃成了家,仍然得不到族人和公婆的承认。所有这些,都加剧了她心灵所受的伤害。

尽管如此,小娥和黑娃还是有过短暂的幸福。但接下来黑娃的逃走使田小娥失去全部的依靠,一个弱女子只能随人摆布。鹿子霖正是利用这一点,无耻地将她霸占。

许多时候,素芳和田小娥好像都是随波逐流,随人摆布,但她们内心深处并未失去基本的是非观,更没有昧着良心干坏事。比如,素芳和小娥在心理和身体上都曾经分别对勾引、强暴她们的姚士杰与鹿子霖有过依赖,但她们很快就看清姚士杰和鹿子霖的为人,她们并没有完全沉溺于和姚世杰、鹿子霖的那种见不得人的乱伦关系。越到后来,她们对这两个邪恶的男性越是充满鄙视和痛恨,最后决然与之断绝关系。

再比如田小娥在鹿子霖的唆使下"报复"了白孝文,却很快意识到,这种"报复"乃是陷害"好人",于是她就用自己的方式来补偿甚至讨好白孝文。田小娥对白孝文的认识后来证明是错误的,她用鸦片烟来补偿和讨好白孝文,更显得非常愚蠢,但至少从她意识到自己受鹿子霖的哄骗而害了"好人"这一点,还是可以看出她善良的天性。

素芳和田小娥都是变态社会无辜的牺牲品,所以尽管她们在正常情况下诉说无门,作家还是以特殊方式让她们有所发泄。柳青让素芳号啕大哭,宣泄心中的积郁;陈忠实则是让田小娥死后化作厉鬼,附在杀死她的公公鹿三身上,向鹿三(也向白鹿原上所有人)诉说自己的冤屈。在这一点上,陈忠实对柳青有继承,也有发展。柳青写活着而只能忍受着的素芳只是一味地哭,不敢也无法说出任何具体的什么话,而陈忠实写死去的田小娥的冤魂,则是能说会道,说尽心中无限事!

千古一哭有素芳

——读《创业史》札记

一

语言问题对柳青挑战极大。他笔下农民并非没有自己的语言。在他们自己的世界,农民的语言极其丰富,因此作家要写农民,首先必须学习农民的语言。柳青善于学习、提炼和运用农民语言,这是大家熟知的。

但是,哪怕非常熟悉农民语言的作家柳青也发现农民语言有时竟会那么贫乏,因为他要写的农民挣扎于新旧两个世界的夹缝,这种处境令他们失去了在以往生活的世界如鱼得水的那份安妥,被硬推到全然陌生的天地,突然变得语言贫乏,甚至根本说不出话。

《创业史》的一个使命(或曰创举),就是让刚刚跨入新天地的农民学习说他们本来不会说的话。

二

让农民学说话,最典型的莫过于《创业史》第一部第十一章①,写土改开始时,工作组将"农会小组长"高增福选为重点,要他在群众大会上"诉苦"。这位积极分子欣然领命,经常在家"独自一个人站在脚地,把竖柜上摆的瓶子、盆子和碟子,都当作听众,练习诉苦"。但这是一项十分艰巨的任务,"他总也讲不连贯,这一回练习遗漏了这件事,下一回练习又遗漏了另一件事"。高增福很着急,请示工作组是否可以不上台,回答是——

拿出点主人翁的气魄来!

于是"他的阶级自尊心立刻克服了他对自己讲话能力的自卑心,开始一有空闲就练习"。果然水平迅速提高,没等诉苦会召开,就预先"毫不困难地"将从前的东家——蛤

---

① 本文引用《创业史》小说原文,若不特别注明,第一部皆为中国青年出版社 1960 年 6 月第 1 版,第二部上卷皆为中国青年出版社 1977 年 6 月第 1 版。

蛤滩"三大能人"之一姚士杰"说得彻底无言"。

高增福如此,追求进步的其他青年农民也莫不如此,作者表现他们的"觉悟"和"成熟",一个重要标志就是必须像高增福"练习诉苦"那样,逐渐(往往是很辛苦地)获得一种新的语言,新的"嘴才"。

三

《创业史》第一部读者比较熟悉,这里再从第二部举几个例子。

第二部第四章写梁生宝的左膀右臂高增福、冯有万正式入党时,"支部大会的进行甚至还遇到了难以克服的困难。两个出身悲苦的同志充满了对党的感情,却不知道怎样讲出来"。接下来有这样一段描写——

下堡乡的共产党员们都盯着高增福和冯有万。两个人使着浑身的劲儿,很吃力地坐在长板凳上,克服他们面临的困难。显然,由于用脑过度,他们的鼻梁上和眉宇间,渗出了米粒大小的汗珠。暖烘烘的太阳从大门大窗进来,照着会议室里缭绕的吸旱烟的烟缕。但会议室里有一种拱别扭的沉闷。

这确实是一种煎熬。人"进步"了,却尚未获得与之匹配的一套标志"进步"的语言。对高增福来说,在支部大会上面对一大群老党员发表入党感言,跟驳斥富农姚士杰,不能同日而语!"野性子"冯有万更犯难,这个"蛤蟆滩的老民兵队长新任灯塔社的生产队长"平时快人快语,可第一次参加党的会议,还是以自己为焦点,就紧张得不知如何是好了。"唉,黄堡镇仁义堂中药铺有治性情急躁的药吗?我有万买了鞋赤脚当生产队长,也要抓得吃几服!"

尽管如此,作者还是绞尽脑汁,让两位新党员在梁生宝的一再鼓励和下堡乡党支部书记卢明昌的反复启发下,终于神奇地克服了"难以克服的困难",先后发表了各自"精彩的入党演说"。

高增福、冯有万入党一节,有柳青本人公开发表的三个版本:《入党——〈创业史〉第二部断片》(《上海文学》1960年第12期),《创业史》第二部第三章(《延河》1961年元月号),《创业史》第二部上卷第四章(中国青年出版社1977年6月第1版)。《延河》版对《上海文学》版进行了较大改动,中青社版与《延河》版大致相同。对比版本间的异同,有三点值得注意。

首先,高增福、冯有万两人的"入党演说",三版基本一致,但也有不少细微改动,主要是随着版本升级,作者设置了越来越多外部条件,特别是梁生宝的鼓励和卢书记的启发(包括从反面打压爱说空话的郭振山,以启发高、冯"怎么想,就怎么说"),以此增强叙事的逻辑性,让高、冯短时间从窘迫得不会说话到发表精彩的"入党演说"显得更加合理。

其次,卢明昌书记要求梁生宝在两位新党员说话之前,作为入党介绍人先说说他们的情况,此处《延河》版在《上海文学》版基础上增加了一段——

虽然他肚里想好个草稿了,但到会场上,在讲话前,应当重温习一遍,他才不至于在讲话中遗漏掉什么。现在来不及了。管它呢!生宝英俊的身派,勇敢地直立起来,毫不踌躇地向讲桌走去了。

这说明柳青在整理《延河》版时意识到,梁生宝虽然比高、冯早一年入党，但也有些紧张，至少没有达到他所崇敬的卢书记的水平，"爱用庄稼人的方式讲话"，却处处能将道理"说得真个透亮"。

复次，上述三版都插入了作者用理论色彩浓厚的语言对农民入党的特殊意义进行高屋建瓴的大段论述。因为是作者论述，所以三版之间并无多少差异。然而结束论述之后，最早的《上海文学》版写道——

但是，梁生宝介绍高增福和冯有万的情形，他的水平使他只能谈谈他们对互助合作热心的具体事实。

《延河》版将这句改为——

梁生宝介绍高增福和冯有万的情形，当时他分明感到一点这种意义，他也很想讲得更透彻一些。但他的水平使他只能谈谈他们对互助合作热心的具体事实。

到了中青社版，这段文字又变成——

梁生宝在支部大会上介绍高增福和冯有万的情形时，他分明感到一点这种意义。他很想讲点他们在这方面的觉悟。但他想来想去，只能谈谈他们对互助合作热心的具体事实。

相对于《上海文学》版，《延河》版强调早一年入党的梁生宝在支部大会上说话有点紧张，但思想毕竟成熟许多，能"分明感到一点"作者阐述的农民入党的意义，"也很想讲得更透彻一些"，只是限于"水平"，最后不得不放弃，转而介绍高、冯两人热心互助合作的具体事实。中青社版延续了这个思路，但在强调梁生宝思想成熟这一点上又有谨慎而细微的推进。梁生宝不是一般的"很想讲得更透彻一些"，而是具体意识到要"讲点他们在这方面的觉悟"，尽管最后同样也放弃了，但在放弃之前还是"想来想去"，内心做了许多努力。

高、冯"入党演说"确实如支部书记卢明昌要求的"怎么想，就怎么说"，主要还是农民自己的语言。此前插入的对农民入党意义的作者论述高瞻远瞩，高、冯二位固然达不到这个思想境界,早一年入党的梁生宝"水平"也有限,虽然能够"感到一点这种意义",却仍然不能用自己的话说出来,所以必须由作者代庖。

由此可见,柳青充分意识到农民学习新语言时是多么步履维艰,因此他很有分寸地表现着农民思想的细微进步以及语言"水平"的微妙变化。他深知这绝非一蹴而就的突变,而只能是一个积少成多的渐变过程。

四

从这个角度讲,当时柳青反驳青年评论家严家炎的那篇《提出几个问题来讨论》确实不无道理。

严家炎讽刺柳青将梁生宝在政治觉悟上描绘得过于成熟,超出了这个人物"性格、身份、思想、文化条件"等实际情况。柳青则抓住"觉悟"和"成熟"这两个概念的差异,强调他只是描写梁生宝在一次次政治学习、频繁接触党的干部以及实际工作磨炼中不断提高了政治"觉悟",却并没有将梁生宝"觉悟"的提高等同于政治上的"成熟"。柳青由此反问:

在艺术上表现我们这个时代的工农兵英雄人物的精神面貌,如果不涉及他们的政治学习和阶级觉悟程度,怎么能够更准确、更深刻地描写他们的行动呢?

许多农村青年干部把会议上学来的政治名词和政治术语带到日常生活中去,使人听起来感到和农民口语不相谐调,这个现象难道不是普遍的吗?

尽管如此,柳青还是强调,他很少直接描写梁生宝在思索和言语中过多使用政治名词和术语,免得读者以为梁生宝离开了政治学习却能独立地"萌芽"出先进思想。很多情况下,"都是作者描写他回忆整党学习会上的话,描写他回忆县、区领导同志的话。请同志们查对"[①]。柳青对严家炎的批评之所以感到委屈而无法保持沉默,很大一个原因就是他认为严家炎没有看到小说在描写梁生宝这类先进青年农民说话"水平"逐渐提高时多么煞费苦心!

五

进步青年语言水平的提高尚且如此艰难而迟缓,不甘

[①] 柳青:《提出几个问题来讨论》,《延河》1963 年 8 月号。

落后的老农民就更是可想而知。他们虽然也能学到一点新语言,但终究有限。

第二部第十二章写梁三老汉惊奇地发现,"仅仅个把月的办社活动中,任老四就学了这篇嘴才",这惹得老汉本人"舌根发痒",也想奋起直追了。后来事实证明,老汉的语言能力确实有所提高,甚至还能和"穿狐皮领大氅的'县书记'"谈得十分热络。

这里需要注意两点。第一,任老四"嘴才"的提高是从梁三老汉的角度看到的,究竟有多高,只能以梁三老汉的标准来衡量。如果用高增福、冯有万或梁生宝的标准衡量,恐怕就说不上什么好"嘴才"了。第二,梁三老汉居然能和"县书记"说得十分热络,这固然说明梁三老汉语言能力有所提高,但同时也可能是"县书记"学会了农民语言,能够跟农民拉家常的结果,并非仅仅因为梁三老汉提高了语言能力。何况梁三老汉虽然跟"县书记"谈得十分热络,却也经常"两只粗硬的手颤抖着,帮助他表达心中的痛苦"——他的语言明显还是相当缺乏。他称"县委书记"为"县书记",跟蛤蟆滩人游行时将"杜勒斯"说成"杜老四",都是对新的语言相当陌生的表现。

但凡遇到新鲜事物、新鲜场合,蛤蟆滩农民依旧是笨嘴拙舌。比如,远近各乡农民来观看高级社牲口合槽,梁三老汉"很想说几句这种场合适当的话,但他不知道说什么好。不是他缺乏机智,而是他的老脑筋对于这刚刚开头的新生活,还不是那么适应哩"。

梁三老汉、任老四在学习新语言方面多少有一些进步,平时不大出门的"生宝他妈"就更可怜了。第二部上卷第十一章写郭振山带着县委副书记杨国华到梁生宝家的草棚院看望"生宝他妈","头发灰白、满面皱纹的善良老婆婆,手里拿着拨火棍,在东边破旧的草棚屋里开了板门。她出来站在门台阶上,看见不只(止)郭振山一个人,她这才紧张起来"。当郭振山向她介绍同来的就是"杨书记",而没有架子的"县书记"又主动跟她打招呼时,她被"弄得手足无措"——

> 她手里的拨火棍,不知往哪里搁是好。最后她还是忙乱地把它胡胡涂涂丢在门台上,好像她再也不需要这东西了。

多么传神！但如此传神写照，是付出了让"生宝他妈"完全不能开口的代价换来的。

为了让庄稼人在新社会说出"适当的话"，柳青殚精竭虑，最后不得不承认，"更多的意思庄稼人嘴笨，说不好"。

进入新世界的蛤蟆滩庄稼人啊，谁的语言够用呢？

这是他们的苦恼，也是柳青的苦恼。

让农民在新社会克服不知如何说话的困难，帮助农民说出他们心里的话，是柳青面临的一大难题。

六

但柳青并不因此片面追求将农民写得口若悬河。他一方面写农民在以往生活世界拥有丰富的语言，一方面又如实写出他们在新社会的语言匮乏，以及他们对这种语言困难的极其有限的克服。

只有在塑造"轰炸机"郭振山及其"哼哈二将"（"低着头有了主意，仰起头就有了诡计"的"活周瑜"杨加喜，一贯巧舌如簧的"孙水嘴"）时，作者才故意让他们自以为是，任凭什么场合都能说下大天来。他们的能说会道是哄骗干部群众的烟幕弹，并不能代表农民说出他们的心里话。卢支书批评郭振山"呀!同志!你的嘴才太巧了嘛!",可谓一语中的。

描写不同身份、不同思想感情的农民各不相同的语言处境和语言能力,是柳青现实主义追求的重要一环。

场面话难说,心底秘密更难表达。第二部第十章写梁生宝"对他最亲密的助手(高增福)打开他内心最深处的秘密",显然夸张了。那充其量只能说是梁生宝思想中一个重要内容,即担心辜负领导希望,自觉肩上担子太重,谈不上"内心最深处的秘密"。真正的"秘密"不会这么容易就能写出来。

更多场合,柳青还是直面农民语言和"新生活"的距离,竭力追求让二者磨合接榫,让流行政治语言尽可能顺利进入农民语言的躯壳。

他这样努力的时候,其实就是采取了鲁迅所提倡的"给他们许多话"的办法[①]。《创业史》对话之外的大量叙事、抒情和描写,基本都是揣摩农民心理,用作者的语言说出来,或者混合作者学到的农民语言与作者自己的语言,千

---

① 鲁迅:《答曹聚仁先生信》,《鲁迅全集》第6卷,人民文学出版社2005年,第79页。

方百计说出农民心中的思考、议论与抒情。

"给他们许多话",是鲁迅对"先驱者"也即启蒙知识分子说的。所谓"许多话",主要是指启蒙知识分子的语言,这在自觉实践鲁迅教导的路翎小说中可以看得最清楚。至于郭振山、梁生宝、徐改霞、高增福、冯有万们竭力学习得来的"嘴才"则主要是规范化政治语言与农民语言调和之后形成的混合物,也是《创业史》为农村"新人"着力打造的一套新语言。

七

但上述语言追求显然不能令柳青感到完全满意。为了更好地写出农民的精神世界,他甚至不惜借助超语言方式来弥补语言表现之不足。

《创业史》第二部上卷第五章写小媳妇赵素芳趁公公王二直杠死后落葬,撕心裂肺哭个不停,就是整部作品描写农民用超语言方式克服语言困难的神来之笔。

过去谈《创业史》人物,大多集中于梁生宝、梁三老汉和蛤蟆滩"三大能人",连改霞都很少谈到,有人甚至劝柳青删掉改霞这个人物①。柳青虽未曾照办,却也不断提醒读者和改编者,改霞绝非中心人物②。改霞尚且如此,素芳就更不在话下了。大概只有当时正在读研究生的青年批评家何西来(原名何文轩)着重分析过素芳的心理和命运③。据作者事后回忆,当时只想反驳姚文元在素芳形象塑造的

---

① 比如李希凡《漫谈〈创业史〉的思想和艺术》就认为"改霞并没有写好","尽管作者用了大量的漂亮词句,渲染这个美丽姑娘的容貌和性格,用不少篇幅细腻描绘她的内心生活,但是,终于由于她的生活、性格没有扎根在蛤蟆滩的现实生活土壤里,而不能取得像梁生宝那样的感人的效果,相反的,有时还会引起厌烦,使人觉得这个脱离斗争和梁生宝纠缠爱情的女孩子,并无多少可爱之处"。李希凡把改霞形象的塑造提到现实主义和浪漫主义结合的高度,认为"缺乏丰厚的现实生活基础的空虚的夸大的幻想,绝不是革命浪漫主义精神",他的结论是,"从《创业史》整个的艺术形象的创造来看,改霞的形象只是我认为的个别失败的例子。它像游丝一样黏附在《创业史》的生活和形象世界里","只要扯断它,《创业史》仍然是很大程度上表现了革命的现实主义和革命的浪漫主义相结合的好作品"。换言之,必须将改霞删掉,才能保证《创业史》的整体思想与艺术成就。该文原刊《文艺报》1960年第17、18期合刊,转引自山东大学中文系编《中国当代文学研究资料·柳青专集》,1979年4月,第148—150页。

② 比如,在《延河》1961年10月号登完《创业史》第二部第六、七章之后,柳青在"作者附记"中郑重其事地要求所有的改编者:"不要把徐改霞当作女主人公安排。这不符合《创业史》的总意图。"

③ 何西来:《论〈创业史〉的艺术方法——史诗效果的探求》,《延河》1962年2月号。

问题上对柳青的"极左非难",并非对素芳特加青眼①。

但素芳在小说整体构思中的地位不说超过改霞,至少她也是《创业史》女性群像中仅次于改霞的第二号人物。当时评论界对素芳有限的研究主要围绕她和富农姚士杰的关系展开,对他们二人的性关系描写争执不下。姚文元认为,"作者过分强调了生理的因素而忽略了起决定作用的阶级的社会的因素。作者是把素芳作为一个被迫害、被摧残者来描写的,也许以后她还会从惨痛的教训中觉悟起来,可是,用'生理上是男人而精神上是阳性的动物,姚士杰给女人素芳多大的满足',以及拴拴缺少姚士杰对女人的热烈拥抱来解释素芳被这个恶毒的富农所吸引,是不妥当的,至少是缺少典型意义的,这对姚士杰的阶级本质的揭露没有帮助,可以省略"②。

姚文元关于素芳形象的质疑仅限于这段文字,何西来则用整段文章详细分析素芳形象的塑造,强调作为被旧社

---

① 《流派开山之作》,《延河》2006年9月号,这是何西来先生为《创业史》重印本所作的序言,参见仵埂、邢小利、董颖夫编:《柳青研究文集》,西安出版社2016年,第5页。
② 姚文元:《中国农村的社会主义革命史——读〈创业史〉》,《文艺报》1960年第17—18期。

会迫害和摧残的女子,素芳形象既有普遍意义,更有不同于改霞、李翠娥等妇女的特殊性,这种特殊性跟她的家庭背景、少女时代的惨痛经历、嫁给拴拴后饱受阿公王二直杠欺负等特殊遭遇有关,因此她和姚士杰之间看似变态扭曲的关系并非完全生理性的,背后也有社会性因素,"作者在处理素芳与姚士杰的关系时,分寸也是很严的","谁也不会因为作者强调了生物性的一面而不把素芳看作社会的人",但唯其如此,"她的解放必然要经过更曲折、更痛苦的途径"。何西来认为这个女性形象整体上"写得相当深刻,相当成功",尤其考虑到素芳在小说中"处于更外围的位置,在《创业史》宏阔的艺术画面上,她只是占着不太重要的一隅,然而作者竟能赋予她以如此的历史深度和艺术深度,的确是不容易的"[1]。但他也指出,"第一部里的素芳,直到最后,还是处在灵魂上沉睡的状态"。

姚、何二人意见大相径庭,但有一点彼此相通,即都认为素芳形象在《创业史》第一部并未完成,都预期第二部将有更多精彩笔墨落在这个次要人物身上。当时《创业史》

---

[1] 何西来:《论〈创业史〉的艺术方法——史诗效果的探求》,《延河》1962年2月号。

第二部还没有以完整形式公开出版,素芳在《创业史》第一部确实处于次要地位,她虽然也站在新旧世界交替的门槛上,却不像上述郭振山、梁生宝、徐改霞、高增福、冯有万等学到了属于自己的"嘴才"。姚、何二人感到不满足,并对她下一步的塑造做出预期,是合乎情理的。

果然,到了第二部上卷第五、第六章,柳青让素芳用鲁迅所谓"无词的言语"——无休止的哭泣,再次隆重登场了。

八

在此之前,小说经常写到素芳的"哭"。

十六岁被黄堡镇流氓引诱糟蹋,她痛哭过一场,"哭红了眼睛"。

带着明显的身孕嫁给木讷的拴拴之后,公公王二直杠用"顶门棍""有计划地捣过几回",残忍地打掉她的身孕,平时又凡事苦待她,而丈夫拴拴听由老爹摆布,完全不懂夫妻恩爱,素芳因此不知哭过几回。

"新社会"了,别人都可以离婚,唯独不名誉的她不能。她不得不继续饱受公公的折磨,不得不忍受毫无乐趣的夫妻生活。她因此不知暗自哭过几回——她知道在别人眼里,自己绝没有不满和哭泣的权利,"没有当着旁人的面哭鼻子的理由"。

她爱慕邻居梁生宝,但梁生宝"因为担心他在村里的威信受到损伤",为了"尽力提高自己在群众中的威信",连心爱的改霞都要处处回避,何况这个名声不佳的邻居人家的儿媳妇,所以他就以村干部资格"大白天教训了她一顿"。素芳很快就断了对梁生宝的念头,但她并没有因此害怕、回避梁生宝,"她向村干部梁生宝哭诉,她还没有解放",希望他"干涉"她的生活,帮助她摆脱公公王二直杠的严防死守,和毫无感情、仅仅被她称作"咱家做活人"的丈夫拴拴离婚,在"新社会"获得真正的"解放"。但"生宝板着脸要她好好劳动,安分守己和拴拴过日子","生宝硬着心肠,违背着他宣传的关于自由和民主的主张,肯定地告诉素芳:暂时间不帮助她争取这个自由,等到将来看社会风气变得更好了再说"。这就等于宣布素芳仍旧是不名誉的贱民,在"新社会"低人一等。既在感情上被梁生宝严厉拒绝,又在社会政治上遭到梁生宝这一番训斥,素芳的精神世界会发生怎样的变化,小说未做交代,但读者完全可以想象。她为此暗自饮泣,应该是伤心而绝望的。

再后来就是在堂姑父姚士杰家磨坊里啜泣。她陷入了难以自拔的屈辱、偷欢、犯罪的深渊,她的哭泣更加不能理直气壮了。

县里来的青年团干部王亚梅组织"妇女小组学习会",包括素芳最看不起的李翠娥在内的妇女们竞相发言,"一再地触动素芳的伤疤",迫使她"一再地回忆起疼痛"。素芳几次想开口,却总是被深深的自卑感和羞耻感压迫得说不出话来,只好忍住几乎夺眶而出的眼泪,跑进茅房偷偷哭泣。

素芳的"哭",绝大多数场合都是暗自啜泣,无人知晓,作者因此也就没有必要描写周围人的反应。但这些预演性的啜泣非常重要,好像一道奔涌的河流受堤坝拦阻,改变流速,失去喧嚣,却并未静止,乃是默默积蓄力量,寻找机会,等待新的出口。

九

于是就有了《创业史》第二部上卷第五章素芳爆发性的"哭"。

素芳趁着以梁生宝为首的"灯塔合作社"一班人为公公王二直杠送葬,当着大家的面毫无节制地痛哭流涕,不听任何人解劝!她只是哭,并非边哭边诉,所以不管是旁观者、试图解劝者,还是事后与她谈心的干部,都完全不理解她为何而哭。

梁生宝是葬礼主持者,素芳的紧邻,两人又有那层特殊关系,按理应该比较了解素芳,但他竟一点不懂素芳为何而哭,"心里头奇怪","阿公活着的时候,把你简直没当人!老顽固这阵死了,你还哭得这么伤心?没主心骨的女人!"。

灵柩到了墓地,"按丧仪的程序",跟在后面的妇女应暂停哭泣,但素芬仍然"哭得直不起腰来"。这时梁生宝就"鄙视"素芳了,"没出息的女人!","经过建社期间两条道路的教育,她还是这个样子!什么时候才能把她改造成有社会主义觉悟的劳动者呢?糊涂虫!"。

"灯塔社"其他送葬的社员也"都注意到拴拴媳妇的伤心好令人奇怪。在灵柩周围解绳的庄稼人脸上出现了迷惑不解的神情。冯有义甚至感动了,低声说:'啊!拴拴这屋里家,还是个孝敬媳妇哩!'"。

死者落葬后,"按照殡葬礼仪",妇女们都应该停止哭丧,"但素芬只管她弯着腰,伸长脖子,失声断气地抽泣着。好像决心要把肠肠肚肚,全部倾倒在这墓地上,她才回家"。新党员冯有万走到他崇拜的主任梁生宝身边低声骂道:"贱骨头!"梁生宝的态度也从"奇怪""鄙视"发展到"生气",他怀疑素芳这么哭,可能跟好吃懒做的李翠娥一样,"对灯塔社的女社员将来要参加农业劳动发愁?怕劳动的,怎么会有好思想呢?"。

梁生宝想到这里都"心凉了",更不想考虑自己的婚事。他对农村妇女几乎完全绝望,激昂慷慨地发表了一通关于"党真正的负担"在于"改造落后意识"的"墓前演说","把驻队干部和社员们都听得凝神不动"。

没想到,"已经不哭的素芳听了主任的话,重新又哭起来了"。

十

《创业史》第二部上卷第五章就这样写素芳之哭,以及周围人的迷惑不解乃至鄙夷愤怒,第六章则试图解释素芳为何而哭。

柳青告诉读者,苦命的素芳委屈太多,一直没机会宣泄，"阿公的死给她一个哭的好机会"。素芳究竟哭什么？原来主要是哭她和寡妇老娘受苦的根源——多年来始终被她怨恨不已的败家的父亲赵得财，"素芳在阿公尸灵旁边，哭着可怜的她爹赵得财"。赵得财在旧社会的堕落（吃鸦片）使她从一个殷实人家的小姐变成到处抬不起头的自卑自贱的可怜女子。作者认为，素芳哭死去的父亲，实质上就是认识到"旧社会制度杀害了多少人呀"而悲从中来。

这种分析当然值得尊重，但不能说作者本人就完全理解他笔下的素芳之哭。70年代末，住在医院的柳青告诉前来看望他的阎纲先生，"素芬大哭，是哭旧制度"[1]，这与素芳在青年团县委王亚梅面前的告白"王同志放心！我哭是为从前的事！"大致相同。

这显然并非洞悉底蕴之笔。造成素芳不幸的原因并不都可以归结为"旧制度"与"从前的事"。不说解放前，解放后素芳仍旧不得解放。她和拴拴之间无爱的婚姻，她在王二直杠管束下"受苦受活"，她对邻居梁生宝的爱恋以及后者对她的冷漠与训斥，她和富农姚士杰并非始终"分寸也

---

[1] 阎纲：《〈创业史〉与小说艺术》，上海文艺出版社1981年，第225页。

是很严的"的变态扭曲不可告人的关系,她在"妇女小组学习会"上不断加深的自卑感和羞耻感,她在葬礼上啼哭时梁生宝、冯有万等人毫不掩饰的鄙夷、厌恶、疑惑、隔膜和愤怒——她在号啕大哭时心里想到的这一切,岂能简单归结为对早已印象模糊的亡父的怀念,或者扩而广之,对"旧制度"的憎恶?

《延河》版素芳对王同志说的那句话是:"我一定在农业社好好劳动……报答共产党的恩情!"这句话上半截是复述梁生宝的"教训",下半截是当时的门面话,都不是无论思想有无转变的素芳对自己那一场"哭"的全部解释。但相比中青社版的"王同志放心!我哭是为从前的事!",较早的《延河》版或许略胜一筹。中青社版试图拔高素芳,《延河》版则并没有将素芳拔高到看清自己的悲剧命运全部可以归因于"从前"的"旧制度",反而暗示她不敢轻易流露真心,仅仅以梁生宝的"教训"与流行的门面话遮挡过去。

尽管用理性语言解释笔下人物复杂的内心世界未必成功,柳青还是照实写来,用了整整第五、第六两章大写特写素芳的"哭"。

"哭",是柳青为素芳找到的"本本色色"的"语言",他要透过这种超语言的情感发泄挖掘一个乡村女子的精神深井。一个谁也不理解的受尽凌辱的不幸的小媳妇在普遍隔膜中尽情吐露心声,这虽然在与同类交流的意义上失败了,却恰恰由此呈现出农民(大而言之也是中国人)情感与灵魂的真实状态。

　　关于素芳之哭,柳青至少为我们提供了两个版本,即《延河》1961年4月号、5月号连载的《创业史》第二部第四章,中国青年出版社1977年6月第1版《创业史》第二部上卷第五、第六两章。两个版本的差异不仅在于《延河》版的一章被中青社版扩张为两章,还在于《延河》版更加强调、突显梁生宝对素芳之哭的鄙视和厌恶[1],并且始终没有将素芳拔高到看清了自己悲剧命运的高度。但对于素芳之哭本身,中青社版的改动并不大,这说明柳青对人物内心世界的把握并没有受其理性思考的干扰。

---

[1] 中青社版删除了《延河》版中梁生宝对素芳之哭的不少过火的反应:"'真个没彩!咳!真的没彩!……'生宝想着素芳从前的为人,甚至气呼呼的。他想不来这号女人,怎样在世上活着哩。""生宝看也不喜看那个可怜的女社员一眼。""俗气!俗气透了!生宝心里直发呕。""大伙都回头看,生宝没回头看,有什么好看呢?不嫌羞!"

十一

鲁迅说,"造化生人,已经非常巧妙,使一个人不会感到别人的肉体上的痛苦了,我们的圣人和圣人之徒却又补了造化之缺,并且使人们不再会感到别人的精神上的痛苦。我们的古人又造出了一种难到可怕的一块一块的文字;但我还并不十分怨恨,因为我觉得他们倒并不是故意的。然而,许多人却不能借此说话了,加以古训所筑成的高墙,更使他们连想也不敢想。现在我们所能听到的,不过是几个圣人之徒的意见和道理,为了他们自己;至于百姓,却就默默生长,萎黄,枯死了,像压在大石底下的草一样,已经有四千年!要画出这样沉默的国民的魂灵来,在中国实在算一件难事","我虽然竭力想摸索人们的魂灵,但时时总自憾有些隔膜"。①

克服这困难,打破灵魂间"隔膜"的高墙,在中国文学中实在难得。

素芳之"哭",很容易令我们想到中国文学史上那些善

---

① 鲁迅:《俄文译本〈阿Q正传〉序》,《鲁迅全集》第8卷,人民文学出版社2005年,第84页。

于哭泣的女子。

《水浒传》中金翠莲"哽哽咽咽啼哭",兰陵笑笑生笔下李瓶儿丧子之后无言的哀毁,都是无告的中国女性常见的哭泣,与素芳之"哭"有相通之处。但《水浒传》《金瓶梅》作者的笔墨何其吝啬!

关汉卿笔下窦娥的呼天抢地乃是作者激越情感的投射,并非人物本有的告白。而且,窦娥化悲为愤,"出离"了"哭",化"哭"为"诉",重点在"诉"不在"哭"。

《白鹿原》写田小娥跟祥林嫂一样,在多次啼哭、哀号之后,渐渐都不会哭了——残酷的生活剥夺了她们"哭"的能力。

鲁迅《野草·颓败线的颤动》里那个老妇"举两手尽量向天,口唇间漏出人与兽的,非人间所有,所以无词的言语",思想深刻,画面感很强,似更接近素芳之"哭",但毕竟没有叙事的广度。

相比之下,素芳之"哭"不同凡响。作者显然也意识到这点,所以干脆放开笔来议论一番:

> 人身体里头到底能有多少眼泪呢?眼泪流得太

多,对人有什么害处吗?为什么哭得时间长了,觉着脑子里头疼呢?为什么后来眼眶里也感到火辣辣的呢?曾经有过哭瞎了双眼的人。素芳现在不管这些。她只想哭!哭!哭个痛快!好不容易!阿公的死给她这样一个哭的好机会!她可以公开地、尽情地大哭它几场。哭个够!

面对素芳之"哭",村民们的疑惑、猜测,妇女们的劝慰,干部们的思想工作,自以为"进步"的梁生宝、冯有万的"鄙视""生气",以及作者在书里书外的解释,都黯然无光了。

因素芳这一"哭",我们不得不对《创业史》中完全不理解素芳的正反两方面人物做出另外的理解。

因素芳这一哭,《创业史》人物世界再度发生分裂。一边是《创业史》所有人物的猜测议论,一边是哭得死去活来的素芳一人的沉默无语。两面的隔膜与对峙,使我们得以重新体会柳青在揭示"沉默的国民的灵魂"方面取得的惊人成就。

素芳之"哭"几乎哭塌作者一手造成的整个世界!这

种撼人的艺术力量也许只有传说中孟姜女哭倒长城或《红楼梦》中贾珍为儿媳妇秦可卿之死所发的不伦之悲约略近之。

但孟姜女之哭只是传说,缺乏文学的具体描写(苏童根据这个传说创作的《碧奴》以夸张游戏的笔墨写"哭"也基本失败了),而贾珍和素芳,一个是公公不知羞耻地哭那暗中与他有染的媳妇,一个是媳妇假装哭公公实则自悲其身世,二者表面相似,内涵迥乎不同。

十二

素芳之"哭"有一个蓄势过程,比如作者对素芳父母、诱奸素芳的黄堡镇流氓、王二直杠、拴拴、梁生宝、姚士杰等相关人物细针密线的叙说,包括暗中审察"他的拴拴婶子"、"嗅见素芳脸上发出的雪花膏味道,简直要发呕"的"不曾接近过女性"的十七岁少年任欢喜"稚嫩的心"。

没有这些铺垫,素芳的无言之"哭"就犹如一面空镜子,什么也照不出。

另外,素芳之"哭"也需他人之"哭"的衬托,才能愈显其独特性。

比如改霞妈妈哭她们孤儿寡母的凄惨,固然悲伤,却怀抱希望,即希望年轻漂亮的女儿在"代表主任"郭振山的帮助下有一个美好的前程。

小说也多次写到改霞哭她和梁生宝的一再错过,比如第一部第十五章,改霞久等梁生宝不至,就灰心起来,要下最后的决心不再等心上人了——

> 她这样想着,突然间鼻根一酸,眼泪涌上了美丽的眼圈。这既不是软弱,也不是落后。这是为了崇高的理想而牺牲感情的时候,从人身上溢出几滴感情的浆汁。改霞用巧妙的手指,把溢出眼角的两滴泪水抹掉,往回走去。

热恋中的年轻姑娘改霞的哭,美丽而忧伤。穷汉子高增福,"无论你什么时候看见他,他总像刚刚独自一个人哭过的样子",高增福确实时常暗中饮泣,但又深自责备,作者写他这样强忍泪水:

> 他鼻根一酸,眼珠被眼泪罩了起来。但是他掩住

嘴唇,没有让眼泪掉下来。他眨了几下眼皮,泪水经鼻泪管到鼻腔、到喉腔,然后带着一股咸盐味,从食道流进装着几碗稀玉米糊糊的肚囊里去了。

无独有偶,以"在党"为无上荣光,却私心太重,梦想独自发家的"代表主任"郭振山受到"组织"批评之后,他的那双炯炯有神的大眼睛竟然也"被泪水罩了起来"——

但是,倔强的郭振山不会让眼泪流出来的。他挣扎着硬不眨眼,让泪水在眼睛里打圈圈,然后在身体内部从鼻泪管流下去了。但有一滴流错了路,没有进喉咙里去,而从多毛的大鼻孔出来了。郭振山把它当作清鼻涕,用一个指头抹掉了,擦在鞋底的边上。

郭振山之哭和高增福之哭有不少神似,但内容又微有不同!

为了说明"私有财产——一切罪恶的源泉"这个道理,作者还写到乡村社会一种古怪的啼哭场面。没有子嗣的老大死了,老二、老三争着把儿子过继给亡兄做"孝子",为此

大打出手,而这家人同时又上演着另一出滑稽戏:

> 他们的婆娘们和娃子们,在家大哭死者,尽嗓子哭,简直是号叫,表示他们对死者有感情。其实,他们都是对死者名下的十来亩田地有感情——

写得最详细、最精彩的还是第一部第十七章梁三老汉为被梁生宝视若无物的童养媳妇的死哀哭不已,"眼泪只是揩了又流,流了又揩,不断线地涌着"。这在旁人看来,乃是"不顾体统"的"公公哭媳妇",是"丢人"之举,但梁三老汉哭童养媳妇,一则因为"俺的童养媳妇,和闺女一样亲",二则因为梁生宝"唯有上媳妇的坟这件事不当紧",老汉因此"鄙弃"后妻带来的这个养子,认为他太没情义,"不管怎么,总算夫妻了一回嘛!一日夫妻,百日恩情嘛!给死人烧纸插香,固然是感情上的需要;但有时候,为了给世人看得过去,也得做做样子吧!你共产党员不迷信,汤河两岸的庄稼人迷信嘛!哼!"。何况清明节上坟,老汉还想起了拉扯童养媳妇长大的那些"过去的凄惶日子",这才"不顾体统地哭出声音来了"。

梁三老汉和贾珍都是有违正常伦理因而颇受非议的"公公哭媳妇",但各有各的哭法,不可同日而语。这一细节充分说明柳青写"哭"的匠心独运。《创业史》第一部写梁三老汉哭媳妇,和第二部写素芳同样违背正常伦理观念而备受诟病的媳妇哭公公,前后呼应,相得益彰。

但写素芳之"哭",又胜过写梁三老汉之"哭"。梁三老汉之"哭",客观上暴露了梁生宝在亲情和男女之情方面的疏忽与凉薄,但作者本意是想表现梁生宝的公而忘私,梁三老汉的"哭"完全在作者操控之中,而素芳乃是面对整个世界发出痛彻肝肠的哀哭,其撼人的气势可能违背了作者的初衷,造成一种尴尬而失控的局面。

柳青写了多少人物的"哭"啊!

正是在蛤蟆滩人连绵不断的哭泣中,我们听到赵素芳最凄厉的哭喊,也看到更多周围人的反应,因此就有可能将素芳之"哭"与他人之"哭"区别开来,更深地体会柳青描写素芳之"哭"的苦心孤诣。

十三

素芳大哭之后,即"泯为常人"。

作者本来还想给她更多描写,在和女儿刘可风的谈话中甚至详细地介绍过总体构思中对素芳后来的安排:

> 后边我要写一个情节:一次,梁大老汉借走牲口不还,大家很气愤,让妇女主任欢喜他妈去要,欢喜他妈因为过去常借人家的牲口和工具,不好意思,素芳看见,自告奋勇:"我去要!"这样就把素芳的形象推进一大步,最后,我还想让素芳当妇女队长哩。①

但1977年中青社版《创业史》第二部并无这个安排。素芳大哭之后,只出场过三次,都没有正面或突出的描写。

一次是第二部上卷第十二章,大哭之后过了六章,梁生宝领导的灯塔合作社迎来第一件大事,即社员们牵着自家牲口"合槽",进行统一管理。关心社事的梁三老汉发现"拴拴媳妇素芳"也跟在妇女队长欢喜他妈后面,帮助吆喝他家的牛。这时候的素芳还给死去的阿公戴着白孝帽,走在最后面,但"经过两条道路的教育,特别是直杠老汉的丧

---

① 刘可风:《柳青传》,人民文学出版社 2016 年,第 413 页,第 410 页。

事以后，梁三老汉有了新的认识，已经不鄙弃素芳了"。大家谈到装病不出门的梁大老汉，素芳也插进来，讲了几句关于梁大老汉的话。这一节中心人物是梁三老汉、欢喜他妈以及不在场的梁大老汉，素芳只是陪衬，未做任何正面描写。

又过了十三章，即第二部下卷第二十五章，不愿加入合作社的梁大老汉看见素芳和合作社几位妇女一起在地里劳动，也是一笔带过。

第三次是紧接着的第二部下卷第二十六章，郭振山"哼哈二将"杨加喜、白占魁挑动梁大老汉闹事，灯塔合作社"遇到了成立以来的头一次风浪"，梁生宝外出开会期间主持工作的副主任高增福看见许多社员都来到"社办公室院子"，关心如何处理这件大事，"拴拴的媳妇赵素芳"也夹在众人中间，如此而已。

《创业史》全书未完成，柳青赍志而殁，1977 年中青社版第二部仅在"文革"前完成的第一至二十五章基础上做了修改（《延河》1961 年元月至 10 月号发表的第一至七章相当于中青社版上卷第一至九章），将原来的二十五章扩张成二十八章，但具体修改只限于第二部上卷第一至十三章和下卷第十四至十七章,剩下的第十八至二十八章仍是初稿,因此柳青跟长女刘可风讲他会多写一点素芳的计划并没有落实在最终公开面世的版本上,是不难理解的。

《创业史》第一部和第二部第五、第六两章,素芳的戏很饱满,因此大哭之后的素芳究竟会怎样,作者没有留下更多的"后话",读者却不禁要猜想:除了梁三老汉不再"鄙弃"之外,素芳有没有获得周围人更多的理解?素芳的觉悟是提高了,成为梁生宝所期待的"新人",还是仅仅偶尔出场说两句不太重要的话,夹在女社员中间参加劳动,头脑依旧"糊涂",抑或思想深处发生了旁人不能察觉的另一些变化,从此看人看事都别有一番滋味在心头?

十四

据刘可风所记1970—1978年和父亲柳青的谈话,柳青尚未决定放弃《创业史》第三、第四部的写作之前,就感到"第一部改霞就写多了,现在也不能取掉,会留下斧凿的痕迹"①。这和柳青在《延河》1961年1月至10月号登完《创

---

① 刘可风:《柳青传》,人民文学出版社2016年,第413页,第410页。

业史》第二部第一至第七章之后所写的"作者附记"基本一致。在这个"作者附记"里,柳青郑重地劝告《创业史》的各类改编者:"不要把徐改霞当作女主人公安排。这不符合《创业史》的总意图。"他预先发表这几章,目的之一就是要提醒读者,改霞并非"女主人公"。

一部多卷本的长篇小说写了众多女性形象,怎么可以没有"女主人公"?取消改霞"女主人公"地位,是否需要另找一个女性形象递补上去?

从1977年出版的经过反复修改,将计划中第三、第四部或取消或压缩之后形成的《创业史》第二部未完稿来看,柳青很可能想把素芳、梁生宝新的"对象"刘淑良这两位中的一个增补为"女主人公"。刘淑良在第一部尚未登场,第二部实际描写也不多,总体形象苍白而单薄。相比之下,第一部就花了很多笔墨的赵素芳,到了第二部第五、第六两章又如此浓墨重彩加以描写,其形象的饱满程度单单在第二部就远远超过刘淑良,加上第一部的大量描写,总体分量也压倒了改霞。即使柳青想让刘淑良取代改霞成为《创业史》"女主人公"(他甚至借"有万丈母娘"之口说"淑良小名也叫改线,和改霞一样"),也完全不可能了。

撇开柳青的构思,从《创业史》第一、第二部实际描写看,素芳完全可以当得起"女主人公"的称号。

十五

但问题不在于柳青主观上想让谁取代改霞做《创业史》"女主人公",问题在于既然他实际上已经将素芳推到如此重要的地位,那么大哭之后,他将如何继续塑造这个绝非"次要人物"的素芳?素芳惊天动地的大哭究竟有利于柳青接下来继续塑造这样一个终于摆脱旧制度旧社会的创伤记忆而顺利融入新社会的农村女性形象,还是适得其反,因为前面写素芳之哭用力过猛,给读者印象太深,以至于反而受到牵制,接下来就无法按既定构思对素芳展开新的塑造了?

第二种可能性显然更大。无论柳青将如何继续描写素芳精神上的新气象和行动上的新表现,都无法抹杀更无法澄清素芳之"哭"所包含的太多意义的不确定性。素芳之哭关涉的素芳心理和行为许多不可告人的隐痛无法抹消。梁三老汉只是在不知情的前提下"不鄙弃素芳了",但不说别的,单单素芳和姚士杰的关系如大白于天下,老汉还能原谅素芳吗?

在上述《创业史》第一部第二十一节，素芳向梁生宝"哭诉"，后者"肯定地告诉素芳：暂时间不帮助她争取这个自由，等到将来看社会风气变得更好了再说"。社会风气要变得怎样"更好"，梁生宝才能满足素芳的请求呢？何况这还是素芳被姚士杰玷污之前的事。如果梁生宝知道了素芳和姚士杰后来的关系，他恐怕连这个遥远的许诺也不会赐给素芳了吧？

梁生宝性取向有没有问题，是不是"厌女症患者"(misogynist)？这个问题不在本文讨论范围之内。根据小说实际描写，梁生宝对素芳如此冷酷，跟他一贯的政治原则性有关。作者写他为了不辜负党的嘱托，不损害党希望他为了开展工作而在群众中树立的威信，时时处处谨言慎行，不敢轻易和女性独处，宁可经常和王书记、高增福、冯有万这些男性"拍夜"、"拍嘴"、"合伙盖一块被窝，很畅快地过了夜"。他和高增福之间甚至"产生了夫妻一般的深情厚谊"。

但除此之外，梁生宝冷酷地对待素芳，另有隐情。"蛤蟆滩曾经传播过生宝和这女人的流言风语"(《延河》版作"臭风声")，一贯谨言慎行、生怕因为自己失于检点而影响党的威信的梁生宝不可能不视素芳为危险人物而严加防

范。更何况这个"流言风语"或"臭风声"早就飞出蛤蟆滩,飞到了欣赏郭振山而主张继续考察梁生宝的县委书记陶宽耳朵里:

> 梁生宝解放初期男女关系方面有点问题,说主要是同本村的一个姑娘和一个邻居媳妇,群众里有些议论。嗯,有问题,也不大。年轻人嘛,解放前在秦岭山区躲过兵役,山里头风俗混乱,可能受些影响。

连一贯支持梁生宝的县委副书记杨国华听了陶宽的话也非常吃惊,"真想不到梁生宝有这么一段不好的经历"。

小说没有交代梁生宝是否知道县级领导的这场对话,否则他的思想负担就会更重,对素芳的防范会更加严厉,厌恶也会更加激烈。

无论社会怎样进步,无论素芳本人的思想如何被改造,已经铸成大错的素芳都很难真正被"解放"。如果说,《创业史》第二部第十章梁生宝"对他最亲密的助手(高增福)打开他内心那最深处的秘密"属于夸张之语,那么素芳确实有她不能向任何人打开的"内心那最深处的秘密"。这是蛤蟆滩第一等机密,其机密程度甚至超过姚士杰藏在"墙眼里"的第三张国民党党证,因为姚士杰做出这一疯狂举动,至少还可以跟"婆娘"商量,素芳"内心那最深处的秘密"却不敢告诉任何人。她应该是希望带着这个秘密走进坟墓的吧?

柳青选择素芳做典型,本意也许是想描写这样一个拖着"旧制度""旧社会"给予的太多创痛的女性如何成为"有社会主义觉悟的劳动者",甚至打算让她担任"妇女队长",但这实在是给自己设置了一个难题!他写素芳之"哭",不仅不是解决这一难题的有效步骤,反而是在旧的难题之上增添了一道新的难题,令他后来对这个人物的塑造难以为继。

谁也理解不了素芳。谁也帮不了素芳。素芳的哭包含了伤痛、委屈、悲愤、怨恨,是所有这些复杂情感的宣泄,但其中也有无法排遣的深深的惧怕和绝望。她借着公公葬礼的机会,一个劲地哭,不说任何话,也不听任何人解劝,因为自己或别人的任何语言对她来说都无济于事。至少那一刻,素芳活在了语言之外。作者除了让她大哭一场,能给她什么别的语言呢?在她登峰造极的大哭之后,还能怎样描写她的脱胎换骨、焕然一新?

十六

柳青的主要任务是让农民学习说他们过去不会说的新语言,但他在全力以赴完成这个主要任务的时候,却将"女主人公"之一赵素芳推到了完全相反的境地。

素芳十六岁嫁到王二直杠家,七年之后,虽然生活有种种不顺心之事,但仍然是一个"眼睛灵动,口齿有利"的俊俏聪明的"乡村少妇",绝非笨嘴拙舌之人。小说虽然没有具体描写素芳平时怎么撩拨梁生宝,被梁生宝拒绝之后又是如何严肃地求梁生宝"解放"自己,但即使透过作者简单的转述,我们也可以感觉到素芳的伶牙俐齿。

她过去家境不错,从小住在黄堡镇上,见多识广,这才嫌弃拴拴。单看她和极其厉害的公公王二直杠讨论是否要去姚士杰家帮佣时表现出来的那种以退为进、欲擒故纵、"摸着公公思量事情的心性"的策略,如果说素芳不仅伶牙俐齿,而且还颇有点工于心计,恐怕也并不为过。

但是在《创业史》第二部第五、第六两章,素芳除了最后对"王同志"吐露了那句词不达意的话,此外始终未发一言,仅仅将其全部存在的复杂内容藏匿于非语言、超语言、反语言的号哭中。

这样一个在学习新语言方面本来不应该落于人后的聪明女子最终竟失去了她固有的"嘴才",变得只会哭泣而不会(或不愿)说话。与此同时,蛤蟆滩许多进步或并不进步的青年、妇女与老人却都或快或慢地提升着他们运用新语言的能力,从笨嘴拙舌变得能说会道,纷纷获得新的"嘴才"。

作者或许打算继改霞之后,把素芳当作另一个女主人公加以重点刻画。但作者刻画素芳时遇到了更大的语言难题,他因此只能出奇制胜,想借助无言之哭来暗示素芳精神世界的那些难以言传的复杂内容。但也许作者没有料到,素芳的"言语道断"几乎抵消了作者赋予蛤蟆滩其他人物新的"嘴才"的有效性。他们空有新的"嘴才",却谁也不能理解素芳的哀号,谁也无法与哀号中的素芳进行任何意义上的语言交流。

2016年5月16日初稿完成于榆林学院

2018年6月24日再改定稿

2016年5月17日,榆林学院文学院、榆林文联、中共吴堡县委宣传部联合举办"纪念毛泽东《在延安文艺座谈会上的讲话》发表74周年暨柳青100周年诞辰全国学术研讨会",笔者到会做了题为《素芳之哭及其他——"柳青模式"三题议》的主旨演讲,收入贺智利、贾永雄主编《柳青诞辰100周年全国学术研讨会论文集》(陕西新华出版传媒集团、陕西人民出版社2017年3月第1版),其中第一部分经过改写,以《关于当代文学批评的一个模糊印象——从〈创业史〉的批评与研究说起》为题发表于《创作与评论》2016年10月下半月刊。本文是主旨演讲第三部分(原文两千余字)的扩充,写作灵感则来自多年前与授业恩师、红学家应必诚先生的一次闲谈,他说《创业史》写素芳的哭值得研究。如今终于敷衍成文,特此感谢他的点拨。

后　记

　　我很早就留意,也认真拜读过一些冠名"女权""女性"的文学批评与文学研究的论著。自己也写过一点女作家及其作品的评论。我也认真研究过柳青、汪曾祺、王蒙、陈忠实、路遥、贾平凹等不少男作家笔下的女性形象。但我从未有意识地单独研究女作家群体,也从未意识到女作家的创作乃是中国当代文学值得以特别的眼光来加以特别研究的特别现象。

　　这当然只能归因于我的迟钝与麻木,在文学理论、文学批评和文学史观念与方法的更新上不够敏感,也可说是不肯从善如流的一种偏激与执拗吧。

　　现在裒辑这十数篇关于中国当代女作家创作的评论(绝大多数就"杂"在先前出版过的评论集里),当然绝非说我在女性文学研究中取得过什么成绩，更不敢说我在女性文学研究中有什么先见之明，或者我对于此道竟然一以贯之，只不过想表明，一个"女性意识"不甚强烈、在文学研究上几乎奉行"男女无差别论"的"素人"，是怎样偶尔也写过一点女作家评论的。对于那些专门研究"女性文学"或文学中的"女性"的学界同行，以及那些偏爱女作家的作品或偏爱女性主义文学批评的读者，或许多少也有一点参差对照的作用吧？

正是基于同样的想法，几篇分析男作家笔下女性形象的文章也收入本书，不知能否产生另一种参差对照的效果？

感谢乡贤刘琼女士和安徽文艺出版社的邀约，否则我不会想到自己居然还能编出这样一本小书。抱歉和遗憾的是，或许正因为女性文学意识一向不够强烈，不够自觉，所以还有大量我曾经阅读过、关注过，甚至准备撰写评论的女作家的作品，在这本书里都没有谈到。今后应该再多写一点，以弥补目前的缺憾。

2023 年 5 月